영혼을 돌보는 삶 II

김영철 지음

약력

고등학교졸업자격 검정고시 합격

사법 및 행정요원 예비시험 합격

한국방송통신대학 행정학과 졸업

대구교도소 교도보

울산우체국 행정서기

울산시 지방행정주사보

창원공업지구건설사무소 행정주사보

울주군 지방행정주사보

중앙선거관리위원회 감사담당관실 행정주사

중앙선거관리위원회 총무과 행정사무관

동두천시 · 동대문구을 · 강북구갑 · 서대문구 · 성북구선거관리위원회 사무국장

저서

선거운동전략, 도서출판 유정, 1998

선거운동전략, 도서출판 삶과꿈, 2002

대한민국선거사, 편집진, 중앙선거관리위원회, 2009

영혼을 돌보는 삶, 정우문화사, 2018

영혼을
돌보는 **삶** Ⅱ

차례

제**1**부

내가 가고 싶은 자리

내가 가고 싶은 자리

아름다웠구나, 즐거웠구나, 그 시절 학창시절. 그립구나, 보고 싶구나, 꿈에라도 가보고 싶구나. 아련하고 아릿한 기억들이 머릿속을 스쳐 간다. 그때 뛰놀던 시절이 육십 년이 지났구나. 다른 사람에게는 평범했을 것 같은 이야기들과 내게만 있었을 것 같은 이야기들이 즐겁기도 했고 힘들기도 했던 추억들로 머릿속에 떠오른다. 돌아보니 가슴 저리도록 아름다운 많은 추억도 눈앞에 어른거린다.

누구에게나 초등학교 시절은 아름다운 추억이 만들어지고 기억으로라도 돌아가 보고 싶은 감미로운 시절이 아닌가. 나는 눈을 감고 달콤한 추억 속으로 돌아가 본다. 그때는 별것도 아닌 거로 생각했는데 지금은 참으로 아름답게 변해 있다. 그건 많은 세월이 지나면서 시간이 내게 만들어 준 선물이다. 그럼 지나간 시간에 감사라도 해야 하나. 글쎄다. 그렇게 생각해야 할지 모르겠다. 즐거움이 많았던 시절이라도 한 꺼풀 한 꺼풀 벗겨보면 그 속에는 삶의 애환이 섞여 있어 때로는 속상했고 마음이 아팠던 서러운 기억들도 남아 있어 나 자신이 애처롭기도 하고 가슴이 미어지기도 한다.

학교에서는 무엇보다 수업이 가장 즐거웠다. 나는 공부가 취미요 재미다. 수업시간은 즐거웠고 행복했다. 참으로 다행한 일이었다. 공부가 내 심성에 내재해 있는 마음을 자극하고, 나의 목표를 향해 나가는 확실한 길이라는 믿음이 있었기 때문이었을 것이다.

나는 1학년과 2학년을 1년 만에 마치고 3학년이 됐다. 그동안 6·25 전쟁으로 불타버린 교실을 새로 지었으나 전교생이 들어가기에는 턱없이 부족했다. 그래서 3학년 2학기부터 새 교실로 들어갔다. 그래도 교실이 모자라 교실 하나를 반씩 나누어 반쪽짜리 교실로 만들었다. 책상도 의자도 없다. 3학년은 2학기에 1반과 2반이 반쪽짜리 교실 하나에 같이 들어갔다. 우리는 교실 바닥에서 옆에 있는 아이들과 무릎을 맞대고 다닥다닥 붙어 앉아 수업을 받았다. 난방시설도 없이 겨울을 맞았다. 교단에 혼자 서서 가르치는 선생님의 모습이 더 추워 보였다. 선생님은 수업시간에 어깨를 쪼그리고 두 손을 녹이려고 입김으로 호호 불며 자주 비비셨다. 선생님도 두 분이라 과목을 나누어 맡았다. 1반 선생님이 가르치는 시간이 훨씬 더 재미있었다.

나는 집에 오면 복습을 한다. 배운 걸 다시 생각해보면 재미있는 생각이 떠오를 때가 많다. 내가 곱씹어 볼 게 있는지 깊은 생각도 해본다. 1반 선생님이 교단에서 책을 조금씩 스쳐보시면서 익숙하게 말씀하시는 모습이 어른거린다. 선생님의 목소리도 생생하게 들리는 듯하다. 선생님이 말씀하신 새로운 사물들의 이름이 이미 내 머리에 또렷하게 새겨져 있다. 잘 요약된 내용도 머릿속에 떠오른다. 4학년이 되면서 새 교실이 더 많아져서 반쪽짜리 교실에 한 반씩 들어가 수업을 받는다. 3학년 2반 선생님도 4학년 2반 담임을 맡아 우리를 따라붙었다. 나는 이때쯤부터 복습에 대한 매력이 스르르 사라지고 대신 예습에 흥미를 갖게 된다.

예습은 교과서를 중심으로 하지만 흥미로운 게 있으면 내가 궁금하게 생각하는 다른 문제와 연결해서 생각할 때도 가끔 있다.

나는 궁금한 건 못 참고, 한번 시작하면 끝을 보는 집념과 근성이 있다. 그럴 땐 새로운 걸 만날 수 있어 나의 지적 욕망을 더 많이 채워준다. 예습을 하다 보면 교과서에 있는 문제라도 교과서에서 직접적인 답을 찾기 어려운 문제가 가끔 있다. 상당한 생각과 응용력이 필요한 문제다. 그런 문제를 만나면 나는 그 문제의 해결을 학교의 수업시간까지 미루지 않는다. 골똘히 생각해서 한사코 그 문제를 해결한다. 어려운 문제를 해결했을 때 맛보는 통쾌함은 학교에서 수업시간에 내가 그 문제를 해결하는 방법을 보여 줄 때 더 큰 기쁨과 행복감을 느낀다.

선생님이 수업을 하시다가 좀 어려운 문제가 있으면 "이 문제를 풀 사람은 손을 들어라"라고 하실 때가 있다. 내가 손을 든다. 어려운 문제일수록 다른 아이들은 아무도 손을 들지 않을 때가 가끔 있다. 선생님은 선택의 여지가 없다. 그 문제를 푸는 게 내게 돌아온다. 나는 예습을 할 때 알아 두었던 이해하기 좋은 방법으로 설명한다. 교실은 조용하고 아이들의 눈과 귀는 내게 쏠린다. 언제부턴가 이런 일이 있고 난 뒤 나는 예습을 할 때 어려운 문제가 있으면 수업시간에 내가 해야 할 거라고 생각하게 된다. 이런 생각이 수업시간에 적중한다. 어느새 나는 예습을 숙제처럼 생각하게 되고 어려운 문제를 만나면 반드시 풀어야 하는 게 조금은 부담이 될 정도다.

예습을 하다가 잘 풀리지 않는 문제를 만났다.

"서울에서 기차를 타고 인천을 거쳐 수원까지는 69km이다. 인천에서 수원을 거쳐 서울까지는 71km이다. 수원에서 서울을 거쳐 인천까지는 68km이다. 서울에서 인천까지의 거리는 얼마냐."

머리를 훈련시키려는 건지, 약을 올리려는 건지 문제를 배배 꼬아놓은 것 같다. 어쩌면 쉽게 풀릴 것 같다가도 같은 생각이 빙글빙글 맴돌아서 같은 자리로 돌아온다. 세 구간 전체의 거리를 모르기 때문이다. 나는 생각을 거듭하다가 마침내 실마리를 찾았다. 세 구간 전체의 거리를 구하는 방법이 생각난다. 그러면 한 구간의 거리를 아는 건 누워서 떡 먹기다. 문제는 수업시간에 있다. 내가 이 문제를 어떻게 설명해야 아이들이 가장 쉽고 흥미롭게 이해할 수 있겠느냐는 생각에 몰입한다.

수업시간이 됐다. 선생님은 내게 이 문제를 풀라고 하신다. 나는 선생님이 하셔야 할 문제를 내가 한다는 자부심으로 교단에 선다. 나는 아이들의 관심을 유도하고 이해를 돕기 위해 분필을 쥐고 칠판에 문제를 시각적 모형으로 그린다. 문제를 귀로만 들으며 머릿속에서 상상하는 것보다는 문제의 모형을 눈으로 보면 머릿속에서 실재적인 모습이 구체적으로 그려지기 때문이다. 나는 흑판에 역삼각형을 그린다. 역삼각형의 오른쪽 위의 꼭짓점에는 서울, 왼쪽 꼭짓점에는 인천, 오른쪽 아래의 꼭짓점에는 수원을 표시한다. 그리고 문제에서 말하는 한 꼭짓점에서 옆의 꼭짓점을 건너서 다음 꼭짓점까지의 거리를 굽은 화살표를 그려 표시한다.

이어서 그림에서 필요한 부분을 가리키며 설명한다. 먼저 서울과 인천 사이에 있는 윗변의 길이를 표시하는 화살표를 그리며 설명한다.

"이 문제에서 요구하는 답은 서울에서 인천까지의 거리 바로 이것입니다. 문제에서 인천에서 수원을 거쳐 서울까지의 거리는 이미 나와 있습니다. 그러니 이 삼각형에서 세 변의 길이의 합만 안다면 거기에 인천에서 수원을 거쳐 서울까지의 거리를 **빼면** 답이 되는 거지요. 세 변의 길이의 합을 아는 게 이 문제의 요점입니다. 어떻게 하면 세 변의 길이의 합을 알 수 있을까요. 같이 한번 알아봅시다."

나는 그림에서 표시된 거리를 짚어가면서 설명을 이어 간다.

"자, 여기에 거리를 표시한 굽은 화살표를 잘 보십시오. 화살표가 각 변마다 두 번씩 지나가지요. 화살표의 거리를 모두 더하면 이 삼각형을 두 바퀴를 도는 거리는 69+71+68=208(km)입니다. 이를 2로 나누면 한 바퀴를 도는 거리는 208/2=104km입니다. 문제에서 요구하는 서울에서 인천까지의 거리는 세 변의 거리의 합에서 인천에서 수원을 거쳐 서울까지의 거리를 **뺀** 거리로 104-71=33(km)입니다."

나는 수업시간에 발표하는 게 즐거울 때가 많다. 하지만 이렇게 자주 하면서 이상한 생각이 가슴속에서 슬슬 올라오기 시작한다. 학생이 교사의 수준을 넘을 수 있을까. 내가 이렇게 하는 건 선생님의 익숙하고 흥미롭게 가르치는 수업을 듣지 못하는 결과가 될 수 있는 게 아닌가. 선생님은 왜 어려운 문제를 직접 설명하지 않으실까. 선생님의 설명을 직접 들으면, 짧은 시간에 새롭고 더 많은 양의 지식을 전달받을 수 있고, 배우는 우리도 훨씬 흥미롭게 많은 걸 배워서 튼튼한 기초를 다질 수 있을 게 아닌가.

혹시 선생님이 단기의 교원양성 과정을 이수한 건 아닐까. 그래서 어려운 문제를 만났을 때 해결하는 방법으로 학생들에게 발표하도록 하는 게 아닐까. 만약 학생들 중 아무도 발표할 사람이 없었다면 선생님은 어떻게 하셨을까. 내가 발표한 게 혹시라도 난감해질 선생님에게 도움이 된 걸까. 선생님도 문제를 깊이 생각해보면 될 게 아닌가. 내가 어려운 문제를 풀려고 시간을 쓰면서 예습한 게 내게 무슨 능력을 키워주었을까. 나는 선생님의 설명을 많이 듣고 싶다. 더 많이 배우고 더 잘 배우고 싶은 생각이 때때로 가슴속에 차오른다.

1955년 여름의 끝 무렵이다. 아버지가 우리 집의 위채를 지으신다. 나는 옹색한 오두막집을 면하고 번듯하고 조화로운 초가삼간을 기대한다. 준비해 놓은 목재도 매우 좋다. 목공과 미장공은 아버지가 하시지만 집을 짓는 데는 여러 가지 잡일을 하는 잡부의 도움이 필요하다. 잡일은 일을 거드는 정도의 간단한 일도 있지만, 어른들에게도 위험하고 힘이 드는 일도 있다. 나는 학교에 결석을 하고 잡일을 떠맡는다. 나는 아버지와 손을 맞추어서 하는 일과 흙을 떠올리는 일, 잡일을 하면서 집을 짓는 과정이 무척 힘이 든다.

어린 나는 몸도 고단하지만, 학교에 결석하는 게 마음이 더 괴롭다. 아버지는 집을 다 지을 때까지 내가 결석할 거라고 선생님에게 말씀하셨다고 하신다. 아버지는 내가 결석하는 데 대해서는 걱정하지 말라는 뜻으로 말씀하시는 듯하다. 하지만 나는 아버지의 말씀에 서운함이 느껴진다. 아버지가 선생님에게 말씀하셨다고 해도 내가 결석을 하는 동안 공부를 하는 것까지 저절로 되는 건 아니다. 내 짐작으로는 결석을 서너 달은 족히 해야 할 것 같다. 나는 결석하는 게 서운하고 교실에서 나를 기다리고 있는 내 자리로 마음이 자꾸 간다.

집터는 번듯한 초가삼간이 남향으로 들어설 수 있는 직사각형이다. 그런데 아버지는 사주 운세에 집의 방향이 남남서쪽이라고 하신다. 집의 방향이 이렇게 되고 나니 전통적인 배산임수와도 어긋나서 집 앞에 언덕이 가로놓여 답답함이 느껴진다. 넓지 않은 직사각형의 집터에 그와 다른 방향의 직사각형의 집을 지으려면 집의 크기를 줄일 수밖에 없다. 따라서 방의 크기도 작아진다. 방을 크게 하려고 큰방은 뒷벽을 처마 끝까지 늘린다. 처마가 없는 방의 벽은 겨울에 성에가 끼고 춥다. 작은 방은 담장이 가까워 늘릴 수도 없으니 옹색해서 불편하다. 집터의 모양과 집의 방향이 어긋나 있으니 마당도 찌그러져 있고, 어쩐지 내 마음마저 삐뚤어진 느낌이다.

규모가 작은 집이지만 집 밖에서 남이 겉으로 보기에는 제법 번듯한 집이다. 비록 목재를 잘라내기는 했지만 본래 목재 자체는 좋았기 때문이다. 하지만 겉보기에 그럴듯한 집이라고 해서 그 안에 사는 사람의 마음까지 만족하게 하지는 못한다. 집은 거기에 사는 사람이 바람직한 일상을 실현하는 공간이어야 한다. 집이 좁고 추우면 집에서 반복되는 소소한 일상의 행복을 얻기 어렵다.

아버지는 문이 좁아야 문짝이 튼튼하다고 문을 좁게 만드셨다. 좁게 만든 문은 사용하기 불편하다. 아버지가 집에 계시는 날은 어머니가 부엌에서 개다리소반을 따로 차리신다. 부엌에서 차린 소반을 들고 방에 들어가는 게 고역이다. 문이 좁아서 상을 똑바로 들고 들어갈 수 없어 비스듬히 기울여 문으로 들어가면 상위의 그릇이 한쪽으로 쏠려 쏟아지기 직전까지 간다. 상은 쏟아지려다 그쳤지만, 집이 작아서 쌓인 어머니의 감정은 한꺼번에 끓어오르면서 쏟아진다. 가정의 평화가 기울어지면서 깨지는 소리다.

1956년 내가 4학년인 여름 어느 날. 나는 내가 공부로 제법 소문이 났다는 걸 처음으로 알게 된다. 여름방학을 앞두고 치른 중간고사 과목에서 "내 시험 성적의 평균이 99점"이라는 소문이 여러 동네 학생들 사이에 퍼졌다. 이런 소문을 들을 때는 기분이 꽤 좋아진다. 동시에 내게 관심을 갖는 친구들도 더 많아진 것 같다. 나는 처음 성적표를 받아보았을 때는 만점에 1점이 모자라는 걸 퍽 아쉬워했는데 다른 사람들은 그걸 좋은 성적이라고 해서 소문이 그렇게 널리 알려질 것이라고는 예상하지 못했다

여름방학이나 겨울방학이 다가오면 학년마다 국어와 산수, 사회생활과 자연 과목의 시험을 본다. 학급마다 담임선생님이 시험 성적을 적은 명단을 등사기로 프린트해서 학급 학생들에게 배부한다. 나는 유인물을 받으며 다른 아이들의 성적에는 별로 관심이 없었고, 내 점수부터 보았다. 내가 우리 반에서 꽤 높은 점수일 거라는 걸 짐작은 했다. 그러면서도 내가 좀 더 잘했으면 하는 아쉬움이 더 컸다. 하지만 그건 그저 머리를 잠시 스치고 지나가 버렸다. 설사 내가 4과목에서 모두 만점을 받아 평균 100점이 된다고 하더라도 모든 과목을 포함하는 종합 석차에서는 자신이 없기 때문이다.

종합 석차에는 여러 분야에서 저마다 타고난 자질이 한몫을 톡톡히 한다. 그런데 나는 잘하는 과목도 있고, 못하는 과목도 있다. 나는 보건과 음악의 자질에서는 학급 평균을 따라가기도 쉽지 않다고 여긴다. 나는 이런 과목에서 평가가 바닥을 친다고 하더라도 할 말이 없다. 선생님이 이런 과목을 평가할 때 무엇을 기준으로 하는지 나로선 이해하기도 어렵다.

거기다가 나는 선생님의 말씀을 고분고분 잘 듣고, 예쁜 짓을

잘하는 모범생은 아니다. 나는 불이익과 손해가 있더라도 문제가 있으면 어물쩍 넘어가지 않고 때로는 말하고 행동하기 때문에 순종만 하는데 미숙하다. 가정 형편도 좋지 않기 때문에 결석도 많이 하고, 선생님이 가지고 오라는 걸 제대로 가지고 가지도 못한다. 그래서 석차가 더 좋지 못한 게 아니냐고 생각할 때도 있다. 나는 석차를 생각하면 마음이 편하지 않다. 내게 불편한 건 내가 피해야 한다. 언제부터인가 나는 석차에 관심이 조금씩 사라져 갔다. 대신 내 마음속에는 내가 잘할 수 있고, 자신감이 있는 부분에 노력을 집중하겠다는 생각이 시나브로 자리 잡았다.

학교에는 학년별 반별로 실습지가 있다. 실습지에는 채소를 심어 가꾼다. 다른 한 반에서는 실습지에 당근을 조금 심었다. 자라는 당근을 내 눈으로 처음 보는 게 신기했다. 다른 반이 같은 시간에 실습을 하는 날이다. 당근을 심은 반에서 당근을 맛보라고 한 포기를 뽑아서 내게 준다. 나는 당근을 먹어본다. 사각사각 씹히면서 향긋한 맛이 입안에 가득 찬다. 이름만 듣던 당근을 내가 보고 먹은 게 실습지에서 보고 배운 유일한 경험이다.

무와 배추는 집에서도 내가 직접 심어서 가꾼다. 그러니 실습지에서 무와 배추를 가꾸는 일은 이미 내가 아는 걸 반복해서 하는 일이고, 내가 실습해서 새롭게 배울 건 없다. 학교에서 무와 배추를 키우는 데는 비료도 퇴비도 쓰지 않는다. 오직 분뇨만 주어서 키운다. 분뇨는 학교에 있는 재래식 화장실에 무한정으로 있다. 그걸 퍼서 실습지까지 가는 게 여간 힘이 드는 일이 아니다.

우리 반에서는 무와 배추에 분뇨를 주려고 나를 포함해서 덩치가 좀 큰 네 명이 늘 차출된다. 차출된 아이들은 재래식 변소에서 분뇨를 퍼서 나무통에 담는다. 아이들은 두 명씩 짝을 지어 목도 채로 나무통의 끈을 걸어서 어깨에 메고 실습지로 간다. 내가 목 도채를 메고 교실 옆으로 지나가면 교실에서 아이들이 공부하는 모습이 눈에 들어온다. 그 모습이 그렇게 부러울 수가 없다. 교실 에 있는 내 자리는 비어있다. 목도채를 메고 있는 내 모습이 머릿 속에 비친다. 나는 수업시간에 다른 아이들과 같이 조금이라도 더 배우고 싶다. 몇 시간의 수업은 티가 나지 않는 것 같지만 배우고 노력하는 게 모이면 새로운 지식이 쌓이고, 응용력이 생기며 지혜 로워진다는 생각이 머릿속을 떠나지 않는다. 분뇨를 나르는 시간 이 내게 지식과 지혜를 빼앗아가는 것 같다.

내 눈에는 우리 반만 실습지에 분뇨를 주는 일을 유별나게 자주 하는 것 같다. 채소를 키우는데 무슨 경쟁이라도 하는 것 같다. 이 경쟁에 이기면 누가 무슨 상을 누구에게 주는가. 우리 반은 왜 이 렇게 경쟁에 몰두할까. 그렇다고 우리 반의 채소가 다른 반의 채 소보다 더 잘 자란 것 같지도 않다. 나를 희생으로 하는 실습 경 쟁이 못마땅하다는 생각이 뇌리에서 맴돈다. 분뇨를 치는 일은 내 가 집에서도 하고 있는데 내가 학교에서 분뇨를 치는 일을 실습이 라는 이름으로 반복적으로 하면서 실생활 기술을 배울 수 있는 게 뭐란 말인가. 이런 실습은 내게 실제로 이중삼중으로 고통만 주는 실습이다.

집에서 분뇨를 칠 때는 똥장군을 사용한다. 똥장군은 어른들이라 야 사용할 수 있도록 크다. 분뇨를 가득 담은 똥장군은 너무 무거 워서 내 힘으로는 움직일 수 없다. 그래서 똥장군에 분뇨를 적게 담아서 지고 가려던 걸 상상해본다. 나는 그걸 지게에 지고 일어설 수조차 없다. 어떻게 해서 일어선다고 하더라도 더 이상 꼼짝달싹 못 한다. 일어서거나 걸으면서 좌우 어느 쪽으로 조금이라도 기울면 그 순간을 감당할 수 없다. 똥장군은 가로가 길어서 그 안에 공간이 생기면 분뇨가 크게 출렁거린다. 똥장군이 기운 쪽으로 분뇨가 쏠리면서 파도처럼 마구리 판에 부딪히고 반대쪽은 썰물처럼 빠져나가서 바닥만 남는다. 무게중심이 한쪽으로 쏠리면 똥장군은 여지없이 땅에 곤두박질치고 만다. 똥장군은 부서지고 오물은 사방으로 튄다. 어린 나는 어떤 방법으로도 똥장군을 사용할 수 없다.

똥장군은 전문적으로 만드는 사람만 만드는데 크기가 똑같다. 똥장군을 만들 때는 마구리 판을 만들어 세운다. 다음에 가운데가 휜 여러 개의 좁은 판자를 가로로 붙인다. 이렇게 볼록한 통을 만들 때 판자와 판자의 사이, 판자와 마구리 판의 사이도 틈새가 없도록 잘 맞추어 붙인다. 마지막으로 왕대나무 대쪽으로 통 겉을 둘러서 통이 어그러지지 않고 틈새에 분뇨가 새지 않도록 조인다.

아버지는 내가 일할 도구라면 별의별 걸 다 만들어 주신다. 아버지는 똥장군을 만드는 기술도 없이 내가 사용할 수 있는 똥장군을 고안해서 만드신다. 아버지가 고안한 특별한 똥장군은 보통의 똥장군과는 만드는 방법도 다르고, 크기도 작다. 아버지는 통나무 속을 파내고, 양쪽에 마구리 판을 끼워서 막는다. 나는 이렇게 작게 만든 똥장군에 분뇨를 가득 넣어서 지고 다닐 수 있다. 그래서 집에서 분뇨를 치는 일은 내가 할 때가 많다. 하지만 나무통과 마구리 판이 닿은 부분에 이음매가 불완전하다. 그 틈에서 분뇨가 젖어 나온다. 분뇨가 지게로 번진다. 보리를 심은 논까지 빨리 가서 똥장군을 내려야 한다. 시간이 오래 걸리면 지게로 번지는 분뇨가 내려와 옷까지 젖을 수 있다.

　내가 집에서 하는 일과 실습지에서 하는 일에 무슨 차이를 깨치자고 이렇게 지독하게 실습을 계속해야 하는가. 답은 간단하다. 내가 덩치가 큰 탓이다. 하지만 조금만 들여다보면 커다란 모순들이 적나라하게 드러난다. 내가 덩치가 좀 커서 삼사 학년 때부터 분뇨 주는 일을 한다. 그렇다면 오륙 학년 때는 내가 삼사 학년 때의 덩치 정도의 아이들이 수두룩하다. 그런데도 다른 아이들은 실습을 하지 않고, 실습을 했던 아이들만 같은 실습을 반복한다. 학교에서 실습을 시켜서 가르치려는 게 무엇이란 말인가. 실습이 실제로 경험을 해서 배운 걸 익히는 교육이라고 한다면 실습을 시키지 않은 아이들에게는 경험하고 배울 기회를 빼앗는 게 아닌가. 그렇지 않으면 실습이란 건 아무 의미도 없다는 말인가. 실습의 진정한 목표는 무엇이고 현실은 어떻게 되고 있는가. 나는 실습의 의미를 생각하면 머릿속이 혼란스러워진다.

　"분뇨를 주는 일은 성인도 꺼려하는 힘들고 더러운 일이다. 학교에서 실습을 했던 사람에게만 계속해서 실습을 시키는 건 지식이나 기술을 가르치는 정상적인 교육이 아니다. 담임선생님은 실습이란 이름으로 내 수업시간을 마음대로 뺏어도 되는가. 실습이 좋은 일이었더라도 선생님이 내게만 실습을 계속해서 시켰을까.

　실습이 더럽고 힘 드는 일이라고 해서 특정한 아이들에게만 시킨다면 그건 같은 아이들에게만 계속해서 수업시간을 빼앗고 궂은 일을 시키는 가혹하고 부당한 징벌이다. 선생님은 학생들이 실습지에서 다 같이 실습을 하면서 모두 고루고루 배웠다고 한 번이라도 깊이 생각해보았을까."

교실에 있는 내 자리는 비어있다. 학교에서는 교육이란 명분으로 내게만 실습을 계속 시키고 있다. 너무 억울하게 느껴지고 온갖 생각이 뒤엉켜 교차한다. 선생님은 지금 내 마음속에서 어떤 생각들이 소용돌이치고 있는지 알기나 할까. 학교에서는 왜 이렇게 부당한 교육을 하고 있을까. 학교 때문일까. 선생님 때문일까. 학교도 선생님도 일제강점기 시대 저급한 식민지 실업교육 잔재에서 벗어나지 못하고 있는 건 아닐까. 실습이 뿌리 깊은 인습의 굴레에 얽매여 있는 것 같다.

내 주변을 둘러싸고 있는 오래된 인습을 모두 모아 불태워버리고 싶다. 이런 현실이 언제쯤 없어질까. 하지만 뿌리 깊은 인습으로 쌓인 관행은 거대하고 견고하다. 나는 공고해진 관행의 깊은 뿌리까지 파 내려가고 싶지 않다. 나는 답답함과 무력감이 밀려온다. 현실이 잘못된 것 같지만 내가 아무리 애써도 타파해야 할 인습을 깰 수는 없다.

나는 인습의 굴레를 쓰고 희생양이 되면서 왜 이렇게 지독한 세상을 경험으로 깨쳐야 하나. 가장 가깝고도 단순한 이유는 내게 있다. 내가 태어난 가정이란 태생적 굴레를 쓰고 있기 때문이다. 내가 제때에 학교에 들어오지 못한 탓이다. 가난이 그 뿌리요, 원인이다. 그렇지 않았으면 이런 건 몰랐을 것을. 원망해봐야 소용없는 일이다. 나의 태생적 한계를 거부할 수 없는 현실이라면 부여안고 갈 수밖에 없지 않은가.

학교에서는 반별로 닭장을 만들어 닭을 기른다. 가정에서는 마당에 닭을 방사해서 기르는데 닭장에서 닭을 기르는 걸 나는 처음 보았다. 닭장 안에는 토끼 집도 있다. 토끼는 보기만 해도 귀엽다.

토끼는 여러 가지 풀을 잘 먹는다. 논둑 밭둑에 풀이 지천으로 있으니 뜯어다 주기만 하면 된다. 토끼 사료는 걱정이 없다. 토끼가 입을 오물거리며 사각사각 풀을 먹는 걸 보고 있으면 시간이 가는 줄도 모를 때가 있다. 토끼는 자체가 고기다. 모피는 목도리로 쓰고, 털은 모직물의 원료가 된다고 한다. 토끼는 새끼를 여러 마리씩 낳는다. 토끼는 짧은 기간에 엄청나게 불어날 수 있다. 토끼털이 비싸다고 하니 돈이 될 수 있다. 겨울에 토끼풀만 구할 수 있다면 우리 집에서도 토끼를 키워보고 싶다.

닭은 날마다 알을 낳는다. 암탉이 알을 낳아 달걀 둥우리에 갸름하고 동그스름하게 놓여 있는 달걀을 보면 신기하다. 암탉이 달걀을 품어서 깨어난 예쁜 병아리가 어미를 졸졸 따라다닌다. 어미가 먹이를 쪼며 꾸꾸 소리를 내면 병아리들이 쫓아가 먹이를 먹고, 어미가 앉으면 병아리들이 어미의 품속으로 들어가는 걸 보면 신기하고 흥미롭다.

달걀은 영양분이 많고 맛이 있어 값도 비싸다. 그러니 닭을 키우는 가정이라도 마음대로 달걀을 먹을 수 없는 귀한 음식이다. 귀한 손님이 왔을 때 달걀 국을 끓여서 대접한다. 그 외에는 대부분 모아두었다가 시장에 가져가서 판다. 달걀은 언제든지 팔 수 있어 현금 대우를 받는다. 또 닭은 자체가 고기고, 팔 수 있다. 닭은 잡식이라 뭐든지 먹는다. 물고기와 개구리도 먹고 지렁이도 먹는다. 그래도 주된 사료는 곡식이다. 곡식은 사람이 먹는 식량이다. 그러니 나는 우리 집에서도 닭을 키우고 싶지만 마음뿐이다. 나는 곡식으로 내 배를 채우기도 어려운데 곡식을 닭 모이로 가지고 가는 게 여간 큰 부담이 아니다.

농번기 봄방학이 시작될 무렵이다. 모내기와 보리 베기를 하는 계절이다. 선생님이 나름으로 아이들이 닭 모이를 가지고 오는 부담을 고심하신 것 같은 말씀을 하신다.

"보리를 벤 논이나 밭에는 보리 이삭이 떨어져 있다. 집에 가면 보리 이삭을 주워서 가지고 오너라. 그걸로 닭 모이를 할 거다."

아이들은 조용히 듣고 있다. 내가 생각해도 대부분의 아이들에게는 그럴싸한 방법이다. 아이들이 스스로 노력하면 할 수 있는 일이고, 성취감도 맛볼 수 있을 것이란 생각이 든다. 돈이 없어 월사금을 제때 내지 못해 월사금을 가지고 오라고 집으로 돌려보내지는 아이들은 있어도 보리 이삭을 주워 올 수 없다고 말하는 아이들은 아무도 없다. 그런 아이들은 보리 이삭을 주울 시간이 있고, 그걸 식량에 보태지 않고 가지고 올 수 있을지도 모른다. 나는 그런 아이들이 말없이 듣고 있는 진짜 이유까지는 모른다. '땅벌'로 알려진 선생님의 심기를 건드리기 싫어서인지, 체벌이 두려워서인지 알 수는 없다.

나는 보리 이삭을 주워 올 수 없다. 내가 보리 이삭을 가지고 올 수 없는 속사정을 선생님에게 말씀드리려고 마음속으로 생각해 본다. 말씀드리지 않으려니 보리 이삭을 주워올 수 없고, 말씀을 드리자니 선생님으로부터 무슨 화를 당할지 모른다. 온갖 번민과 두려움으로 어린 가슴이 시달린다. 그래도 말하고 싶은 생각이 머릿속에 차오른다.

체벌에 대한 공포와 두려움이 떠오른다. 선생님은 학생들에게 매질을 자주 한다. 선생님은 왜 체벌을 자주 사용할까. 한 사람에게 벌을 줄 일이 있으면 앞으로 불러내어 뺨을 때린다. 여러 아이들에게 벌을 줄 때는 회초리로 종아리나 손바닥을 때린다. 그런 건 맞을 때까지 긴장하고 있다가 맞는 순간에 따끔하고 저릿함이 지나면 끝이 난다.

선생님은 아이들에게 머리를 숙이게 해놓고 막대로 목덜미를 내려칠 때도 있다. 내가 목덜미를 맞을 때가 생각난다. 선생님이 내 목덜미를 칠 때 더 힘껏 내려치는지, 나는 생각만 해도 소름이 쫙 끼치며 몸이 쪼그라드는 것 같다. 나는 목덜미를 맞을 때 자리에서 일어서서 얼굴을 찡그리고 머리를 숙여 목덜미를 내놓는다. 매를 맞기를 기다리는 시간이 실제로 매를 맞는 순간만큼 고통스럽다. 나는 막대로 내려치는 순간을 보기 싫어서 눈을 질끈 감는다. 곧 막대로 목덜미를 내려치면 목덜미로 지나가는 모든 혈관 다발과 신경 다발이 한꺼번에 감당할 수 없는 충격을 받는다. 목덜미를 내려치는 순간에 온몸이 감전되는 전율이 흐르는 것 같고, 경련을 일으켜 까무러칠 것 같은 아픔이 온몸에 확 번져서 오금까지 저릿하다. 나는 목덜미를 맞을 때 고통을 생각하면 두려움이 온몸을 휘감는다.

선생님이 원망스럽다. 체벌이 학생들에게 정신을 차리게 해서 앞으로 더 잘하도록 하려는 건지 몰라도 목덜미를 후려치는 건 폭력이다. 학생들이 폭력을 당하면 육체적 고통과 정신적 상처만 커지고 불만이 쌓인다. 선생님은 그런 폭력을 어디서 배웠을까. 나는 일제강점기에 학교에서 교사가 칼을 차고 눈을 부라리면서 식민지 학생들을 위협하고 폭력을 휘둘렀다는 걸 역사적 옛이야기라고 알고 있다. 그런데 아직도 그 시대의 잔재가 남아 있는가. 학생들은 교사에게 폭력의 대상이 아니다. 어떠한 명분으로도 폭력은 정당화될 수 없다. 학교에서 체벌을 없애고, 학생에게 인간적인 교육이 실현되는 날이 언제 올 건가.

　선생님은 유달리 실습에 관심이 많다. 우리 반에서는 다른 반에 없는 거위도 키우고, 누에도 친다. 다른 아이들은 보리 이삭을 주워오라는 선생님의 지시에 말없이 잘 따르고 있는데, 나만 혼자 못한다고 한다. 이건 내가 선생님의 권위에 당돌하게 맞서는 짓이고, 선생님의 비위를 거스르는 짓이다. 그러면 고약한 괘씸죄에 걸려서 알게 모르게 또 다른 불이익이 따라올 거라는 생각이 머릿속에서 스멀거린다.

　그래도 나는 어떤 체벌이나 불이익을 받더라도 내 사정을 말하고 싶다. 나는 며칠 후에 보리 이삭을 가지고 오지 못할 걸 뻔히 안다. 그러면서도 분위기에 휩쓸려 당장의 현실만 모면하려고, 할 말을 하지 못하고 마음속에만 담아두고 있는 건 더 비겁하고 비굴한 짓이 될 것 같다. 나는 비굴한 인간은 되고 싶지 않다. 용기 있는 인간이 되고 싶다. 나는 선생님에게 말하려니 가슴속에서 두려움과 용기가 뒤엉켜 범벅이 되면서 망설여진다. 그래도 할 말은 해야 한다. 나는 체벌을 받을 각오를 하고 할 말을 하려고 손을 들면서 말한다.

　"선생님, 말씀드릴 거 있습니다."

　"이리 나와."

　선생님은 내가 내 자리에서 말하라고 하지 않고 나오라고 하신다. 왜 내 자리에서 말하게 하지 않고 나오라고 하시는지, 어떤 체벌을 주려고 나오라고 하시는지는 알 수 없다. 나는 체벌도 무섭고, 여러 아이들 앞에서 부끄러운 내 사정을 이야기하는 것도 쑥스럽다. 나는 잔뜩 위축되어 심란한 가슴을 안고 앞으로 나간다.

나는 좀 낮은 목소리로 선생님에게 이야기한다.

"선생님, 저도 보리 이삭을 주워서 학교에 가지고 오고 싶습니다. 하지만 저는 그게 어렵습니다. 저는 집에 가면 농사일도 해야하고, 땔나무도 해야 합니다. 지금은 농번기라 무척 바쁩니다. 저는 보리 베기도 해야 하고, 모내기도 해야 합니다. 보리타작도 해야 합니다. 보리 이삭을 주울 시간이 없습니다. 집에서는 보릿겨도개떡을 만들어 먹는데, 보리 이삭을 좀 줍는다고 하더라도, 부족한식량에 보태어 먹어야 합니다. 그래서 저는 보리 이삭을 가지고올 수 없습니다."

"넌, 교실 밖으로 나가라."

나는 선생님의 말씀을 예상하지 못했다. 내가 생각했던 체벌은아무것도 없다. 나는 교실에 있는 내 자리를 비워놓고 교실 밖으로 쫓겨난다. 교사가 학생에게 수업을 받지 못하도록 교실에서 쫓아내는 것보다 반교육적인 작태가 어디 또 있단 말인가. 수업시간에 교실에서 학생을 쫓아내는 선생님은 선생님도 아니고, 수업시간에 교실 밖으로 쫓겨나서 수업을 받지 못하는 학생은 학생도 아니다. 내 사정을 그대로 이야기하는 내가 무엇이 그렇게 잘못이란말인가. 학생이 질문하고 싶거나 하고 싶은 말이 있어도 입 다무는 교육을 잘 받아 앞으로 그런 인간이 되란 말인가. 나는 그런인간이 되고 싶지 않다.

나는 오전부터 수업을 받지 못하고 교실 밖에서 온갖 상념에 빠진다. 나는 학교에 와서 수업을 받고 싶어도 교실 밖으로 쫓겨난다. 내가 말한 건 내 형편을 이야기했을 뿐이고, 수업에 방해가 될문제를 일으킨 것도 아니다. 선생님은 나를 교실에서 쫓아내는 걸

요술방망이를 뚝딱 치는 마법으로 생각하시는가. 내가 교실 밖으로 쫓겨나면 우리 집에서 닭 모이가 좌르르 쏟아지는가. 그렇다고 하더라도 나는 수업시간에 남들처럼 교실에서 수업을 받으며 공부하고 싶다.

선생님이 나를 교실 밖으로 쫓아낸 진짜 이유는 무엇일까. 나를 교실 밖으로 쫓아내면 나는 어떻게 하라는 건가. 밥을 굶더라도 식량을 모이로 가지고 오란 말인가. 수업시간에 보리 이삭을 주워 오란 말인가. 그러면 지금 이 시간에 정말로 보리 이삭을 주우러 가야 하나. 나는 동네에서 다른 아이들과 어울리고 싶어도 혼자 산에 가서 땔나무를 하거나 들에 가서 농사일을 한다. 그래도 먹고 싶은 밥도 제대로 먹지 못하고, 닭 모이를 가지고 오지도 못한다. 가난의 멍에가 이렇게도 무거운가. 나는 가난을 짊어지고 가는 게 싫고 서글프다.

마음속에서 저항이 슬슬 올라온다. 선생님이 오늘 교실로 들어오라고 하지 않으면, 나는 내일 또 학교에 와서 교실에 있는 내 자리에 가서 앉으리라. 내일 또 선생님이 나가라고 하면 나오더라도 그때는 선생님께 캐물어 보고 싶다. 학생들이 닭 모이를 꼭 가지고 와야만 하는가. 달걀은 모두 어떻게 하는가. 달걀을 팔아서 받은 돈은 어디로 가는가. 달걀을 팔아서 모이도 살 수 없다면 곡식을 먹이면서 닭을 많이 키울 이유는 무엇이고, 닭을 키우는 방법을 배워야 할 이유는 무엇인가. 닭을 키우는 뒷맛이 쓸쓸하고, 나만 모이를 가지고 오지 못하는 게 쓸쓸하다.

어머니는 논밭에서 아무 일도 못 하신다. 그 일은 모두 내가 해야 한다. 그러니 나는 할 일이 많다. 보리를 거두어들이는 일은 보리를 베는 게 끝이 아니다. 이삭을 줍는 일이 보리를 거두어들이는 마무리다. 떨어진 이삭도 주워 모으면 유용한 식량이 된다. 주인이 먼저 보리 이삭을 줍는다. 그러면 남는 게 거의 없다. 그때라야 다른 사람이 주울 수 있다. 나는 시간이 없기도 하지만 시간이 있다고 하더라도 남의 논밭에서 보리 이삭을 줍는 건 여간 어려운 일이 아니다. 사람이 모자람이 없을 때 모자람을 모르니까, 선생님이 그런 걸 알 리가 없다. 다른 아이들 중에 월사금을 제때 내지 못하는 아이들까지도 보리 이삭을 주워오지 못한다고 하는 아이들은 아무도 없다. 나도 보리 이삭을 많이 주워서 학교에 가지고 오고 싶다. 우리 집에도 논밭이 많고 일할 사람이 있다면 나도 보리 이삭을 많이 주울 수 있을 거다. 그걸 학교에 가지고 오면 선생님이 얼마나 좋아하실까. 그랬으면 나는 수업시간에 쫓겨나서 교실 밖에서 이렇게 오래도록 서러움과 고민에 빠지지 않고, 교실 안에 비워두고 있는 내 자리에 앉아서 마음껏 수업을 받았을 걸.

학교에서는 칠팔 명씩 조를 만들어 순번으로 닭 당번을 한다. 당번이 되면 닭 모이도 주어야 하고 토끼풀도 뜯어다 준다. 당번은 수업을 마치고도 해야 하고 일요일과 휴일에도 한다. 방학 때도 당번은 돌아온다. 나는 당번이 아닌 날은 수업을 마치면 얼른 집으로 돌아온다. 산에 가서 땔나무도 해야 하고, 논밭에 가서 농사일도 해야 하기 때문이다. 저녁에 짬이 나면 공부를 한다. 아버지가 집에서 문짝을 짜는 날이면 송판을 켜서 문살을 만들 때 아버지와 톱을 맞잡고 톱질도 해야 한다. 시간은 내게 삶을 이어주는 생명선과 같다. 그래도 당번 날이 돌아와 학교에서 놀면 모는 걸 잊는 즐거운 휴식시간이 될 때도 있다.

나는 학교에 가지고 가고 싶어도 없어서 못 가지고 가는 것이 많다. 학교에서 빈 병을 가지고 오라고 할 때가 그렇다. 빈 병을 다시 사용하려고 수집하는 거야 얼마든지 좋은 일이다. 하지만 나는 이런 일이 있을 때마다 마음에 무거운 짐을 짊어진다. 우리 집에서는 병에 들어있는 물건을 사본 적이 없으니 빈 병이라곤 없다. 무엇을 사면 빈 병이 생길 수 있는지도 몰라서 가게 앞을 지나면서 슬쩍 엿보아도 알 수 없다.

우리 집에는 호롱불에 쓰는 석유를 담아두는 게 유일한 병이다. 이걸 비워서 가지고 갈 수도 없는 노릇이 아닌가. 돈이 없는 집에서 학교에서 빈 병을 수집하는데 내려고 물건이 들어있는 병을 억지로 사서 비워야 한다면 말도 되지 않는 일이다. 나는 선생님이 빈 병을 받는 날 아침이면 늘 마음이 조마조마하다. 선생님이 내 이름을 불러서 언제까지 빈 병을 가지고 오겠느냐고 물으면 나는 "우리 집에는 빈 병이 없어서 가지고 올 수 없습니다"라고 말해야 한다. 나는 그렇게 말하는 게 너무도 싫다. 빈 병을 가지고 오라고 하는 시기는 한두 번으로 끝나지 않는다. 빈 병을 가지고 오라는 시기가 끝나면 또 언제 빈 병을 가지고 오라고 할지 모른다. 그게 내게 고민거리다.

학교에서 가지고 오라고 하지 않아도 내가 필요해서 가지고 가야 하는 게 있다. 비가 오면 다른 아이들은 모두 비닐우산이나 마대 자루를 쓰고 학교에 간다. 마대 자루는 한쪽 모서리를 접어 넣으면 길고 큰 고깔이 되어 우비로 쓸 수 있다. 나도 우산이나 마대를 쓰고 아이들과 같이 학교에 가고 싶다. 하지만 나는 우산도 마대도 없어 나만 혼자 삿갓을 쓰고 학교에 가야 한다. 삿갓은 비가 오면 어른들이 들에 가면서 쓰고 가는 것이다. 나는 비가 오면 어른들처럼 논밭에 갈 때나 아이들만 가는 학교에 갈 때나 삿갓을 쓰고 간다.

나는 삿갓을 쓰고 학교에 가는 내 모습을 남에게 보이는 게 부끄러웠다. 그래서 나는 비가 오는 날 삿갓을 쓰고 혼자 학교에 간다. 학교에 가는 길에는 삿갓을 눌러 쓰고 가면 나를 알아볼 사람이 없다. 나를 모르는 사람이 나를 보는 거야 작은 아이가 물꼬를 트려고 논으로 가는 거로 생각할 테니까 그래도 좀 낫다. 하지만 운동장으로 들어가면 아이들이 나를 알아볼 수도 있는 게 문제다. 나는 비가 억수같이 쏟아지기를 바란다. 그렇게만 되면 운동장엔 아무도 없어 무사통과할 수 있다. 하지만 삿갓을 가지고 복도까지 들어갈 수 없다. 교실이나 복도에는 삿갓을 놓아둘 자리도 없고, 지금까지 내가 삿갓을 쓰고 학교에 온 게 모두 들통이 나게 될 테니까. 나는 삿갓을 쓴 채로 닭장으로 간다. 닭장 뒤에 잘 보이지 않게 삿갓을 벗어 놓고 나온다. 이럴 땐 닭장도 고맙다. 나는 비를 맞으며 교실에 있는 내 자리로 뛰어간다. 어쩐지 마음이 편치만은 않다.

5학년이 되었을 때는 내게도 소소한 현실에 변화가 생겨 남들과 비슷하게 됐다. 나는 추레한 한복을 면하고 단정한 양복을 입고 다니는 데 익숙해졌다. 어머니가 밥을 지을 때 쌀을 조금 얹어 내 도시락에 섞어서 싸주신다. 도시락 반찬도 다른 아이들과 같다. 그전에 소풍을 갈 때 다른 아이들은 모두 특유의 은빛이 반짝이는 멸치를 도시락 반찬통에 가득 가지고 갔다. 나는 멸치가 없어 내가 잡은 벼메뚜기를 볶아서 도시락 반찬통에 가지고 갔다. 점심시간이 다가올수록 마음속에서 벼메뚜기 생각이 거치적거렸다. 다른 아이들은 멸치를 먹는데 나만 혼자 벼메뚜기를 먹는 게 너무 쑥스러웠다. 점심시간이 다가오는 게 싫고 어디라도 나 혼자서 숨어서 먹고 싶었다. 그렇게 무겁던 마음의 짐도 이제 과거 속에 묻혔다. 이만하면 나도 남들과 비슷해지면서 남들과 비슷한 기쁨을 누리고 있다.

수업을 마치면 오후도 반나절이 지난다. 집에 가서 땔나무를 할 시간으로는 부족하다. 그래도 큰 걱정은 거의 없다. 내가 한 짐에 하는 나무의 양이 많아져 토요일과 휴일, 방학 때 열심히 하면 땔감은 될 수 있다. 물꼬는 아침 일찍 일어나서 보면 된다. 수업이 끝나면 나도 이제 마음 놓고 다른 아이들과 같이 어울릴 수 있다는 것만으로도 세상이 고맙다.

수업이 끝나면 아이들이 동별로 편을 갈라 축구경기를 하는 날이 있다. 축구공보다 좀 작은 고무공으로 축구를 한다. 나도 이제 때운 검정 고무신 대신 운동화를 신고 공을 찰 수 있다. 나는 수비를 맡는다. 상대방 문전 쪽에서 외곽으로 차낸 공이 내게로 굴러온다. 아이들이 공을 따라올 엄두를 내지 못한다. 아무도 없으니 내게로 굴러오는 공은 내 차지다. 내가 공을 향해 신나게 달려가서 오른발을 휘둘러 공을 찬다. 공이 높이 뜨면서 날아가 다시 상대방 문전 쪽에 떨어진다.

아이들이 상대방 문전에 다시 몰려들어 공방전을 벌인다. 피아를 구별하기조차 어렵다. 아이들이 조직적으로 공을 주고받는 기술이 없으니 그저 개인기로 공을 골문으로 차서 승부를 본다. 나는 전진해서 공이 흘러나오기만 하면 찰 기세다. 아이들이 공방전을 벌이는 장면을 바라보는 것도 흥미롭다. 나도 이 정도면 살만한 세상에 들어와 어울렸다. 이 시간은 정말 멋지다. 나는 알 수 없는 행복감을 느낀다.

수학여행은 학창시절의 즐거움 중에서도 백미다. 나는 설레는 가슴으로 수학여행 버스에 올랐다. 신라 천년의 고도 경주. 찬란했던 신라 문화를 보여주는 많은 고적들이 남아 있는 경주. 교과서에서만 보고 이야기로만 들으면서 동경하던 고적들을 직접 눈으로 볼 수 있다는 생각에 가슴이 두근거린다. "부르릉!" 버스에 시동이 걸리는 소리가 났다. 얼마 후 버스가 움직인다. 차창 밖으로 낯익은 풍경이 뒤로 밀리듯 스르르 밀려간다. 버스가 우리 동네를 지나 용바위골 절벽 밑을 돌아간다. 아이들이 부르는 교가 소리가 한껏 높아진다. 우리 집까지 들릴 거다. 어머니는 전에 나보다 상급생들이 수학여행을 가면서 부르는 노랫소리를 집에서 들으셨다. 그럴 땐 어머니가 내게 말씀하셨다.

"돈이 없어 너를 수학여행을 보내지 못해서 네가 집에서 저 노랫소리를 듣고 있으면 네 마음이 어떨까. 나는 그게 늘 가슴에 걸린다." 나는 그때 어머니가 걱정하시며 안타까워하시던 모습이 떠오른다. 그러시던 어머니가 오늘은 집에서 내가 수학여행을 가며 부르는 노랫소리를 들으며 얼마나 흐뭇해하실까.

버스가 달린다. 차창 밖으로 새로운 풍경이 나오고 또 지나간다. 포항 시내가 눈에 들어온다. 나는 도시를 처음 본다. 마음이 들뜬다. 도로에는 차들이 어찌나 많은지 눈이 휘둥그레진다. 인도에는 많은 사람들이 분주히 왔다 갔다 한다. 시내에는 한옥과 양옥들이 빼곡하게 붙어 있다. 집과 집 사이의 담장 위에는 철조망이 있거나 깨진 병 조각이 뾰족뾰족 날카롭게 붙어 있다. 철제 대문도 굳게 닫혀 있다. 버스가 포항 시내를 벗어난다. 오른쪽으로 기찻길이 있고 왼쪽으로 형산강이 푸르다. 달리던 버스가 형산강 다리 앞에서 멈추어 기다린다. 반대편에서 오는 차들을 보낸 다음 교통순경의 신호에 따라 다리를 건넌다. 다리의 폭이 좁아서 다리 위에서 차가 교차할 수 없기 때문이다.

버스가 형산강을 건너고, 들을 지나 기와집들이 즐비하게 보이는 경주 시내에 접어들었다. 경주역 앞에서 버스가 멈춘다. 고적 사진을 파는 사람들이 버스를 둘러싸고 왁자글 모여든다. "고적 사진 사세요! 고적 사진! … " 버스 창문을 열고 다투어 사진을 들이미는 사람이 숱하다. 버스 안까지 올라와 고적 사진을 설명하면서 파는 사람도 있다. 손바닥보다 작은 크기의 사진 여러 장이 작은 봉투에 들어있다. 고적을 실제로 보고 다시 생각하고 기억에 남기려면 사진이 있어야 할 것 같다. 나는 고적 사진을 사서 사진에 쓰여 있는 간단한 설명을 읽는다.

"쿵작쿵작 ~, 붐빠붐빠 ~, 뚜뚜 …" 북치고 나팔 부는 긴 행렬이 다가온다. 화려한 청소년 고적대다. 예복을 입고 머리에는 수술을 단 원뿔 모양의 모자를 썼다. 선봉자가 행렬을 마주 보며 뒷걸음으로 걷는다. 하늘을 콕콕 찌르듯 지휘봉을 높이 들었다가 내리기를 반복하는 날랜 동작이 눈길을 사로잡는다. 선봉자가 행렬이 나가는 방향으로 돌아서서 나가며 지휘봉을 좌우로 현란하게 돌린다. 행렬 가운데는 여왕이 가마를 타고 지나간다. 나는 신기한 광경에 눈이 휘둥그레진다. 내 손에는 고적 사진을 쥐고 있고, 내 눈앞에는 고적대가 지나간다. 내 머릿속에는 천여 년의 세월을 왔다 갔다 하며 과거와 현재가 공존하는 듯하다. 버스가 시내로 더 들어가 멈추고 우리는 내려 박물관으로 들어간다.

박물관으로 들어서자 종각이 보이고 봉덕사종이 눈에 들어온다. 나는 봉덕사종이 우리나라에서 제일 큰 종이란 건 알고 있기는 했지만, 눈앞에 나타난 웅장한 종을 보고 깜짝 놀란다. 나는 학교 종과 교회당 종 외에는 종을 본 적이 없다. 그런 내가 실제로 보는 봉덕사종의 크기는 상상을 훨씬 뛰어넘는다. 종의 높이는 보통 사람의 두 길이 훨씬 넘어 보이고, 종의 둘레는 아이들의 네 아름도 넘을 것 같다. 저렇게 어마어마하게 큰 종을 어떻게 만들고 옮길 수 있었을까. 놀라움과 동시에 의문이 머릿속으로 확 밀고 들어온다.

박물관에서 해설자가 나와서 설명을 한다. 이 종각에 종을 옮겨 다는 과정부터 사진을 가리키면서 설명한다. 이 큰 종을 종각으로 옮겨올 땅 위에 흙을 쌓아 높인다. 그 위에 둥근 통나무를 촘촘하게 놓고 종을 올려서 여러 사람이 민다. 원목이 바퀴처럼 돌며 종이 밀린다. 사진을 보며 설명을 들으니 이해가 된다. 해설자는 설명을 계속한다. 종 맨 위에 소리가 길게 이어지면서 세어졌다 약해지기를 반복하는 맥놀이가 생기게 하는 게 있다고 한다. 종을 매달고 있는 고리를 설명한다. 나는 잠시 한눈을 팔다가 맥놀이 현상이 만들어지는 데를 가리키는 걸 정확하게 보지 못했다. 아까운 무엇을 놓친 것 같아 허전하다. 종 밑에 땅을 파놓았는데 그것도 소리의 울림을 도와주는 맥놀이를 생기게 한다고 한다. 종의 무늬와 예술적 가치에 대한 설명이 끝났다.

타종을 해서 종소리를 들려준다고 한다. 나는 봉덕사종의 최대 관심사인 "에밀레 ~ "하는 신비한 소리를 직접 들어본다는 기대에 가슴이 벅차오른다. 종의 표면을 당목으로 친다. 커다란 종에서 웅장한 소리가 "우웅~ "하면서 끊어질 듯 끊어질 듯 길게 이어진다. 맑고 아름다운 소리에 나는 감동한다. 하지만 아무리 애쓰며 다시 들어도 "에밀레 ~ "라는 소리는 들리지 않는다. 봉덕사종에 대한 설명을 듣고 종소리도 들었다. 하지만 봉덕사종을 어떤 방법으로 만들었는지에 대한 설명은 없다. 대장간에서 풀무질하고 호미와 칼, 도끼를 담금질해서 벼리는 것밖에 본 적이 없는 나는 이 엄청나게 큰 종을 얼마나 큰 대장간에서 어떻게 만들었는지 상상조차 할 수 없다.

박물관 전시실로 들어갔다. 수많은 유물이 전시되어 있어 무엇이 무엇을 의미하는지 어리둥절하다. 아름다운 금관이 눈길을 끈다. 하지만 머물러 감상할 시간이 없어 지나가는 길에 건성건성 스쳐보면서 인솔하는 선생님을 바쁘게 따라간다. 인물 석상 앞에 발걸음을 멈추었다. 이상하다. 석상의 머리가 없다. 박은조 선생님이 설명하신다.

"신라에서는 불교가 전래 되었지만, 재래의 종교와 배치된다고 하여 신하들의 반대로 불교가 공인될 수 없었다. 그때 신하이며 불교 신자인 이차돈이 법흥왕에게 청하였다. '신에게 왕명을 거역하고 절을 지었다고 벌을 내려 신의 목을 베면 흰 피가 솟구칠 것입니다. 그러면 대신들의 반대가 가라앉을 것이니 그때 불교를 공인하여 나라가 번성하도록 하여 주십시오'라고 하였다. 이차돈의 목을 베자 목은 날아가 없어지고 목에서 흰 피가 솟구쳤다. 그래서 이 석상에 머리는 없고 목에는 흰 젖이 솟구치는 모습이 새겨져 있다. 이렇게 해서 신라에서 불교를 공인하게 됐다."

이차돈이 우리나라 불교의 첫 순교자라는 박 선생님의 설명을 흥미롭게 들었다. 나는 박 선생님이 해박하시다는 건 알고 있었지만 이렇게 많이 아시는 데는 감탄이 절로 나온다. 박 선생님이 인솔 교사로 오시지 않았더라면 박물관 전시실을 스쳐보며 지나갈 뻔했다.

박물관에서 나와 가까운 시내에 있는 금관총으로 갔다. 조금 전 박물관에서 본 금관이 출토된 곳이라 붙여진 이름이다. 우리나라에서 금관을 처음 발견한 무덤이다. 봉분이 전혀 없어 주변의 평지와 같이 평평하다. 반면에 나는 주변으로 연이어 있는 위엄이 넘치는 능묘의 봉분을 보고 놀란다. 봉분이 하도 커서 산더미 같다. 봉분의 높이를 눈으로 짐작해 본다. 어른의 다섯 길을 훨씬 넘을 것 같다. 봉분의 비탈에 몇백 년의 세월을 묵묵히 지켜 오고 있을 것 같은 수령이 많고 커다란 노거수가 있는 데도 있다. 봉분의 경사면에는 아이들이 미끄럼을 탄 흔적이 희미하게 보인다. 저렇게 산더미 같은 많은 흙은 어디에서 가지고 왔을까. 이 근처에서 가지고 왔다면 지면이 낮아졌거나 계곡이라도 생겼을 것 같아서 주변을 살폈지만, 어디에도 낮아진 곳도 계곡도 보이지 않는다. 멀리서 이렇게 많은 흙을 가지고 왔다면 얼마나 많은 노동력이 동원됐을까. 능묘 한 기를 만드는데 얼마나 많은 세월이 걸렸을까. 의문이 가득하다.

버스를 타고 시내를 벗어나 서악으로 가서 무열왕릉을 본다. 능선 자락에 커다란 능이 있다. 능 앞에 무열왕릉비가 있다. 비석을 세웠던 받침돌 위에 비석은 없고, 비석 위에 얹었던 머릿돌이 바로 얹혀 있다. 받침돌의 돌 거북이 생동감이 있고, 머릿돌의 문양이 화려하다. 비석의 몸체는 어디로 갔을까. 비석에는 삼국통일의 기초를 닦은 무열왕의 화려한 업적이 쓰여 있었을 텐데. 나는 비석이 없어 섭섭하다.

버스를 타고 첨성대로 온다. 차창 밖으로 보이는 첨성대의 첫인상은 벌판에 덩그러니 홀로 서 있어 밋밋하고 외롭게까지 느껴진다. 내가 첨성대에 대해서 알고 있는 건 1300여 년 전에 축조한 천문대라는 것과 화강암 벽돌이 엇물리도록 27단을 쌓았다는 것이다. 외형도 원통형으로 윗부분이 조금 잘록하여 내가 본 그림과 닮았다. 버스에서 내려 첨성대 가까이 간다. 첨성대 주변에는 널빤지로 만든 목책이 촘촘한 간격으로 둘러쳐져 접근을 막고 있다. 손으로 첨성대를 만져보고 싶지만 어쩔 수 없다. 첨성대는 첫인상에는 특별한 게 없는 것 같았는데 자세히 보면 볼수록 많은 생각을 하게 한다.

첨성대는 단마다 대부분 둘레가 조금씩 다른 게 이상하다. 왜 저런 모양으로 만들었을까. 단마다 커다란 돌 벽돌의 모양이나 크기도 그만큼 다르다. 더구나 첨성대는 1년의 날짜 수와 일치하게 365개의 석재를 짜 맞추었다니 참으로 흥미롭기 그지없다. 신라 사람들은 돌을 밀가루 반죽 만지듯 하였을까. 아무리 그래도 저렇게 커다란 돌을 저만큼 높이 올려놓고 늘리거나 줄이지는 못했을 터인데, 저 석재들을 어떻게 저렇게 정교하게 다듬어 조립했는지 궁금증이 따라붙는다. 땅에서 만들었다면 얼마나 치밀하고 정교한 구조설계도가 있었을까.

첨성대에서 천문은 어떤 방법으로 관측했을까. 첨성대에는 무슨 천문관측 장치가 있어서 더 잘 볼 수 있었을까. 별이 빛나는 밤에

별의 위치를 보았을까. 하늘에 해와 달을 보고 계절을 알아서 달력을 만들었을까. 그런 걸 알려면 높은 산에서 보면 더 잘 볼 수 있지 않았을까. 첨성대가 평지에 있는 걸 보면 그림자에 무슨 비밀이 있어 계절과 시간을 알 수도 있었을 것 같다. 나는 첨성대에서 어떻게 천문을 연구했는지 모르니 첨성대가 더 신비롭게 생각된다. 혹시 별을 보고 천기를 알아내는 점성술이 있었던 걸까. 그래서 나라의 안녕을 비는 제례를 지냈을까. 첨성대의 내부는 어떻게 생겼을까. 나는 수학여행에서 첨성대를 보면서 견문이 넓어지기도 했지만, 의문이 더 많아졌다. 첨성대 앞에서 몇 명씩 기념사진을 찍고 나는 첨성대에 대한 궁금증을 한 아름 안은 채 다음 행선지로 향하는 버스에 몸을 실었다.

버스는 남쪽으로 달리다가 계림과 오릉을 잠시 들러보고 포석정으로 갔다. 포석정은 그림으로 본 것과 똑같아 낯설지 않다. 내가 교과서를 보고 알고 있는 건 간단하다. 포석정은 돌을 다듬어 굽은 물길을 만들었고 물이 흐르게 했다. 왕과 신하들이 곡수에 둘러앉아 술잔을 띄우고 앞에서 술잔이 멈추는 사람이 술을 마시며 풍류를 즐겼다고 한다. 포석정은 경애왕이 연회를 하다가 후백제의 습격으로 죽었다는 안타까운 역사의 미스터리를 가지고 있다.

나는 포석정을 보면서 생각해본다. 이 도랑에 술잔이 떠서 흐른다고 하더라도 어디에서 멈춘다는 건 도저히 이해할 수 없다. 술잔이 멈추는데 무슨 신비한 비법이 있었을까. 포석정 도랑의 한쪽 끝에는 엄청 큰 고목이 있다. 이 나무는 언제부터 있었을까. 포석정을 만들 때부터 있었다면 천년이 훌쩍 넘는다. 그 긴 세월 동안 나무는 뿌리를 뻗고 굵어지면서 이 도랑은 얼마나 변했을까.

여기서 경애왕이 술잔치를 벌이다가 후백제 견훤의 습격으로 죽었다는 건 믿어야 할까, 믿지 않아야 할까. 아무래도 포석정 역사에서 진실의 한 자락을 잃어버린 것 같다. 경애왕이 얼마나 못난 왕이었기에 후백제의 군사가 왕도까지 공격해 오는 걸 모를 수 있었을까. 알고도 한가롭게 풍류를 즐겼다는 게 있을 수 있는 일인가. 어떻게 이렇게 허술하기 짝이 없는 이야기가 있을까. 적이 공격해 오는 걸 알았다면, 왕이 군사를 모아 저항이라도 하다가 패배하는 쪽이 낫지 않았을까.

포석정의 온전한 역사는 무엇일까. 우리는 포석정에서 무엇을 기억해야 슬픈 역사를 되풀이하지 않을 건가. 나는 애환의 역사가 서려 있는 포석정 앞에서 묻는다. "포석정의 애달픈 역사는 어디까지가 진실이냐"고. 포석정은 말이 없다. 경애왕을 소환한다면 포석정 역사의 진실은 뭐라고 할까. 전쟁 중 여흥을 즐기다가 적군에게 잡혀 죽었다는 건 자신에게 덧씌워진 역사적 누명이라고 할까. 역사에는 밟은 자의 근거만 있지 밟힌 자의 근거는 지워지기 쉽다고 할까. 역사는 승자의 기록이니 곧이곧대로 믿을 수 없다고 할까.

버스는 북쪽으로 향해 신라 궁궐이 있던 반월성에 닿았다. 버스에서 내린 우리는 중요한 무엇이라도 보려는 듯 나지막한 언덕을 우르르 올랐다. 올라가 보아도 이곳에 신라 궁궐이 있었다는 흔적을 말해주는 건 아무것도 없다. 왕궁이 있었을 성싶은 넓은 벌판에는 잡초만 무성하다. 반월성 둘레의 성곽 터에는 솔숲이 우거졌다. 남쪽은 절벽 밑으로 남천이 흐른다. 남천 건너에는 금오산으로도 불리는 경주 남산이 눈앞에 보인다. 남산에는 신라 시대에 염불 소리가 그치지 않았다고 한다. 남산에는 절터만 해도 100여 곳이 넘고 많은 유적들이 남아 있어 산 전체가 노천박물관이라고 할 만큼 신라 사람들의 예술의 숨결이 살아 숨 쉬는 걸 느낄 수 있다고 한다.

반월성은 찬란한 신라 천년의 문화가 화려한 꽃을 피운 본거지인 왕성의 자리. 하지만 성 가운데 텅 비어있는 공간은 잡초만 덮여있어 여기가 왕궁이 있었다는 사실을 말해주는 건 아무것도 없다. 화려했을 왕성을 떠올려보지만, 상상이 잘되지 않는다. 불타버린 황룡사 터에서도 주춧돌은 남아 있고, 건물이 없는 포석정에서도 돌로 만든 물길은 남아 있다. 그런데 반월성에는 주춧돌 하나도 남은 게 없다. 대체 누가 왜 왕궁터의 흔적을 이렇게 지웠을까. 고적이라곤 동쪽 끝자락에 얼음을 보관하던 인조석굴이 하나 있다. 그것도 신라 시대에 축조한 게 아니고 조선 시대 만든 얼음창고라고 한다. 우리는 언제까지 반월성의 나지막한 언덕을 올랐다가 허탈하게 내려오기를 반복해야 할까.

반월성을 나와서 가까운 안압지로 이동했다. 안압지 호반에서 박은조 선생님이 안압지에 관한 설명을 하신다.

"이 호수는 안압지라고 하는데 반월성에 딸린 인공호수다. 이 호수의 물은 저쪽 북천에서 들어온다. 안압지는 호반이 구불구불해서 호반 어디에 서서 보아도 호수 전체를 볼 수 없다.

저 건너 호수 연안에 보이는 전각은 임해전이라고 한다. 임해전은 반월성에 있는 왕궁의 별궁으로 연회를 하던 곳이다. 경순왕은 저기서 신하들과 회의를 했다. 경순왕은 신하들에게 '나라가 쇠해서 더 유지하기 어렵다. 전쟁을 해서 죄 없는 백성을 죽게 할 수 없다'고 하며 나라를 들어 고려에 넘기기로 했다. 이때 태자는 '싸우지도 않고 천년 사직을 남에게 줄 수 없다'고 하며 반대했으나 뜻을 이루지 못하자 마의를 입고 금강산으로 들어가서 살았다. 그래서 마의태자라고 한다."

나는 안압지 전체를 한눈에 볼 수 없는 데는 무슨 비밀이 숨어 있을 것 같다. 안압지 연안에 보이는 건물은 임해전뿐이다. 나는 신라 천년의 사직이 허무하게 무너지는 이야기를 들으면서 상처를 품고 있는 임해전이 무척 쓸쓸해 보인다. 국가의 흥망성쇠는 무엇이 결정하는가. 나는 신라 사람들이 경주에서 불국사까지 비를 맞지 않고 갈 수 있었다는 화려한 서라벌의 모습과 장보고가 보았던 으리으리했던 왕성과 번성했던 서라벌을 상상해본다. 화랑도의 기상과 삼국통일의 기개가 머릿속으로 스쳐 간다.

다음 행선지 불국사로 향하는 버스에 올랐다. 불국사는 내가 가장 보고 싶어 하던 던 곳. 버스가 달린다. 나는 차창을 스쳐 가는 신라의 산천을 바라본다. 신라의 달밤 노랫말이 머릿속에 맴돈다. 금오산 위쪽은 천천히 움직이고, 가까운 풍경은 눈길이 머물 시간도 없이 빨리 다가와서 빠져나간다. 버스는 한참을 달려 불국사역 근처에서 왼쪽 방향으로 직각으로 꺾어 토함산 쪽으로 들어간다. 버스는 곧 불국사에 닿았다. 동경하던 불국사. 어서 보고 싶던 불국사가 실제로 눈앞에 보인다. 청운교와 백운교로 다가갔다. 아름다움을 감상할 틈도 없이 우리는 무엇에 쫓기듯 청운교 계단에 앉아 단체 기념사진부터 찍었다. 청운교와 백운교는 오랜 세월 동안 얼마나 많은 사람이 오르내렸는지 계단마다 끝 모서리 가운데가 많이 닳아 낮아졌다. 백운교의 계단을 따라올라. 자하문에서 불국세계에 들어섰다. 대웅전 앞뜰이다.

뜰 동쪽에 다보탑이 있고 서쪽에 석가탑이 있다. 다보탑이 먼저 눈길을 사로잡는다. 내가 보기에는 다보탑이 우아하고 섬세한 여성미가 가득해서 그 아름다움을 말로 표현할 수 없을 정도로 경이롭고 신기하다. 다보탑은 층수조차 분간하기 어렵다. 반면에 석가탑은 3층으로 간결하게 보인다. 그런데 내가 이미 알고 있기로는 석가탑이 단아하면서 예술성이 뛰어난 신라의 대표적 탑이라고 한다. 예술성이 뛰어나다는 게 무슨 뜻일까. 석가탑의 또 다른 이름은 무영탑이다. 석가탑을 만든 뛰어난 석공이었던 아사달과 그의 아내인 아사녀의 애틋한 사랑의 전설이 깃들어 있는 이름이다. 아사달의 뛰어난 예술성은 어디에 숨어 있을까. 내가 예술을 몰라서 석가탑의 중요한 무엇을 못 보고 있는 걸까. 나는 석가탑을 보면서도 무슨 착각에 빠져 있는지 모르겠다.

높은 기단 위에 있는 대웅전이 웅장하고 단청도 화려하다. 대웅전은 임진왜란 때 목조 건물은 소실되어 기단만 남았고 그 후 복구한 것이란다. 대웅전 계단을 올라가 대청마루를 바쁘게 살핀다. 전면에 큰 불상이 보인다. 석가모니여래불이다. 전면과 좌우, 천장까지 어느 하나 화려하지 않은 게 없어 눈을 현란하게 한다. 천장의 반자는 가운데가 하늘 쪽으로 우묵하게 높은 우물 형태다. 대웅전 좌우의 벽면에 아름다운 문양이 있다. 들보 위에는 용, 코끼리, 원숭이, 새, 물고기 등 여러 가지 동물 모양을 조각해서 장식했다. 대웅전 뒤쪽에 있는 건물로 가서 신라 시대에 만들어진 금동불상을 잠시 보고 돌아왔다.

대웅전 앞뜰에서 서쪽으로 내려와서 다시 남쪽에 있는 연화교와 칠보교로 내려왔다. 불국사 전경을 배경으로 단체 기념사진을 찍었다. 여기서 사진을 찍으면 대웅전의 동쪽 추녀가 공중으로 벋어 있는 솔가지 사이로 하늘을 향해 치솟아 있고, 목조 건축물과 석조 건축물의 측면이 원근법으로 보이는 전형적인 불국사의 전경이 된다. 나는 거기에 서서 불국사를 바라보면 그토록 보고 싶었던 불국사의 아름다운 전경을 볼 수 있다는 것도 몰랐다. 나는 사진을 찍는 단체 속에 잠시 섰다가 나왔다.

나는 청운교와 백운교, 석축을 살피기 바쁘다. 장엄하고 아름다운 석조 건축물이 천 년을 훌쩍 넘는 오랜 세월 동안 원형을 보존하고 있다고 한다. 석축 바닥의 땅을 어떻게 다졌기에 이렇게 오랜 세월을 견디고 있을까. 돌을 다루는 솜씨가 입신의 경지에 이르렀던 신라 사람들의 혼의 흔적을 보는 것 같다. 청운교와 백운교는 다보탑과 석가탑의 예술성에 가려 지나치기 쉽지만, 신라 사람들의 불국정신과 예술이 어울린 조화의 정수다. 청운교와 백운교는 계단인가, 다리인가. 위쪽은 속계에서 불국세계로 올라가는 계단이고 아래쪽은 장대석을 양쪽으로 새우고 그 위를 무지개형으로 만든 아름다운 구름다리다. 청운교와 백운교는 신라 사람들이 앞에 있었던 연못을 배를 타고 건너서 속계에서 욕심과 노여움, 어리석음을 다 버리고 구름을 타고 불국세계로 들어가는 다리다. 구름다리를 보고 있으니 신라 사람들이 옷자락을 날리며 속계와 불국세계를 잇는 구름다리를 올라 성스러운 불국세계로 들어가는 우아하고 환상적인 모습이 상상으로 떠오른다. 신라 시대의 다리로는 유일하게 남은 청운교와 백운교를 보고 불국사 경내를 서둘러 나왔다.

석굴암으로 향하는 토함산 오솔길로 들어섰다. 길의 초입에서 완만하던 경사가 오를수록 조금씩 가팔라진다. 내려오는 사람들도 점점 많아져서 꽤 붐빈다. 모두 교복을 입고 교모를 썼다. 수학여행을 온 중학생들과 고등학생들로 보인다. 모두 불국사 근처 기념품점에서 산 지팡이를 짚었다. 서로 재미있는 듯 수다를 떨면서 내려오지만, 매우 힘들어 보인다. 석굴암이 얼마나 멀고 높은 곳에 있는지 모르지만 나는 거뜬히 다녀올 자신이 있다. 순간에 자부심과 부러움, 즐거움이 묘하게 교차하는 것 같다. 내가 날마다 나무를 하면서 이보다 더 험한 산길을 무거운 짐을 지고 오르내리며 단련된 심신에서 나오는 자부심이 생긴다. 중학생과 고등학생이 부럽다는 생각이 머리를 스친다. 검은색 광택이 나는 기념품 지팡이를 나도 만져봤으면 싶다.

지금 석굴암에서 내려오는 걸 보니 그들은 멀리서 경주로 수학여행을 왔음을 짐작할 수 있다. 내려오는 학생들은 어제 와서 시내에 있는 고적을 둘러보고 하룻밤을 자는 여유를 가졌을 것 같다. 오늘은 오전에 여유롭게 불국사를 보았고 오후에 석굴암을 보고 돌아가려는 것 같다. 학생들은 국민학생일 때는 먼 경주까지 오지 못했을 것이다. 국민학생은 우리뿐이다. 우리는 비록 하루 일정이지만 경주에 가까이 살고 있는 덕분에 이렇게 일찍 즐거움을 누리는 것 같다. 행운이고 축복이다. 감사하고 가슴이 뿌듯하다.

나는 토함산 비탈길을 구불구불 돌아 올라간다. 남쪽 능선 안부에 올라 심호흡으로 맑은 공기를 한껏 들이켰다. 능선 안부에서 동쪽으로 굽어보는 계곡의 풍경이 눈에 확 들어온다. 짙푸른 토함산에서 펼쳐지는 산등성과 깊은 계곡, 이어지는 구릉, 멀리 넓은 동해바다가 배경을 이루어 어우러진 풍경이 경외감을 느끼게 한다. 나는 천여 년의 세월 전으로 돌아가 신라 사람들의 모습을 상상하며 정취를 느껴본다. 불심 지극한 신라 사람들도 여기서 경이로운 풍경을 바라보며 속세로부터 멀어진 고즈넉함을 느끼며 번뇌를 잠시 잊고 석굴암으로 갔으리라.

능선 안부로 몰려온 시원한 산바람이 옷깃을 스친다. 초록색 이불처럼 토함산을 부드럽게 덮고 있는 울창한 숲이 거대한 물결처럼 바람에 넘실거리며 춤을 추는 향연을 펼친다. 내 눈과 마음은 일렁이는 숲과 바람결을 따라간다. 산은 높고 골은 깊다. 발아래 동쪽으로 내려다보이는 웅숭깊고 탁 트인 계곡에 산그늘이 짙게 드리워졌다. 고갯마루에서 시작된 계곡은 멀어질수록 깊고 넓어진다. 산록의 끝자락 구릉은 잘 그린 한 폭의 산수화 같다. 양쪽 능선 끝자락에서 갈려 나온 야트막한 능선들이 서로 엇갈리게 밀고 들어가 겹겹이 엇물려 있다. 물길은 산모롱이를 휘돌아간다. 내 눈길은 낮은 능선들이 엇갈리는 사이로 흐르는 물길을 찾아가다가 아스라이 보이는 광활한 동해바다에 이른다.

나는 멀리 동해바다의 수평선을 바라본다. 동이 트고 저 바다가 붉게 물드는 아침이면 수평선 저쪽에서 세상을 밝혀주는 태양이 솟아오르겠지. 여기서 바라보는 동해바다의 일출 광경이 장엄하다는 건 말로만 들었다. 아침 일찍 왔더라면 붉은 태양이 떠오르는 신비로운 일출 광경에 감탄하면서 아침 햇살이 계곡으로 쏟아져 천천히 차오르는 시간을 볼 수 있었으리라. 토함산 동쪽 중턱을 감돌아 석굴암으로 가는 길은 오르내림이 없는 호젓한 오솔길이다. 길 양쪽으로 우거진 숲이 나를 안온하게 보듬으며 반기는 것 같다. 나는 오솔길을 따라 한참 걸어 석굴암 앞뜰에 들어선다.

석굴암 위에 덮은 흙이 숲으로 에워싸여 있다. 계단을 올라가 석굴 앞에 섰다. 석굴암은 화강암을 쌓아 올려 만든 인공 석굴이다. 석굴 입구 좌우로 돌기둥이 있고 위쪽은 반원형이다. 기둥 옆으로 금강역사의 무사 상이 근육질을 자랑하며 주먹을 불끈 쥔 용맹스러운 모습에 으스스한 느낌이 든다. 석굴 안으로 들어섰다. 원형 바닥의 중앙 높은 연화좌 위에 불상이 자비로운 미소를 가득 머금고 있다. 불상이 삶을 달관한 따뜻하고 편안한 모습으로 가까이 오는 나를 맞이한다. 백색 화강석으로 빚어낸 정교하고 장중한 걸작이다. 저렇게 큰 불상을 어떻게 저만큼 조화롭고 아름답게 조각했을까. 신라 사람들의 예술혼의 숨결이 느껴지면서 감탄을 자아낸다.

박은조 선생님이 설명을 하신다.

"여기 본존불의 이마에는 금이 박혀 있었다. 동지 때 해가 뜨면 햇빛이 여기에 비춰져서 금이 반짝거렸다. 석굴암의 방향이 신기하지. 그런데 지금은 금이 없어졌다. 저기 벽 윗부분에 작은 다락방 같은 게 있다. 저걸 감실이라고 하는데 작은 불상이 안치돼 있다. 그런데 빙 둘러 있는 열 개의 감실 중 두 개에는 불상이 없다. 불상 두 개는 일제강점기 때 일본으로 반출됐다. 여기 본존불의 오른쪽 둔부에 파인 곳을 땜질한 흔적이 있다. 일제는 신라 사람들이 돌을 다루는 솜씨가 워낙 뛰어나서 겉에는 표시가 없지만, 이 불상 안에 보물을 넣어 두었을 것이라고 생각했다. 그래서 일제가 뚫어 본 것이다. 그러나 불상 안에 아무것도 없자 다시 백색 화강석과 시멘트로 메운 흔적이다."

박 선생님의 설명을 듣고 나는 신라 사람들의 예술에 감탄하면서도 가슴 한구석에 서운함이 남는다. 그래도 한군데만 뚫어보았기에 망정이지 하마터면 불상 전체가 깨진 돌조각이 될 뻔했다.

나는 불상에 남은 시련의 상흔을 손으로 어루만져 본다. 화강암을 새운 벽면에는 저마다 다르면서 신비로운 불상이 조각되어 있다.

천장은 반구형이다. 천장의 돌은 어떻게 저렇게 붙어 있을까. 반구형의 가운데 돌은 큰 바위 같다. 밑에서 받치는 것은 없다. 돌은 어디에 걸려 있을까. 돌이 천장에 붙어 있는 비밀은 무엇일까. 반구형의 이치를 아무리 생각해도 도무지 알 수 없다. 석굴암은 돌을 다루는 신라 사람들 솜씨의 최고의 경지요 정수다. 석굴암은 웅대함과 정밀함이 조화롭게 어울린 걸작이다.

석굴암을 나와 올라왔던 오솔길로 불국사까지 내려와 돌아오는 버스에 올랐다. 이렇게 해서 경주 수학여행은 내게 즐거운 추억을 깊이 새겨주었다.

나는 늘 내 이름이 이상하다고 생각한다. 그때마다 입학할 때 이상한 이름마저 왜 그렇게 찾기 어려웠는지, 아무도 모르는 이름이 어떻게 난데없이 내 이름이 되었는지 궁금하다. 나는 5학년이 되면서 상용한자를 어느 정도 알게 되어 웬만한 한문으로 된 서류는 읽을 수 있다. 그래서 나는 내 이름이 왜 그렇게 붙여졌는지 알아보기로 했다. 내가 면사무소로 가서 알아보았다. 내가 본 기류부에 있는 내 이름은 "김옥이"다. 무슨 곡절이 있어 이런 이름이 내게 생겼을까. 정체를 알 수 없는 또 다른 엉뚱한 이름이다. 들어본 적이 없는 이름이지만 글자만 봐도 귀에서 민망한 소리가 들리는 것 같다. 여자 이름 같기도 하고 부르기도 어색하여 안 본 것만 못하다.

입학할 때 다른 사람들은 갱지로 서류를 작성해줬는데 왜 나에게만 미농지로 서류를 작성해주었는지 물었다. 면사무소에서는 갱지로 서류를 작성해준 사람은 본적이 신광면에 있는 사람들이라고 한다. 나는 신광면이 본적이 아니라서 호적부는 없고 기류부만 있어서 미농지로 서류를 작성했다고 한다. 그리고 기류부의 내용은 신청에 의해서 작성하기도 하지만 신청 없이 작성하기도 해서 호적과 일치하지 않을 수도 있다고 한다.

나는 본적지에 호적을 알아보았다. 기류부에 있는 나의 신원이 호적과 일치하지 않는 정도가 아니다. 상상도 하지 못했던 놀라운 사실을 알았다. 나는 서류상으로는 이 세상에 존재하지 않는다. 나는 왜 호적이 없는가. 호적이 없는 게 내 탓은 아니다. 아버지가 정상적인 가정생활을 경험하지 못해서 부모의 역할을 배울 기회가 없었다. 자식을 낳아 놓고 호적에 올리거나 학교에 보낼 줄은 몰랐고, 자식을 오직 부모의 도구처럼 일을 시킬 생각만 했던 탓이다. 나는 호적이 없으니 공적으로는 아무것도 할 수 없다.

나는 유사이전 인간의 생활 모습이 머리를 스쳐 간다. 그때는 문자가 없었으니 호적이란 것도 없었을 것이고, 사람들도 온전한 이름은 없었을 것이다. 키가 작으면 난쟁이, 잘났으면 예쁜이, 금방 났으면 갓난이라고 했을지 모른다. 그때 사람들은 날마다 먹을 것을 찾아 숲속을 헤매며 풀뿌리를 캐서 먹고 열매도 따서 먹었다. 또 잡은 사냥감을 익혀 먹으려고 땔나무도 했을 것이다. 나는 어떻게 해서 유사이전 사람들의 삶과 이렇게도 닮았을까. 내가 만난 부모가 나를 원시사회로 돌려보낸 것이니 나로선 어쩔 수 없는 일이다. 나는 아무것도 모른 채 태어나서 유사이전의 사람들처럼 살아온 거다.

사람의 이름은 개인의 고유한 신분을 나타내는 것으로 날 때부터 부모들이 지어서 호적에 올려준다. 그 이름에는 부모의 기대가 실려 있다. 그런데 나는 누가 붙여 준 지도 모르는 이름들이 많지만 온전한 이름은 없고, 호적에도 없는 불안전한 이름들이다. 내가 무슨 못난 이름들의 전시장이란 말인가. 내 이름들은 대충 붙여진 것으로 고유한 우리말인지 한자어인지조차 불분명한 것도 있다. 부르기도 좋지 않고 듣기도 싫다. 나는 내 이름들을 모두 망각 속으로 묻어버리고 싶다. 나는 어감이 좋고, 부르기 좋고 듣기도 좋은 이름이면서 남자의 품위에 어울리고 무게가 있는 이름을 가지고 싶다. 내가 내 이름을 지어서 호적에 올리기로 했다. 여러 가지 이름을 놓고 비교하며 생각하다가 "김영철"로 결정했다. 꽤 괜찮은 것 같다.

나는 내가 지은 이름을 적어서 아버지에게 드리면서 본적지에 가셔서 호적신고를 해 달라고 한다. 그리고 호적등본 두 통을 해 오시라고 한다. 한 통은 면사무소에 제출해서 기류부의 내용을 바로잡는 데 쓰고, 한 통은 학교에 제출해서 나의 학적부를 정정하려고 한다. 아버지는 호적신고를 하고 호적등본을 가지고 오셨다. 내가 태어나서 호적도 없이 지난 기간이 십 년 하고도 거의 반 십년이 되어간다. 나는 소외된 세상을 벗어나서 보통 사람들이 사는 진짜 세상에 들어온 느낌이다. 나는 호적등본에 선명하게 보이는 내 이름을 보면서 묘한 기분에 젖어 행복감이 느껴진다.

이어서 호적의 사유란을 읽어 본다. 순간 나는 이상한 걸 본다. "서자 출생. 부 신고"라고 쓰인 글자가 눈에 들어와 가슴에 꽂힌다. 나는 호적등본을 읽는 걸 멈추고 생각한다. 서자라면 혼인 관계가 없는 사람에게 태어난 자식이다. 내가 사생아란 말이다. 세상이 변하기는 했지만, 아직도 서자를 좋지 않게 보는 오랜 사회적 편견은 남아 있고, 서자는 정상적인 상속인에서 제외된다. 서자의 신분은 대대로 이어진다. 내 운명이 서자라면 그것도 받아들여야 하고, 나는 서자라는 달갑지 않은 주홍 글씨를 짊어지고 사람들이 이상하게 바라보는 눈길을 받으며 살아야 한다.

나는 정상적인 혼인 외의 자식이라고 생각한 적이 없는데 어째서 내가 서자일까. 나는 그 이유를 알 수 없다. 나의 출생에 무슨 비밀이 얽혀 있는가. 나는 아버지와 어머니의 결혼 기록을 자세히 읽어 본다. 아버지와 어머니는 내가 태어나고도 혼인신고를 하지 않았다. 그래서 나는 호적상 혼인을 하지 않은 혼외출생자로 태어났으니 서자가 될 수밖에 없다. 호적을 제때 신고하지 않는 걸 예사로 여기는 가족사가 빚어낸 상처다. 결혼을 해서 살면 되는 거지 굳이 혼인신고까지 해야 할 필요가 없었다. 자식이 나도 크면 되고, 학교에 보내지도 않았으니 출생신고를 해야 할 이유도 없었다. 상속할 재산이 없으니 호적이 쓰일 데도 없다. 윗대에도 호적신고를 제때 하지 않았다. 호주상속 신고도 하지 않아서 돌아가신 지 오래된 증조할아버지가 아직도 호주로 되어있다. 씁쓸하지만 타고난 출신 배경이야 어쩔 수 없다. 하지만 이제부터는 끊어야겠다고 마음속으로 다짐한다. 문명사회에서 원시시대로부터 남은 잔재는 모두 털어내고, 나의 다음 세대에는 부담스러운 멍에를 대물림하지 않도록 해야지. 결혼을 하면 즉시 혼인신고를 하고 아이는 출생 즉시 이름을 등록할 거다.

6학년이 되어서는 외형상으로는 어느 정도 평범한 학교생활을 한다. 하지만 중학교에 진학할 수 있을지가 마음속에 고민거리다.

어머니도 중학생들을 부러워하시며 자주 말씀하셨다.

"나는 하얀 태를 두르고, 모표를 붙인 모자를 쓰고 다니는 중학생들을 보면 부럽고, 너도 저렇게 할 수 있으면 얼마나 좋겠는가 싶다."

나는 걱정하시는 어머니가 나를 중학교에 보낼 수 없다는 걸 내게 알리는 것 같기도 하다. 나는 어머니의 걱정을 덜어드릴 방법이 없다. 신문 배달을 해서 스스로 돈을 벌어서 학교에 다니는 고학생이 있다는 말을 들은 적이 있다. 내게 귀가 솔깃한 이야기이기는 하지만 그것도 집이 도시에 있어야 생각이라도 할 수 있는 일이다. 진학을 꿈꿔보지만 아무리 고민해도 내 힘으로는 보장되는 방법이 없다.

국민학교 졸업이 한계로 느껴진다. 내가 할 수 있어서 한 게 아니라 하지 않을 수 없어서 겪을 수밖에 없었던 수많은 고난들. 그 고난들이 지금 나를 더 아프게 한다. 진학을 포기하고 농사를 지으려고 해도 밑천인 논밭이 없다. 돈도 없고, 배운 것도 없고, 배경도 없다. 한 마디로 귀결하면 모두 돈이 없는 거다. 돈, 돈, 돈, 그놈의 돈이 대체 뭐길래 세상은 돈에 얽혀 있다. 돈이 없는 꿈은 신기루다. 목표가 없는 삶을 생각하니 공허해진다. 10년 후의 나의 초라한 모습이 그려져 뇌리에 파고든다. 공부하고 싶은 열망이 가슴속에 소용돌이친다. 배움에 대한 의욕이 더 강렬해진다. 내가 좋아하는 건 공부인데 미래의 꿈을 향해 나가자니 앞에 놓인 현실의 벽이 너무 높다.

어떻게 해야 내 앞에 놓인 높은 벽을 넘을 수 있을까. 나는 방향을 정하지 못하고 장벽 밑을 이리저리 헤매는데 문득문득 머릿속에서 무엇이 어렴풋하게 보일 듯 말 듯 나타났다가 사라진다. 나는 잡힐 듯 말 듯 한 작은 희망을 움켜잡는다. 오직 실재하는 것은 현재다. 현재의 순간을 더 충실히 살되 가능한 작은 목표를 향해 살겠다고 생각한다. 꿈을 가지되 목표는 가능한 데까지만 정한다. 중학교를 다닐 수 있을지의 여부는 그때 가서 볼 일이고 입학시험까지는 꼭 쳐보려는 소망을 품는다. 그때 가서 어떻게 될지라도 나는 날마다 주어지는 현실에 충실하기로 한다. 오늘 나의 희망은 오늘 내가 배울 수 있다는 거다.

중학교 입학시험 시기가 왔다. 아버지와 어머니는 내가 시험을 보려는 걸 만류하지도 권하지도 않으셨다. 나는 신광중학교에 시험을 보기로 했다. 공부를 좀 하는 아이들은 더 큰 꿈을 펼치려고 포항이나 대구에 있는 중학교에 응시하는 아이들도 있다. 나는 시험 날 문제지를 받았다. 모두 내가 배우거나 어디선가 본 문제다. 문제를 읽고 명확한 답을 쓸 수 있었지만 한 문제는 바로 답을 쓸 수가 없다.

일식과 월식을 그림으로 설명하라는 문제다. 잠시 머뭇거리며 생각을 한다. 몇 년 전 교과서에서 그림을 본 생각이 나기는 하는데 그림을 그대로 옮겨 그릴 정도로 정확한 기억은 나지 않는다. 그래도 그때 이해했던 일식과 월식의 원리는 기억에 또렷하게 남아 있다. 일식은 태양과 달, 지구가 일직선 위에 있으면, 달의 그림자 안에 들어가는 지구의 일부에서 태양을 볼 수 없는 현상이다. 월식은 태양과 지구, 달이 일직선 위에 있으면, 지구의 그림자 속으로 들어가는 달을 볼 수 없는 현상이다. 나는 이런 원리를 응용하고 머릿속에 희미하게 남아 있는 일식과 월식 그림의 기억을 더듬어 개기일식과 개기월식을 그림으로 그린다. 부분일식과 부분월식까지 그림으로 그릴 수도 있지만 복잡한 생각이 들어 글로 보충 설명을 한다. 모두 그림으로 설명하지 않고 일부를 글로 설명한 게 마음 한구석에 걸린다.

제2부

중학 시절의 꿈

중학 시절의 꿈

나는 중학교에서 보낸 입학 등록안내 통지를 받았다. 어머니는 내가 중학교에 진학하는 게 어렵다고 걱정을 하셨고, 시험을 치라고 하시지도 않으셨지만, 나는 우리 집으로선 적지 않는 등록금을 어머니에게 말씀드렸다. 등록 기간이 되자 어머니는 등록금을 내 손에 쥐여주셨다. 나는 어머니가 주시는 돈을 받아들었지만 부담스럽기도 하고, 중학생이 된다는 생각에 가슴이 설레기도 한다. 나는 등록을 하려고 중학교로 간다. 서무실에 들어가서 서무 선생님에게 말한다.

"안녕하십니까. 저는 김영철입니다. 입학 등록신청을 하러 왔습니다."

"김영철이라고 했지. 축하한다. 입학시험에 수석합격을 했다. 등록금은 면제된다."

행운이요, 영광이다. 운이 좋아도 아주 좋았다. 이 순간을 붙잡아 두고 싶다. 내 몸에 날개를 단 것 같다. 형언할 수 없는 감격이 가슴속에 차오른다. 세상이 나를 반기는 것 같다. 중학교에 다닐 수 있게 된 건 세상이 내게 주는 최고의 축복이요 선물이다. 나는 내가 수석합격이라는 것도, 수석합격을 하면 등록금이 면제된다는 것도 모르고 있었다. 등록금으로 준비한 돈이 여유로 남았다. 입학시험을 친다는 꿈을 넘어 얼마 동안은 안심하고 중학교를 다니게 됐다. 나는 원하던 걸 얻어 감미로운 행복감이 느껴지고 만감이 교차한다.

이런 행운은 어디에서 온 걸까. 기회는 저절로 오는 게 아니라 찾거나 만드는 사람에게 오는 것이다. 현실에 충실하며 꿈을 향해 열정을 쏟은 것이 운이 오는 길을 닦은 거다. 나의 과거는 어두웠고 힘들었지만 좋은 결과를 얻고 보니, 어렵게 지나온 과정도 즐거웠던 추억으로 바뀐다. 중학교에 다닐 수 있는 날까지는 다닐 수 있게 됐다. 입학시험이라도 쳐본다는 꿈이 나를 지탱해 주었고, 하루하루에 충실한 것도 행운의 열쇠였다. 열정이 솟아오른다. 미래는 꿈꾸는 자의 것이다. 열심히 노력하면 더 나은 미래를 향해 나아갈 수 있다. 실력만이 나를 지켜줄 수 있다.

중학교 교실은 내가 국민학교 1학년에서 2학년으로 월반하던 교실이다. 내가 웃음거리로 수모를 당하며 호된 신고식을 치르던 바로 그 자리. 나는 이제 수석의 영광을 안고, 중학생으로 그 자리에 돌아왔다. 교실도 많이 변했다. 천장에는 반자를 붙였고, 창문은 창호지 대신 유리를 끼웠다. 가마니때기가 깔려있던 바닥엔 책상이 놓였다. 나도 그때 그 사람과 많이 달라졌다. 중학생이 된 나는 즐거움 속에서 학창시절의 전성기로 들어가는 기분이다. 학교는 수업이 모든 걸 즐겁게 할 수 있는 근원이다. 과목마다 전공을 한 선생님이 흥미로운 강의를 한다. 재미가 절로 난다. 강의를 듣고 있으면 국민학교에서 담임선생님이 모든 과목을 가르치던 시절의 기억이 머릿속에 떠오른다. 교사 한 사람이 모든 과목을 가르치고 학생에게 영향을 미치는 게 지겨웠다.

학교에서는 수업만큼이나 운동도 즐겁다. 학교에는 빈 교실에 탁구대가 두 개 있다. 운동장에는 배구코트와 정구코트가 있고, 축구도 할 수 있다. 배구와 축구는 여러 사람이 같이할 수 있다. 나는 배구는 자주 하고 축구도 한다. 그런데 탁구와 정구는 두 사람씩만 할 수 있다. 탁구나 정구는 경기에서 이긴 사람은 계속할 수 있고 진 사람은 나가고 다른 사람이 들어가는 게 불문율로 돼 있다.

나는 어쩌다 정구에 능해져서 취미가 됐다. 날아오는 공을 받아칠 때는 라켓이 날아오는 공의 앞면과 윗면 사이에 맞도록 힘껏 휘둘러 친다. 잘 맞은 공은 빠른 속도로 회전하면서 날아가다가 곡선으로 떨어진다. 완만한 곡선으로 날아가던 공이 빠른 곡선을 그리며 떨어지는 공의 방향을 상대방이 정확하게 파악하기가 쉽지 않다. 이렇게 해서 나는 정구코트에 한 번 들어서기만 하면 나갈 일이 거의 없다.

수업이 늦게 끝나는 날은 집에 가서 일도 많이 할 수 없어, 사소한 일은 제쳐두고 정구를 치기 시작하면 땅거미가 내리도록 친다. 정구공은 날아올 때 계란 모양으로 갸름해진다. 땅거미 속으로 모습이 나타나는 공을 받아치면 상대편 쪽으로 아스라이 사라지는 것 같다. 바지게를 진 사람이 학교 옆으로 지나간다. 그 사람이 우리 쪽을 보면서 "좋은 시절이다"라고 말한다. 나는 그 말을 들으며 마음속으로 행복하다고 생각한다. 그렇다. 나는 지금 남이 부러워하는 시절을 마음껏 누리고 있다. 나는 이런 행복을 길게 느끼고 싶다. 내게 큰 즐거움은 또 있다. 나는 수업시간에 큰 행복을 누린다. 내가 호기심을 가장 많이 가지는 데서 행복을 느낄 수 있으면 다른 소소한 일상에서도 재미를 느낄 수 있다. 내가 산과 들에서 일하는 것도 취미처럼 느껴진다.

갓 2학년이 된 1960년 4월 19일. 나는 여느 때처럼 일찍 학교에 가서 교실로 들어간다. 선생님이 벌써 교실에 들어와서 아무 말씀도 없이 교실에 들어오는 학생들을 보시면서 교단에 서 계신다. 교실에는 학생들이 몇 명이 먼저 와서 기다리고 있다. 나는 교실의 분위기가 심상찮게 돌아가는 걸 느끼며 내 자리에 앉는다. 내가 자리에 앉자마자 선생님이 말씀하신다.

"모두 집으로 돌아가거라. 별도의 연락이 있을 때까지 학교에 나오지 마라."

선생님은 그 이유는 말씀하지 않으신다. 이유를 물어볼 분위기도 아닌 것 같다. 나는 영문도 모르고 일어서서 교실을 나온다. 방학도 아니고, 휴일도 아닌데 갑자기 학교에 나오지 말라고 하니 이상하다. 그것도 언제까지라는 기간도 없이 학교에 오지 말라니 말이다. 나는 다른 아이들과 같이 교실에서 나오면서 이야기를 듣고 이유를 곧 알게 된다. 부정선거에 항의하는 학생들의 시위가 확대되자 전국에 휴교령이 내려진 거다.

나는 부정선거와 시위에 대해서 아는 게 별로 없지만, 며칠 전에 들은 이야기가 생각난다.

"3월 15일 정부통령선거를 하던 날 마산에서 부정선거에 항의하는 고등학생들의 시위가 있었다. 그때 실종됐던 김주열 학생의 시체가 최루탄이 눈에 박힌 처참한 모습으로 바다에서 발견됐다. 마산에서 시위가 격화되고 있다."

나는 그 소문을 들었을 때 이유야 어떻든 경찰이 학생의 눈에 최루탄을 쏘고 시체를 바다에 버렸다는 사실에 증오와 분노가 차올랐다. 그때 내가 마산에서 참혹한 현장을 보았다면 어떻게 했을지 모른다는 생각이 들었다. 학생들이 부정선거에 항의하는 시위를 했다는 건 아무래도 마산에서는 무슨 부정선거가 있었을 것 같았다. 하지만 나는 우리 동네에서는 부정선거란 걸 느끼지 못했다. 우리 동네에서는 자유당 표가 많이 나오지 않으면 밀주 단속과 산림법을 위반한 땔나무 단속을 많이 나올 것이라는 소문이 있었다. 그래서일까 동네 사람들은 투표하는 걸 의무처럼 생각하고 모두 투표장으로 갔다. 나는 그걸 부정선거라고까지 생각하지는 않았다. 투표는 비밀로 하는 것이니까, 누가 누구에게 투표했는지는 자신밖에 모르기 때문이다. 또 우리 동네만 별도로 투표하는 게 아니고 여러 동네 사람들이 투표해서 같은 투표함에 넣으면 섞이는 것으로 생각한다. 그렇게 하면 개표를 할 때 투표함을 열어도 어느 동네 사람들의 투표인지 알 수 없을 것 같아서다.

우리 동네 앞 논들은 사질토에 관개용수가 좋아서 몇 년 전부터 논의 대부분이 묘목밭이다. 묘목밭은 외지의 유명 인사들이 논을 빌려 재배하고 있다. 4월에는 갈아 놓은 논에 묘상을 만드는 일을 시작한다. 고랑에 흙을 파서 구멍이 굵은 큰 어레미로 쳐서 묘상에 뿌린다. 부드러운 흙으로 덮인 묘상에 묘목 씨를 뿌린다. 묘목밭에서 일하는 사람들은 우리 동네와 이웃 동네 사람들이다. 나는 휴교 다음 날부터 묘목밭으로 다니면서 일을 한다. 일을 할 때는 어레미로 흙을 치는 한 사람과 양쪽 고랑에서 흙을 파서 어레미에 담아주는 두 사람이 한 조가 된다. 우리 조에서 어레미로 흙을 치는 사람은 고등학교를 졸업하고 지금도 신문을 열심히 읽고 늘 가지고 다니는 동호다.

동호는 어레미로 흙을 치면서 시국 이야기를 한다.

"4월 19일 서울에서는 수만 명의 학생들이 시위를 하고 경무대 앞으로 진출했다. 학생들은 '부정선거 무효다! 이승만아, 물러가라! 독재는 물러가라!'고 외쳤다. 경찰이 시위대를 향해 발포해서 많은 사상자가 생겼다. 대통령이 계엄령을 선포하고 송요찬 장군을 계엄사령관으로 임명했다."

나는 이승만이 독재자라든지 물러나야 한다는 말을 들으면서 선뜻 받아들이지 못해서 고개가 갸우뚱해지고, 마음속에 미묘한 갈등을 느낀다. 이승만이 위대하다는 생각이 내 마음속에 자리 잡고 있기 때문이다. 나는 국민학교에 다닐 때 "위대한 대통령 이승만 박사 전기"를 읽었다. 이승만 박사는 어릴 때부터 어려운 한문책을 읽을 수 있었다. 이승만 박사는 젊을 때부터 자신을 위한 일은 하지 않고 나라를 위해서 어려운 독립운동에 몸을 바쳤다. 나는 전기를 읽으며 이승만 박사를 존경하고 부러워했다.

나는 국민학교에 다닐 때 웅변대회를 하면서 "위대한 이승만 박사를 대통령으로 모시는 대한민국은 자유의 나라 민주주의의 나라입니다. …"라고 외쳤다. 나는 이승만 대통령과 같은 훌륭한 인물이 우리나라에 있다는 걸 늘 다행으로 생각했다. 미국에서 원조하는 밀가루 포대나 비료 포대마다 두 사람이 악수하는 커다란 손이 그려져 있다. 사람들은 이승만 대통령이 미국과 외교를 잘해서 미국 대통령과 악수하며 원조를 많이 받은 구호품이라는 뜻이라고 한다. 나는 이승만 대통령이 국민을 먹여 살리는 위대한 인물이라고 생각하고 있다.

학교 운동장에서 상영하는 이동영화 구경을 하러 가면, "늬우스"가 먼저 나온다. 늬우스에서는 이승만 대통령의 동정이 대부분이다. 동시에 무성 영화의 확성기에서는 변사의 목소리가 들린다. 이어서 "대통령, 대통령, 우리 대통령, …"이라는 대통령 찬가가 흘러나온다. 동시에 영사막에서는 부채를 손에 쥔 예쁘장한 소녀들의 무용이 상영된다. 소녀들이 큰 무궁화 모양을 만들어 부채를 살랑살랑 흔들며 빙그르르 돈다. 나는 영화 속으로 빨려 들어가 위대한 이승만 대통령에 감동한다. 정부통령선거 때 지나가는 선거운동 자동차의 확성기에서 선전하는 소리가 자주 울려 퍼진다. "유권자 여러분 안녕하십니까. 여기는 자유당 선전반입니다. 위대한 이승만 박사를 대통령으로 모시고, 이승만 박사의 유일한 보필자 이기붕 선생을 부통령으로 모십시다." 나는 그 선전에 동화되어 흉내 낼 만큼 익숙하다.

동호는 흙을 담은 어레미를 흔들면서 시위 이야기를 계속한다. 시위 이야기는 6·25 전쟁 때 한강 다리 폭파로 이어진다.

"6·25 전쟁이 일어난 지 겨우 이틀이 지난 6월 27일 야밤에 이승만은 군대도, 국회도, 시민도 모르게 서울을 탈출했다. 이승만의 탈출을 알게 된 정부의 요인만 서둘러 서울을 탈출해서 대전에 있었다. 그날 서울중앙방송에서는 이승만이 대전에서 녹음한 방송을 계속했다. '한국군이 38선을 돌파해서 북으로 진격하고 있습니다. 안심하고 있으십시오. 정부는 여러분과 함께 서울에 머물 것입니다'라고. 방송을 들은 시민들은 이승만과 정부가 서울에 있는 줄만 알고 안심했다.

한편 서울이 위험한 걸 안 피난민들은 한강 다리에 몰렸다. 피난민이 차량과 뒤엉켜 한 발짝도 떼기 어려웠던 28일 새벽. 갑자기 굉음을 울리며 한강 다리가 동강 났다. 수많은 사람과 차량이 강물 속으로 떨어졌다. 남아 있는 다리에 있던 피난민들도 뒤에서 몰려오는 피난민들에 밀려 익사했다. 이승만은 국민을 배신하고 혼자만 빠져나와서 거짓말 방송을 했다. 피난민에 대한 대책도 없이 한강 다리를 폭파했다. 서울시민과 서울 이북 경기도민 수백만 명이 적의 마수에 들어갔다."

나는 이승만의 서울 탈출과 한강 다리 폭파 이야기를 들으며 생각한다. 한 인물이 그렇게 위대하면서도 이렇게 치졸한 모습이 뒤섞여 있을까. 이승만은 왜 국민을 속이면서 버려야 했고, 자신만 사는 게 그렇게 절박했을까. 서울 이북에서 전투를 치르고 있던 국군들은 어떻게 해서 한강을 건넜을까, 못 건너서 포로가 됐을까. 풀리지 않는 의문이 꼬리에 꼬리를 문다.

이승만이 젊어서부터 자신을 위한 일보다 독립운동에 몸을 바친 걸 보면 본래는 위대한 사람이었음이 맞다. 하지만 권력을 잡으면서 염치를 권력에 팔아버리고 자신의 권력만 강화하면서 위대함을 잃은 것 같다. 그래서 권력은 부패하기 쉽고, 절대적 권력은 절대적으로 부패한다고 했던가. 이승만의 우상화가 드리운 그림자가 서서히 걷히면서 내게 이승만이 위대하다는 믿음이 흔들리기 시작한다.

나는 1학년 때도 이승만이 위대하다는 생각에 매몰되어 있었다. 그때 공민을 가르치던 이태원 선생님은 헌법 조문을 흑판에 쓰시면서 헌법 조문과 이론, 헌정사와 외국의 헌법까지 깊이 있게 가르쳤다. 나는 헌정사를 배울 때 마음속에 희미하게 묻혔던 의문의 그림자가 서서히 걷히면서 헌정사를 다시 생각한다. 우리 헌법은 제정 때부터 이승만이 권력을 독점해 가는 얼룩이 짙게 배어있다.

제헌 국회에서 만든 헌법 초안은 모든 정파의 의원들이 동의해서 만든 내각책임제였다. 하지만 국회의 임시 의장으로 초안 작성에 참여하지 못했던 이승만의 반대로 내각책임제를 대통령제로 변경했다. 이승만은 왜 그렇게 대통령제를 고집했을까. 대통령제는 미국에서 성공적으로 운영되고 있다. 하지만 미국식 대통령제는 미국에서 수출되는 날부터 죽음의 키스를 만난다. 식민지에서 독립한 신생 국가가 미국의 대통령제를 수입하는 날부터 독재가 되고 부패하여 정국이 불안정해진다는 걸 이승만은 몰랐을까. 왕정으로 독재를 겪은 대부분의 서유럽 선진 민주주의 국가에서 의원내각제가 성공하고 있는 것도 이승만은 몰랐을까. 이승만은 특수한 경우였던 독일의 바이마르공화국과 프랑스 제4공화국, 이탈리아의 내각책임제에 왜 그렇게 집중포화를 퍼부었을까. 심지어는 영국의 의원내각제까지 말이다. 그렇게 해서 1948년 7월 12일 대통령제인 헌법안이 가결되고 7월 20일 이승만은 국회에서 간접선거로 대통령으로 선출됐다.

제2대 국회는 이승만을 반대하는 세력이 다수를 차지했다. 이승만이 제2대 국회에서 재선될 수 없는 거로 판단하고, 1952년 1월 대통령 직선제 개헌안을 국회에 제출했으나 부결됐다. 그 후 국회는 내각책임제 개헌안을 제출했다. 이승만은 임시 수도인 부산에 계엄령을 선포하여 국회를 위협하고 내각책임제를 주장하는 국회의원 다수를 연행하거나 구속했다. 7월 4일 군인과 경찰이 의사당을 포위하고 대통령 직선제에 국무위원 불신임제도를 혼합한 발췌 개헌안을 기립표결로 가결했다. 이렇게 1차 개헌으로 이승만은 재선 기반을 구축했다.

2차 개헌은 초대 대통령의 중임제한을 폐지하는 개헌안으로

1954년 11월 27일 제3대 국회에서 표결에 부쳤다. 표결 결과 재적 203석 중 찬성 135표로 개헌정족수에 1표 부족으로 부결을 선포했다. 그러나 이틀 후인 29일 의결정족수에 사사오입이라는 전대미문의 억지 논리를 적용해서 개헌안의 가결을 선포했다. 이승만은 이렇게 마구잡이로 개헌을 계속해서 1인 장기집권의 길을 텄다.

동호는 3.15 부정선거 과정 이야기를 한다.

"내무부 장관은 각급 기관장을 불러 4할 사전투표와 3인조 또는 5인조 공개투표, 완장부대 활용과 야당의 참관인 축출을 지시했다. 4할 사전투표는 기권 예상자와 이사를 간 사람을 미리 대리로 투표를 해서 투표가 시작되기 전부터 투표함에 넣어 두는 거다. 이런 투표가 투표의 4할이 되도록 하라는 거다. 3인조 또는 5인조 투표는 자유당 지지가 확실한 자가 조장이 되어 3인조 또는 5인조 조원들의 투표를 확인하는 공개투표를 하는 거다. 완장부대 활용은 자유당 완장을 두른 사람들을 투표소 주변에 배치해서 다른 당에 투표하려는 사람에게 심리적 압박을 가하여 투표자의 자유의사를 방해했다. 자유당은 정치깡패까지 동원해서 투표소에 들어가서 야당 참관인을 축출하고, 야당 참관인을 투표소에 들어오지 못하게 해서 사전투표와 공개투표를 감시하지 못하게 했다. 자유당은 경찰과 공무원을 동원해서 조직적인 부정선거를 해서 선거는 이뤄졌지만, 투표는 조작됐다. 개표과정에 투표율이 99%에 이르고 자유당 득표율이 과다해 내무부에서 하향 조정을 지시하는 웃지 못할 일이 빚어졌다.

민주당은 자당의 대통령후보 조병옥이 사망하자 '3분의 1 주지 말고 대통령선거 다시 하자'고 호소했다. 민주당은 선거운동 중 간부 2명이 테러로 사망하는 사건이 있을 정도로 선거운동 방해를 받았다. 선거 당일에 야당 참관인을 축출하고 부정선거를 하자 민주당은 선거 무효를 선언하고 방관 상태가 됐다.”

동호는 다음 날도 그다음 날도 시위 이야기를 계속하여 “4월 25일에는 대학교수들이 시위에 나서자 4월 26일에는 이승만이 대통령직을 사퇴하고 하와이로 망명했다”고한다. 절대적으로 부패한 권력의 말로가 비참함을 말해주는 것 같다.

2학년에서는 수업을 흥미롭게 하는 선생님이 많아졌다. 세계사와 세계 지리 선생님은 글자가 빼곡하게 실려 있는 책은 아예 교탁 위에 얹어놓는다. 그리고 학생들 사이의 통로로 내려오신다. 선생님의 강의는 이미 완숙한 경지에 이른 지 오래된 것 같다. 선생님이 책도 들지 않고 통로로 다니면서 성우 같은 구수하고 정돈된 목소리로 학생들의 마음을 사로잡는다. 물 흐르듯 이어지는 강의는 흥미진진하여 시간 가는 줄 모른다.

선생님은 역사와 지리의 작은 구석구석까지 어떻게 저렇게 많이도 아실까. 세계사 시간에는 시대의 고금을 누비고, 세계 지리 시간에는 양의 동서를 넘나들며 열정적으로 가르치신다. 선생님은 중요한 내용은 되풀이해서 말씀하신다. 나는 듣기만 해도 되풀이하는 강의의 내용이 상상으로 그려지고, 목소리가 귀에 쏙쏙 박히면서 머릿속에 각인된다. 내가 혼자서 교과서를 몇 번 읽는다고 해도 머릿속에 남는 데는 엄청 큰 차이가 있을 것 같다. 선생님이 통로에서 “영국의 청교도들이 1620년 메이플라워호를 타고 종교의 자유를 찾아 신 개척의 꿈을 안고 아메리카 신대륙으로 향했다”고 신나게 강의를 이어가신다. 나는 선생님의 강의에 몰입되어 내가 상상으로 메이플라워호를 타고 가는 것 같은 느낌이 든다.

물상 선생님은 노련한 강의로 수업 분위기를 이끌어 가신다. 선생님은 책은 손에 들었지만 보시지도 않고 통로에서 이해하기 쉬운 방법으로 말과 몸짓을 동시에 하면서 시선을 사로잡는다.

"물은 무엇으로 구성되어 있을까. 물을 계속해서 쪼개고, 깨고, 부수고, 빻고 또 쪼개고, 깨고, 부수고, 빻으면 마지막에는 무엇이 남을까. 그래도 물은 물이라고? 그렇지, 물의 성질을 잃지 않고 마지막으로 남는 게 물의 분자다. 물의 분자는 수소 원자 2개와 산소 원자 1개로 되어있다."

선생님은 "쪼개고, 깨고, 부수고, 빻고"라고 말씀하실 때마다 다리를 굽히면서 발로 땅을 구르고, 주먹으로 내려치면서 물을 부수는 흉내를 내시고, 큰 목소리로 말씀하신다. 선생님은 약간 호리한 몸매인데도, 어디에서 저런 힘이 솟아날까. 학생들이 앉아서 선생님의 말씀에 귀를 기울여 듣고 있다. 나는 선생님의 움직임 하나하나에 눈이 쏠리고 풀어내는 이야기 속으로 쏙 빨려 들어간다.

어떤 날은 역사 시간에 미국의 독립전쟁 이야기에 귀가 쏠리고, 지리 시간에 5대호 공업지역 강의에 몰입된다. 이어진 공민 시간에는 미국 헌법의 아버지들이 권력분립 제도를 만드는 이야기에 빠져든다. 여기에 영어 시간까지 더해져서 수업이 끝나고 교문을 나올 때면 나는 미국의 역사와 지리, 정치제도와 언어에 관한 넓고 깊은 이야기를 듣는 긴 여행을 끝내고 돌아오는 기분이 든다.

영어는 우리 학교에 처음 부임하신 새내기 선생님에게 배운다. 선생님은 교직을 천직으로 타고나서 그런지 초임이어서 그런지 모르지만, 교사로서 열정과 소명의식, 자부심이 충만하시다. 선생님이 웬만한 문장을 읽으시는 걸 들으면 글을 읽는지 그냥 외우시는지 구별이 잘되지 않을 때도 있다. 선생님은 영어 시간이 끝나면서 숙제를 내는 데도 열정이 넘칠 때가 있다. 한 과를 다섯 번 정도 쓰라고 하면 내가 한껏 상상할 수 있는 한계다. 그런데 선생님은 상상을 훌쩍 뛰어넘는다. "열 번을 쓰라"고 하신다. 나는 선생님이 많이 써보라는 의미로 먼저 해보는 장난스런 농담이길 바란다. 하지만 선생님의 말씀은 열정이 녹아 있는 진짜다. 나는 어안이 벙벙하여 선생님을 쳐다본다. 아이들의 형편이 머릿속을 설핏 스친다. 아이들은 신경이 쓰일 일이다. 농촌 학생들은 시간을 내서 집안일과 농사일을 해야 하는 아이들이 많고, 땔나무를 해야 하는 아이들도 있다. 수업이 끝난 시간에 꼬박 숙제만 하는 아이들은 많지 않다. 결국, 숙제를 다 하지 못한 학생들이 많을 수밖에 없다.

선생님이 숙제 검사를 하신다. 선생님이 "숙제를 하지 못한 사람은 일어서서 손을 앞으로 내어 손바닥을 위로 펴라"고 하신다. 선생님이 손을 내민 학생들 앞으로 다니면서 출석부 책등으로 한 대씩 때린다. 선생님이 교단으로 돌아가신다. 돌아서는 선생님의 미간이 구겨지는 주름이 지나가면서 속상한 표정이 얼굴에 번진다. 선생님이 곧 나를 앞으로 나오라고 하신다. 선생님은 학생들이 잘하면 칭찬하고, 못하면 질책하면 될 일이지, 왜 나를 나오라고 하시는지 머리가 혼란스럽다. 선생님이 내게 대표로 반성의 말을 하라고 하시려는 걸까. 그러면 나는 무슨 말을 해야 할까. 혹시 덤으로 나를 한 대 때리시려는 걸까. 나는 맞더라도 기꺼이 받아들일 마음의 준비를 한다. 하지만 내가 앞으로 나가자 곧 나의 예상과는 다른 이변이 생긴다.

선생님이 학생들을 보면서 말씀하신다.

"숙제를 다 하지 못한 사람이 많은 건 나에게도 책임이 있다. 나도 맞아야 한다. 나를 때려라."

선생님이 출석부를 내게 건네주고 손바닥을 내 앞에 내민다. 나는 당황스럽고 난처하다. 스승님의 그림자도 밟지 않는다는데, 제자가 스승님을 때리다니. 학생의 도리를 벗어난 이런 망측한 짓을 할 수가 있나. 나는 복잡한 생각에 망설여진다.

순간 온갖 미묘한 생각이 머리를 빠르게 스쳐 간다. 지체할 시간도 없다. "제가 선생님을 때릴 수 없습니다"라고 말하면서 버티더라도, 스승의 사명감으로 응축된 선생님의 마음이 쉽게 누그러질 것 같지 않다. 내 마음 같아서야 때리는 흉내만 내고 살짝 스치고 싶기도 하다. 그래도 그렇게 하다가는 자칫하면 선생님의 마음을 더 상하게 하여 또 다른 일이 일어날 것 같다. 내가 선생님은 때린다면 어느 정도의 세기로 때려야 할까. 선생님의 말씀대로 자신의 잘못에 대한 책임감 때문이라면 그 느낌의 크기만큼 때리면 될 것이다. 하지만 나는 선생님의 자책감을 가늠할 수도 없고, 자책감의 정도를 매의 세기로 바꿀 수도 없다. 선생님의 뜻은 아니지만, 체벌이 학생들로부터 일어날 수 있는 반발심을 생각해서라면 학생들이 맞은 만큼 때리면 될 것 같다.

나는 선생님의 입장과 학생들의 입장 사이에서 상상력을 동원한다. 비록 선생님은 맞으시려는 걸 자신의 책임감 때문이라고 말씀하시지만, 학생들을 때린 만큼 마음도 아팠을 것이다. 학생들도 그렇게 받아들일 거다. 그래서 나는 출석부 책등을 들어서 내 앞으로 내밀고 있는 선생님의 손바닥을 학생들이 맞은 정도로 때린다.

그것도 학생들이 지켜보고 있는 앞에서 나를 가르쳐주시고 따르게 하시는 스승님을 말이다. 나는 얼떨결에 세상에서 들어볼 수 없는 민망한 짓을 저지른 것 같다. 고통은 나눌수록 가벼워진다는데 선생님의 죄책감이 좀 가벼워졌을까. 선생님이 고통을 내게 나누어 준 걸까. 내가 선생님에게 맞는 것보다 더 아픈 느낌이 내 가슴을 때린다.

선생님은 우리 반 담임이다. 선생님이 "나는 경력란 첫 간에 신광중학교라고 쓰게 됐다"고 말씀하실 때는 교육에 대한 자부심과 우리 학교에 대한 애착심이 묻어난다. 선생님은 대학 시절 방학 때면 속리산 법주사에 들어가서 수양과 독서를 하던 이야기를 하신다. 또 여러 지방으로 다니면서 어휘를 수집하며 문학소녀의 꿈을 키웠던 이야기도 하신다. 신앙과 수양, 독서와 사람 사는 세상 이야기를 들으며 다져진 선생님의 인성은 나의 인격 형성에 커다란 영향을 미친다.

선생님은 "독일의 대문호 괴테는 눈물 어린 빵을 먹어보지 않은 사람은 인생의 참맛을 모른다고 말했다"고 하신다. 나는 이 말을 들으며 대문호란 타고난 재능과 노력만으로 되는 게 아니고 많은 시련과 고통을 겪어야 하는 걸로 믿게 된다. 이 말은 또 나의 지난날 고난과 시련은 내게 인생의 참맛을 알게 하는 밑거름이 된 거로 다시 생각하게 한다. 그리고 앞날의 어려움을 극복하는 용기를 갖게 하는 보석 같은 이야기로 간직하고 싶다. 선생님은 사람이 비굴하게 살아서는 안 된다는 말씀을 자주 하시고, 교양 있는 영국 신사들이 위아래 가리지 않고 심지어 혼자 있을 때까지도 지키는 신사도 이야기도 하신다. 선생님의 가르침은 울림의 여운이 잔잔하면서도 길다. 선생님의 말씀은 내게 나침반 같은 의미가 느껴진다. 선생님은 내게 세파가 밀려오더라도 용기를 가지고 행동하게 하고, 무엇이 인간다운 삶인가를 생각하는 영혼을 건져 올려 깨어 있게 해 주신다. 내가 지혜로운 선생님을 만나 공부하게 된 건 크나큰 행운이다.

교육에 열정을 쏟고 있는 고마운 선생님에게 나는 너무 무례한 짓을 하기도 한다. 여름방학 숙제를 내주는데 또 상상을 초월한다. 방학 때까지 배운 영어를 열 번 쓰라고 하신다. 얼른 생각해도 책 반 권이 훨씬 넘는 양을 열 번을 쓰면 그 두께가 책 몇 권이나 될 것 같다. 이 많은 숙제를 다 해올 학생이 몇 명이나 될까. 방학을 마치고 숙제를 다 해오지 못하는 학생이 많으면 선생님은 책임감을 느껴 마음이 불편할 거다. 그러면 선생님은 출석부 책등으로 학생들의 손바닥을 때릴 것이고, 나도 선생님의 손바닥을 때려야 하는 난처한 처지를 맞을 것 같다. 나는 난감한 일을 미리 피하고 싶어 순간적으로 평정심을 잃었다. 나는 무어라고 말해야 할지 혼란스러운 순간에 그만 혀끝에 휘둘려 가당찮은 말이 날것 그대로 불쑥 튀어나와 버린다.

"선생님도 열 번 써 오십시오."

"나는 다른 일이 많아서 할 수 없다."

선생님에게 열 번 쓰는 양이 얼마나 되는지 좀 생각해주시라는 마음에서 깊은 생각 없이 입에서 나오는 말을 그대로 내뱉어버린 것이다. 선생님에게 해서는 안 될 유치한 말을 했다는 생각이 밀려와 온몸을 확 덮친다. 나는 그렇게 말해 놓고 아차 하는 생각이 들었지만 이미 해버린 말을 주워 담을 수는 없다. 내가 말을 하면서 신중함이 부족했다. 나는 후회한다. 입이 문제다. 입과 혀를 다스리기가 어렵구나. 아무래도 나는 도를 넘어도 한참 넘었다. 잘못했으면 즉시 사과를 해야 했는데, 나는 적시에 적절한 말을 하는 재치와 순발력이 부족해서 그 시간마저 놓쳤다. 나는 어쩌면 생각보다 행동이 앞서고, 어쩌면 생각하다가 행동의 기회를 놓쳐버린다. 차라리 선생님이 야단을 쳤으면 내가 용서를 빌기라도 했을 것을. 내가 한 짓을 내가 보아도 볼썽사납고, 선생님 보기에 무안하고, 다른 학생들 보기에도 부끄럽다.

나는 방학이 끝났을 때 숙제를 다 했지만 다른 학생들이 숙제를 어떻게 했는지는 모른다. 선생님은 방학이 끝나고 며칠이 지나도 숙제에 대한 말씀이 없다. 다른 학년에서는 숙제를 어떻게 했을까 싶은 생각도 든다. 선생님은 숙제를 다 하지 못하는 학생은 못하더라도, 하는 학생이라도 열심히 하라는 뜻이었을까. 선생님이 출석부 책등으로 학생들의 손바닥을 때리는 일도 없고, 내가 선생님의 손바닥을 때리는 일도 없다. 내가 호들갑을 떨어서 잘 가르치겠다는 선생님의 의지에 방해가 된 건 아닐까. 어쩐지 내가 분위기를 흐려버린 것 같아 마음이 착잡해진다.

나는 2학년 2학기 중간 무렵부터 아버지의 사업 실패로 가세가 뿌리째 기울어져 돌이킬 수 없는 빚더미에 묻혔다. 나는 지금의 학업을 유지하는 게 어렵게 됐다. 공부를 하려면 당장 먹을 것이 있어야 하고, 책을 살 돈도 있어야 하고, 공납금도 내야 한다. 나는 하루하루의 현실에 충실하려고 해도 하루 자체가 너무나 힘겹다.

선생님은 교사의 관심이 필요한 학생에게 더 많은 관심을 가지고 용기를 갖게 하신다. 선생님의 격려는 내게 유일한 위안이 되고 새로운 용기를 불어넣어 준다. 나는 깊은 수렁에 빠져드는 것 같다. 나는 중학교를 계속 다닐 수 있으려면 팔을 뻗어 선생님의 손이라도 잡고 싶은 심정이고, 선생님의 손을 잡으면 우선이라도 헤어날 수 있을 것 같다. 그런데 내가 팔을 뻗기도 전에 갑자기 선생님과 거리가 더 멀어진다. 3학년이 되면서 선생님은 멀리 해평중학교로 전근을 가셨다. 나를 깨우쳐 주시던 고마운 선생님을 잃은 것 같아 나는 말로 표현하기 어려운 허전함에 온몸이 휩싸이고, 아쉬움이 너무 크게 느껴진다. 이 수렁을 어떻게 벗어날까. 희망이 보이지 않는다.

그런데 얼마 지나지 않아 선생님으로부터 편지가 온다. 편지에는 나와 학급 아이들에 대한 위로와 격려, 질책과 조언을 하시는 선생님의 마음이 절절히 배어있다.

영철 군

오래 소식 전하지 못했군. 어쩌면 오래전부터 나는 너희들에게 펜을 들고 싶었다. 하지만 너희들을 생각할 때마다 가슴이 답답하고 눈물이 앞을 가려 펜을 들었다가 놓곤 한단다. 더욱이 지난번 받은 사진을 보고는 주체할 수 없이 눈물이 나더구나.

얼마나 고된 환경과 시설이 불비한 학교에서 고생하는지, 여기에 아이들을 볼 때마다 눈앞을 스친다. 그래서인지 신광중학교를 떠난 지 20일이 넘는 지금도 자꾸만 너희들이 꿈에 보이는구나. 아직 배 선생님과 나의 후임이 발령 나지 않아 어수선하겠지. 담임선생님은 어떻게 결정됐으며, 수업은 정상적으로 하느냐.

나는 여기 온 이후 사무가 어찌나 바쁜지 정신을 차릴 수가 없구나. 그런데 여기 학생들은 모두 활동력이 상당해서 모든 걸 자치적으로 하기 때문에 선생님이 얘기할 게 별로 없단다. 그리고 공부를 어떻게나 열심히 하는지 굉장하단다. 너희들도 좀 노력해서 모든 걸 너희들 손으로 하도록 노력해라. 비록 낡은 교사와 부족한 설비 속에서 지내지만, 정신만 살아 있다면 불가능이 없지 않겠니. 그리고 부디 정신 좀 차려 공부해서 훗날 모두 착실한 사람이 된 걸 보기를 간절히 바란다. 그래서 모두 만날 수 있다면 얼마나 반갑겠니. 나는 언제나 너희들을 위해서 기도할 것이다. 그리고 영철아, 책 말이야 선생님이 잊은 건 아닌데 곧 보내주겠다. 참 무성의한 선생님이지, 응.

오늘은 지금 비가 내리고 있다. 그 허술한 교사에서 공부하느라 수고했지. 태양이 언젠가 밝은 빛을 비추어줄 거야. 그날을 위해 노력하며 힘차게 살아다오. 이것이 나의 간절한 소원이다.

선생님이 한 사람 한 사람에게 모두 편지했으면 좋겠는데 시간이 없어 이렇게 대표로 너에게 한다고 학급 전원에게 전해 다오.

1961. 5. 10.

이　계　조

우리 학교의 시설이 불비해서 고생을 많이 하는 건 학생들이라기보다 선생님들이다. 복도가 없으니 선생님이 수업시간마다 교실을 옮겨 다닐 때 비가 오면 비를 맞아야 하고, 겨울에 추울 때는 찬바람을 맞아야 했다. 선생님이 비가 오는 날 편지를 쓰시니 그 생각이 나는가 보다. 선생님이 계시는 학교에서 "학생들이 공부를 어떻게나 열심히 하는지 굉장하단다"라는 대목이 나를 되돌아보게 한다. 선생님이 숙제를 많이 냈을 때 내가 억지투정을 부리던 말이 떠오른다. 아마도 선생님은 그때의 상처가 마음속에 남아 있을 것 같다.

선생님의 말씀대로 아직 영어 선생님의 후임도 없고, 흥미로운 수업을 하시던 배 선생님의 후임도 없다. 완숙한 강의로 학생들을 몰입시키던 세계사와 세계 지리 선생님도 바뀌었다. 지금은 어수선하고 지루한 수업시간도 있다.

어수선한 건 학교뿐만 아니다. 우리 집의 일이 훨씬 더 어수선하다. 아버지는 보고 싶은 것만 보시고 듣고 싶은 것만 들으실 뿐 본질적인 건 외면하신다. 그러니 세상 물정을 모르시고 허망한 일을 해서 위기를 자초할 위험이 늘 내재되어 있다.

아버지는 운수업 면허가 얼마나 어려운 것인지, 자금이 얼마가 들어가는지, 위험이 얼마나 따르는지, 운수업을 어떻게 운영해야 하는지에 대해 아는 것도 구체적인 계획도 없었다. 아버지는 깊은 고민이나 계획도 없이 무모하고 즉흥적인 결정으로 운수업을 시작하려고 하셨다. 운수업 면허에서부터 무한정으로 돈이 계속 들어가고 남의 돈을 끌어들였다. 여러 사람의 인척들로부터 사채를 계속 빌려서 사업을 하려고 하다가 결국 운수업 면허도 받지 못하고 실패하여 빚더미에 올라앉았다.

마침 군사정부가 농어촌고리채 정리 사업을 시작했다. 아버지는 어디로 가셨는지 알 수 없고, 내가 고리채 신고를 한다. 전 재산을 다 팔아도 빚을 절반도 갚을 수 없는 엄청 큰 부채다. 채권자들은 고리채신고를 하면 채권의 일부가 소멸할 수도 있다고 아우성을 친다. 채권자들이 무시로 찾아와서 빚을 갚으라고 독촉하면, 어머니는 아무 말도 못하시고 시달리며 고개를 숙이고 있는 모습을 보면 안타깝고 답답하다. 그렇게 하고도 우리 집에서 신고한 농어촌고리채는 농업 자금이 아닌 상업 자금이라고 해서 아무런 혜택도 받지 못하고 그 규모가 드러나면서 채권자들의 독촉만 촉발했다. 채권자들 중에는 우리 집에 와서 먹고 자고, 밤낮없이 치대면서 우리와 같이 잘 방바닥에 가래침을 거침없이 퉤퉤 뱉고, 벽에 코를 획 풀기도 한다. 어머니와 나는 온갖 수모와 모멸, 삶의 고난을 겪으면서 힘겨운 나날을 보낸다.

나는 아버지가 하시는 일이 왜 이렇게 됐는지 아무런 사정도 모른다. 아버지가 지금 어디에서 무엇을 하고 계시는지도 모른다. 아는 것이라곤 아버지가 포항의 삼종 조부에게 부탁해서 사업을 시작하려고 했다는 것밖에 없다. 나는 아버지의 일이 어떻게 되는지 궁금하다. 아버지가 그 많은 돈을 누구에게 사기를 당한 건지, 도둑을 맞은 건지, 나도 이상한 생각을 지워버릴 수 없는데, 하물며 채권자들이야 무슨 생각인들 못하랴.

나는 답답할 때면 가끔 포항으로 할아버지 댁을 찾아간다. 차비가 없어서 수업을 마친 늦은 시간에 포항 시내까지 사십 리 길을 걸어서 간다. 내가 지름길이라고 생각하는 도로를 굽이굽이 돌아 들길을 가로지르고, 고개를 넘어 철길로 걷는다. 할아버지 댁에 가 보아도 살림이 거덜 나서 궁색한 모습만 보일 뿐, 할아버지도 아버지도 없으니 일이 어떻게 됐는지는 알 수 없다.

다음날 새벽이면 나는 다시 사십 리 길을 걸어 학교에 간다. 비포장도로 가운데로 버스가 먼지를 일으키며 달린다. 버스를 타고 앉아서 가는 사람들이 버스 밖을 바라본다. 나는 도로에서 먼지를 뒤집어쓰고 걸으며 버스를 타고 가는 사람들을 바라본다. 버스를 타고 가는 사람들이 나와 사뭇 다른 세상 사람들로 보인다. 버스를 타고 가는 사람들이 너무도 부럽다. 나는 왜 버스를 타고 가지 못하는가. 버스를 타고 가는 사람들과 나는 같은 세상에 살 수 없는가. 달리는 버스를 타고 가는 사람과 발로 걸어가는 사람의 근원적 차이는 무엇 때문일까. 나는 버스가 지나갈 때마다 같은 생각을 한다.

나는 내 머릿속에서 서성거리던 원초적인 문제의 답은 찾지도 못한 채 학교로 가는 발걸음을 재촉해야 한다. 나는 아침을 거른 채 학교에 도착한다. 한두 끼니를 건너뛰는 건 문제도 아니다. 내가 아침밥을 거른 건 아무도 모른다. 점심시간에는 다른 볼일이 있는 것처럼 학교 밖으로 잠시 나가 산책을 하고 오면 된다. 수업시간에는 잠시라도 딴생각을 잊을 수 있다. 이렇게 할 수 있는 건 아마도 내가 공부하고 싶은 욕망이 가슴속에 가득 차 있기 때문이리라.

여기서 내가 학교에 다니는 걸 멈춘다는 건 상상하기도 싫다. 나는 내일은 어떻게 될지라도 공부를 할 수 있는 날까지는 공부한다는 마음가짐을 가지려고 애를 쓴다. 하지만 공부에 제대로 집중하려면 집안이 안정돼야 한다. 나는 집에서 공부를 하려고 책상 앞에 앉으면 빚더미에 앉아 거리로 내몰릴 처지에 빠져 있다는 생각이 머리를 먼저 차지해버린다. 현실을 잊으려고 해도 불안하고 혼란스러운 생각에 휩싸여 바른 정신으로 공부할 수 없다. 공부를 하려고 책을 펴면 책 위로 아버지를 찾아내라고 막무가내로 어머니를 닦달하는 채권자들의 모습이 어른거린다. 빚쟁이들 앞에서 숨죽이며 근심어린 표정으로 쪼그리고 앉아있는 어머니의 처량한 모습이 떠올라 나는 괴롭다. 딴생각을 억제하려고 하면 딴생각이 더 많아지고, 도무지 공부에 집중할 수 없다.

돈이 따르는 가족들의 행동은 모두 채권자들의 따가운 눈총을 받는다. 내가 학교에 다니고 있는 것도, 어머니가 시장에 갔다 오는 것도 채권자들의 곱지 않은 시선을 받아야 한다. 어머니가 어디엔가 돈을 숨겨두고 쓴다고 채권자들은 생각한다. 이런 고난은 행방을 모르는 아버지를 찾는다고 해결될 일도 아니고, 내가 학교를 그만둔다고 해결될 일도 아닌 것 같다.

가장으로서 가족의 생계라는 무거운 짐을 진 아버지는 어디서 무엇을 하시는지 모르지만, 어쩌다 어두운 밤에 오셔서 얼마간의 돈을 어머니에게 주고는 아무 말도 없이 금방 어디론가 가신다. 나는 나아가야 할 곳도 물러서야 할 곳도 없고, 기댈 곳도 없다. 공부하는 길을 만들려면 먹어야 한다. 나는 꿈을 가지고 희망을 바라보려고 해도, 어떻게 해야 먹고살 수 있을지 걱정부터 먼저 해야 한다. 나는 길을 잃고 어두움 속에서 갇혀서 실없이 어른거리는 허상만 보는 것 같다. 사람이 사는 본질이나 핵심은 무엇일까. 무엇이 사람을 사람답게 만드는가. 고요 속에서 번뇌의 밤이 깊어간다. 나는 어떻게 해야 할지 고독하게 고민하다가 아무에게도 말할 수 없는 답답한 심정을 환상에 의지해서 일기장에 쓴다.

"나는 어쩌다 이렇게 됐을까. 나는 제대로 된 인간이 되어 살고 싶다. 지금 나의 궁색하고 막막한 현실은 슬퍼도 이게 내 인생의 아름다운 미래의 문을 열어주는 열쇠가 될 것인가. 나는 앞으로 어떤 삶을 살 것인가. 어떻게 행복한 미래를 설계할 수 있을까. 내가 지금 가고 있는 방향을 나도 모르겠다. 훗날 나는 어떤 모습으로 이 세상을 살아갈까. 아니 더 먼 훗날 나는 어떤 모습으로 세상에 기억될까. 어두운 밤아, 너는 어두움 속에 모든 걸 품고 있으니 그걸 알겠지. 10년 후의 나의 모습이라도 지금 내게 말해 다오."

나는 오늘 하루하루를 견디는 게 나의 삶이다. 이계조 선생님이 정신적인 격려와 물질적인 지원을 하며 적극적으로 도와주시는데 감사하고 용기를 얻는다. 하지만 나는 선생님에게 부담만 주는 것 같아 미안하고 부끄러운 생각이 가슴속에 고인다. 은혜를 받으면 영원한 부담이 될 것 같다. 나를 지켜줄 사람은 아무도 없다. 나는 막연한 희망조차 없어 절망감에 빠질 것 같다.

아무리 생각해도 어떻게 해야 할지 길이 보이지 않는다. 그래도 제자리에 머물 수는 없다. 나는 불확실한 일상에서 변해보고 싶다. 길이 보이지 않으면 찾아야 하고, 찾아도 없으면 만들어야 한다. 젊어서 고생은 사서도 한다고 한다. 부모로부터 몸 밖에 받은 게 없는 나는 나 자신에게 의지할 수밖에 없다. 무작정 사람 사는 속으로 들어가 길을 찾아보자. 무엇이든 찾거나 만들면 기회가 올 수도 있겠지. 오늘 집으로 돌아가면 여름방학이다. 행동을 시작해야 할 날이 왔다. 나는 고심을 하다가 내 처지를 잘 아는 태곤에게 마음속을 털어놓는다.

"나는 이번 방학에 도시로 나가 하찮은 일이라도 낮에 일하고, 밤에 공부할 데를 찾아보고 싶다. 그런데 내가 아는 게 없는 낯선 도시 생활을 상상하면 내가 끼어들 틈이 있을지 막막한 생각이 든다. 하지만 거기도 사람 사는 세상이지. 나도 사람이다. 아무것도 정해진 게 없어 어떻게 될지 모르지만 나는 직접 들어가서 몸으로 겪어보겠다."

태곤이 의기투합한다.

"나도 그런 생각이 있다. 같이 해보자."

나는 태곤의 말에 용기를 얻는다. 마음이 맞으면 무엇인들 못하랴. 우리는 어디로 가서 무엇을 어떻게 하는 건 저녁때 다시 만나서 결정하기로 하고 각자 집으로 갔다.

　이슥한 저녁. 나는 책 몇 권만 가지고 태곤과 만나고 보니 깜깜한 밤이다. 오늘 밤에 어떻게 한다는 계획도 없다. 딱히 정해진 목적지도 없다. 그렇다고 어두운 밤에 정처 없이 걸을 수도 없다. 그것도 자정이 넘으면 야간통행 금지 위반으로 경찰에 잡혀가서 오도 가도 못하고 하룻밤 새우잠을 자는 유치장 신세를 진다. 그것으로 끝이 아니다. 다음날은 즉결처분으로 벌금을 물어야 한다. 그걸 피하려면 우선 오늘 밤을 어디에서 자야 하느냐가 문제다.

　둘이서 고민하다가 우리 학교로 간다. 우리는 어두운 밤에 우리 반 교실로 들어간다. 둘이서 책상을 마주 들어 옮겨서 침상을 만든다. 아무리 조용하게 책상을 옮기려고 해도 책상이 교실 바닥을 긁는 소리를 낸다. 모아 놓은 책상 위에 누워서 조금만 움직여도 붙어 있는 책상끼리 삐걱거리는 소리를 낸다. 숙직실에서 선생님이 나와서 "누구야!"하고 소리를 지른다. 우리는 도둑처럼 도망갈 일도 아니고, 도망가더라도 오늘 밤을 잘 수 있는 데도 없으니 난감하다.

　어쩔 수 없이 우리는 교실을 나와 숙직 중인 담임선생님을 마주했다. 아마도 선생님이 놀랐을 것 같다. 선생님이 우리를 보시고는 "너희들, 거기서 뭘 하느냐"고 하시며 숙직실로 들어오라고 하신다. 우리는 숙직실로 들어가서 선생님에게 자초지종을 말씀드렸다. 선생님은 우리가 하는 이야기를 들으시고 위로하시며 여기 숙직실에서 자고 내일 아침에 집으로 가라고 하신다. 역시 말보다 행동이 어렵다. 행동의 시작 첫날부터 잘 곳이 없어 빚어진 촌극이다. 하룻밤 잠자리도 해결하지 못한 난관이 등을 떠밀었는지, 많은 세월을 살아온 선생님의 지혜로운 충고에 공감했는지, 우리는 숙직실에서 자고 다시 집으로 돌아왔다. 교실로 가지 않았더라면 얼마나 더 많은 경험을 했을지도 모를 무모한 짓은 아무것도 얻은 것 없이 이렇게 끝나고 말았다.

나는 씁쓸한 마음을 달래고 다시 현실에 순응하려고 한다. 어두운 밤이 지나면 밝은 아침이 온다. 인간은 희망이 있어야 산다. 긍정적으로 생각하자. 하루하루가 힘들고 괴롭더라도 피할 수 없는 건 받아들일 수밖에 없고, 그 속에서 더 강해져서 갈 수 있는 데까지 가보자. 나는 어떻게 해서라도 중학교를 졸업할 수 있다는 희망의 끈을 놓지 않으려고 매 순간 최선을 다해 나와의 투쟁을 계속한다. 나는 "내일 지구의 종말이 온다고 하더라도 오늘 내 정원에 과수를 심겠다"는 스피노자의 말을 되뇌어보아도 불안감이 밀려오는 걸 어쩔 수 없다. 범접할 수 없는 스피노자 같은 대철학자야 미래를 걱정하지 말고 현실에 정성을 다하라고 했지만 나 같은 범인이야 내일이 종말이라면 두려움에 휩싸여 허우적거리다가 영혼마저 가라앉을 것 같다.

고뇌의 시간이 흐르면서 선생님으로부터 편지가 왔다.

영철 군

진작 소식 전하지 못하고 책 부쳐주지 못한 무능을 사과한다. 사실 그동안 시간이 없었던 것도 이유가 되겠지만 아직 고등학교 입시 준비를 하는데 별 책이 없고 2학기가 되어야 좋은 것이 나온단다. 그래서 우선 이 책만 부치기로 한다.

아마도 그동안 생활고로 인해 무척 괴로웠으리라 생각한다. 때로는 너와 태곤 군의 딱한 사정을 생각하면 답답하기도 하고 걱정스러운 게 한두 가지가 아니다. 혹시 너무 딱한 나머지 학교를 그만두지나 않았는지 하고 걱정을 하다가도 현명한 너희들이니 믿기로 했다.

물론 여러 가지로 괴로우리라 여긴다마는 무엇인가를 생각하는 사람은 인내와 굳은 결의가 있어야 한다고 생각하고 좀 더 먼 장래를 생각하며 희망을 가지고 노력을 해야 하겠지. 이 말 태곤 군에게도 전해주기 바란다. 두 사람 모두 어떠한 고난이 있더라도 실망하지 말고 입시 준비를 해 다오. 그러면 미약한 힘이나마 나도 너희들을 위해 노력할 생각이다. 만약에 공납금을 내지 못할 어떤 경우가 생기면 서슴지 말고 나에게 편지하기를 부탁한다. 혹시 입시에 대해서 무슨 돈이 필요할 때 역시 의논해주기 바란다. 부디 건강하게 살아주기 바란다.

내가 화단 앞에 심어놓고 온 샐비어가 아마 한창일 것 같구나. 모든 학급에 소식 전해 다오.

1961. 9. 1.

해평에서　계　조

선생님은 내 형편을 직접 보고 계시는 것 같다. 나밖에 모르는 일이고 내가 선생님께 하나하나 말씀드리지도 않았는데 어떻게 그렇게 잘 알고 계실까. 편지의 사연마다 고마움이 묻어난다.

지난 봄, 선생님과 같이 화단에 꽃씨를 심던 생각이 떠오른다. 선생님이 샐비어 꽃씨를 가지고 와서 화단에 심으면서 샐비어에 붉은 꽃이 조롱조롱하게 피면 예쁘고 향기롭다고 하셨다. 그때 선생님은 우리 학교를 떠나리라는 생각은 하지 못하시고, 정열적 선홍색 샐비어가 활짝 피어 곱게 단장한 화단을 직접 보실 거로 생각하셨을 것이다. 아직도 선생님의 마음은 우리 학교에 남아서 샐비어 꽃들이 예쁘게 피어 있을 아름다운 화단을 상상으로 그려보시는 것 같다. 샐비어가 활짝 피어 붉은색으로 물든 아름다운 화단의 모습을 내가 감상하고 편지로 전한다면 선생님의 상상에 아름다움을 더하게 되어 좋으련마는 그럴 수가 없으니 어떻게 해야 하나. 샐비어 꽃씨가 싹도 트지 않았다고 전하려니 선생님의 머릿속에 가득한 아름다운 상상은 사라지고 허전함만 남을 것 같다. 차라리 궁금하더라도 상상 속으로 남겨 두는 게 오히려 나을 것 같다. 왠지 이런저런 생각에 마음이 허전하다.

선생님은 내 사정을 아시면서도 고등학교에 진학을 권하신다. 나는 중학교를 다닐 수 있는 날까지는 다니려고 한다. 나는 고등학교 입학시험을 쳐야 하나, 치지 말아야 하나를 두고 마음속에 고민이 깊어진다. 입학시험마저 치지 않는다면 내가 할 수 있는 데까지는 한다는 나의 신념에 반하고, 선생님의 기대에도 어긋날 것 같다. 입학시험은 쳐야 한다. 하지만 선생님의 도움은 거기까지다.

입시에 합격한다고 하더라도 진학을 할 수 없다. 설사 선생님의 도움을 받는다고 하더라도 도움이 끝이 없을 것 같고, 선생님에게 너무 부담이 되고 내게도 마음의 짐이 너무 무거울 것 같다. 이런 건 생각만 해도 나의 자아와 가치관이 무너질 것 같다. 그렇다고 이제 와서 선생님의 적극적인 도움을 사양할 용기도 선뜻 나지 않는다. 내가 역경을 극복하려는 노력이 부족하고 지레 겁을 먹고 포기하는 사람으로 선생님에게 비칠 것 같다. 내가 선생님의 도움을 받지 않으려면 도움을 받기 전에 더 일찍 정중하게 사양을 해야 했고, 고등학교 진학을 포기하는 것도 더 일찍 분명하게 해야 했다. 이제 와서 내 삶은 내 스스로의 노력으로 개척해서 살아야지 하고 후회해 봐야 소용없는 일이고, 괜한 후회만 될 뿐이다. 시간은 고유한 속도로 흐르는데 세월을 붙잡을 수도 없고, 세월 따라 굴러가는 삶의 바퀴를 거꾸로 돌릴 수도 없다.

수학여행의 계절이 다가왔다. 나는 집에 와서도 수학여행 이야기는 꺼내지 않는다. 괜히 이야기해서 어머니의 마음까지 불편하게 하는 것보다 나 혼자만 알고 있는 게 낫다고 생각해서다. 담임선생님이 수학여행을 갈 사람을 파악하려고 손을 들라고 하신다. 나는 손을 들지 않고 덤덤하게 앉아있다. 그런데 동급생인 순조가 주변을 살펴보다가 손을 들지 않는 내게 눈길이 스쳐 갔다. 순조가 휴일 날 묘목밭에서 김매기를 하다가 내 동생을 만나 "네 오빠가 수학여행을 가지 않는다"고 말해버렸다. 그래서 나만 알고 내가 수학여행을 가지 않으려는 게 집까지 탄로가 났다. 여동생은 그걸 어머니에게 이야기하고는 자신이 묘목밭에서 김매기를 해서 모아 놓은 돈을 주겠다며 여행을 가라고 한다. 나는 그렇게 하는 게 부담스러워 망설이다가 어쩔 수 없이 무거운 마음으로 여행을 가기로 한다. 나는 순조가 미우면서도 관심을 가져줘서 고맙다. 나는 담임선생님 옆에서 수학여행을 준비하는 일을 돕고 있는 중이다. 선생님은 수학여행을 가지 않는다는 사람을 일일이 불러내어 이유를 묻는다. 두란이 나와서 말한다.

"저는 차멀미가 너무 심해서 차를 탈 수 없습니다. 국민학교에서 수학여행을 갔을 때 차멀미가 나서 도저히 견딜 수가 없어 혼이 났습니다. 그래서 어쩔 수 없이 수학여행을 갈 수 없습니다."

"너는 교실 밖으로 나가라."

나는 선생님의 말씀을 듣자마자 유쾌하지 않은 기억이 떠오른다. 내가 국민학교에 다닐 때 선생님에게 닭 모이를 가지고 올 수 없다고 말했다가 교실 밖으로 쫓겨났던 생각이 불현듯이 머릿속으로 밀고 들어온다. 내가 두란이 쫓겨나는 걸 보고만 있을 수 없다. 두란이 차멀미가 심해서 어쩔 수 없이 여행을 갈 수 없다는 사정을 이야기했는데 학생을 교실 밖으로 쫓아내면 무얼 어떻게 하란 말인가. 선생님이 무슨 차멀미의 전문의라도 되는가. 차멀미가 나는 사람이 오늘 교실 밖에 나가 있으면 수학여행을 가도 차멀미가 나지 않는가. 교실 밖으로 쫓겨난 학생은 서운해지고 선생님을 원망하고 반발심만 가지게 되더라. 그건 어린 가슴에 깊은 상처를 남기더라. 내가 겪어보니 그렇더라. 내가 겪었던 고통이 그 누구에라도 또다시 일어나서는 안 된다. 내게 있는 모든 지혜와 슬기, 힘을 모아 학생이 교실 밖으로 쫓겨나는 걸 막아야 한다는 생각이 가슴속에서 밀고 올라온다. 무슨 말을 어떻게 해야 할까. 말을 골라 봤다. 정제된 말이 생각나지 않는다. 머뭇거릴 시간이 없다. 서둘러야 한다. 두란이 교실 밖으로 나가기 전에 말해야 효과가 있을 것이다. 나는 선생님에게 말씀드린다.

"선생님께서 그런 말씀을 하시면 됩니까."

선생님도 차멀미로 수학여행을 못 간다고 말하는 학생을 교실 밖으로 쫓아내는 게 마땅찮은 일이라고 생각하셨을까. 내 말을 들은 선생님은 하신 말씀을 거두어들인다.

"자리로 들어가라."

내 나름으로는 마음을 가라앉히면서 말을 가다듬어 하기는 했지만 아무래도 선생님이 듣기에는 좀 거북한 말을 한 것 같아서 미안한 생각이 든다. 그래도 두란은 교실 밖으로 쫓겨나는 처지를 면한다.

나는 문득 기억 속에서 하얀 칼라의 교복 차림으로 노래를 부르던 두란의 모습이 떠오른다. 두란이 가곡 '고향생각'을 부를 때마다 청아한 목소리가 감미롭고 아름다운 선율에 실려 교실 공간에 흘렀다. 나는 노래에 귀를 기울였다. 그 노래가 나를 완전히 사로잡았다. 나는 노래를 들으며 마음속에서 아련한 여운 같은 걸 느꼈다. 나는 과거나 미래에서 해방되어 시끄러운 일상을 잠시 잊고 맑고 깨끗한 마음으로 동화 같은 세계를 상상했다. 노래가 끝나면서 두란이 다소곳이 머리를 숙여 인사를 하고, 동시에 박수갈채가 교실에 가득했다. 그때의 모습이 머리를 스르르 스치고, 그때의 감동이 가슴속에 몽글몽글 차올라 긴 여운이 남는다.

나는 고등학교 진학 여부를 두고 여러 가지 고민을 한다. 만약 내가 어떤 방법으로라도 고등학교에 다닌다면 빚을 갚으라고 꾸역꾸역 따라다니는 채권자들의 끝없는 독촉과 따가운 시선을 견딜 수 없을 것이다. 내가 입학시험도 치지 않는다는 건 내가 할 수 있는 데까지는 해본다는 나의 신념에 반한다. 이럴 때 다른 사람이 나와 같은 처지라면 어떻게 할까. 이계조 선생님의 도움이 있는 날까지 진학을 해서 공부를 하면서 고학을 하기로 할까. 아니면 일찍부터 선생님의 도움을 사양하고 학업을 포기했을까.

나는 어떻게 해야 할지 고민을 하다가 마음속으로 결정을 한다. 나 한 사람에 대한 선생님의 희생이 너무 크다. 선생님의 열정적인 교육의 혜택을 여러 사람이 나누어 누려야지, 내가 혼자서 차지하는 건 과분하다는 생각이 어깨를 무겁게 누른다. 나는 고등학교 진학을 포기하기로 한다. 나는 진학은 하지 못할망정 고등학교 입학시험을 치는 게 목표다. 시험을 쳐서 불합격하는 게 차라리 나을 수도 있다. 그렇다고 시험을 치면서 아는 문제까지 일부러 틀리는 답을 쓸 수는 없다.

내가 능력껏 시험을 치면서 목적을 달성할 수 있는 한 가지 방법이 떠오른다. 우수한 학생들이 모이는 명문 고등학교에 시험을 치면 내가 제대로 공부를 하지 못했으니 합격할 가능성이 아주 낮아진다. 이게 내가 선택할 수 있는 길이다. 그러면 내가 신세를 질 짐도 벗을 수 있고, 시험을 친다는 목표가 있으면 공부를 하는데 헝클어진 마음의 한 가닥이라도 바로잡을 수 있을 것이다. 또 불합격이라는 불명예가 나의 체면을 구기는 걸 명문고라는 명분으로 조금은 줄일 수 있을 것이다. 나는 이렇게 되기를 바란다.

하지만 나는 나약하다는 생각이 밀려와 마음이 스산해진다. 동시에 생각이 모자라고 헛된 망상에 사로잡혀 현실을 잘못 보고 있는 것 같다는 생각이 마음속에서 서걱거린다. 나는 지금 무리한 짓을 하고 있고, 일그러진 나의 삶이 모순투성이라는 생각을 지울 수 없다. 진학을 하지도 못할 걸 알면서 입학시험만 치려는 나 자신이 한심하게 느껴진다.

여름부터 시도 때도 없이 찾아와 조르는 채권자들의 독촉은 계속되고 있다. 이제는 밤낮없이 계속되면서 빚 독촉을 하는 사람은 점점 더 거칠어졌고, 빚 독촉에 시달리는 사람도 지칠 대로 지쳤다. 오늘도 반갑지 않은 손님이 낮부터 밤을 새우며 치대고 있다. 밤이 깊어간다. 나는 시달리는 어머니 옆에서 마음 졸이다가 방문을 열고 툇마루로 나간다. 갑자기 아래채 부엌에서 불빛이 확 비친다. 나는 깜짝 놀라 "불이야"라고 소리를 질렀다.

불빛은 금방 꺼지고 부엌에서 아버지가 나오신다. 아마도 아버지가 밤늦게 오셔서 방에 채권자들이 와 있는 기척을 듣고 아래채 부엌으로 들어가신 것 같다. 아버지가 방에 들어오시자 빚을 받을 사람이 아버지에게 돈을 어디에 두었느냐며 윽박지르고, 돈을 내놓으라고 닦달을 한다. 아버지는 분노를 쏟아내는 채권자들에게 아무 말도 못 하시고 앉아서 수모를 당하기만 한다. 내가 보기에도 돈이 어떻게 됐는지 답답한데 채권자들이야 얼마나 답답하겠는가 싶은 생각이 든다. 밤이 깊어져서 남자는 아버지와 같이 작은방으로 가고, 나는 여자들과 같이 큰방에서 잤다. 날이 새어 아버지가 큰방으로 오신다. 나는 아버지의 얼굴을 보았다. 아버지의 눈두덩에 시뻘겋게 피멍이 든 혹이 달렸다.

나는 심상치 않은 예감이 들어 어머니에게 묻는다.

"아버지의 눈이 왜 저렇게 됐어요."

"빚을 받을 사람이 화롯불에 뜨겁게 달구어진 인두로 네 아버지의 눈두덩을 찔렀단다."

나는 어머니의 말씀을 들으니, 지난밤 아버지에게 일어났을 일이 섬뜩한 악몽처럼 떠오른다. 채권자가 무슨 협박으로 아버지를 다그치다가 폭력까지 행사했을까. 채권자가 불에 달군 인두를 들고 달려들었을 때, 아버지는 위험하고 치욕적인 폭력을 당하면서도 비명도 못 지르고 무의식중에 손으로 막다가 눈두덩이 찔렸을까. 나는 생각할수록 슬픔과 함께 분노가 일렁거린다. 이게 빚진 사람에게 돈을 받겠다는 짓인가, 세상도 못 보게 하겠다는 짓인가. 빚진 사람에게 돈을 내놓으라고 뜨거운 인두로 찌르고 지지며 몹쓸 고문을 하다니, 빚을 받을 사람이 마지막 발악으로 내뿜는 무서운 광기를 보는 것 같다.

돈을 받을 사람이 아무리 답답했다고 하더라도 어찌 이런 몹쓸 짓을 한단 말인가. 뜨거운 쇳덩이로 찌르면 치명상을 입히려는 것이고, 눈을 찌르면 앞을 볼 수 없게 하려는 것이다. 하마터면 실명할 뻔했다. 너무 끔찍하고 아찔하여 부아가 치민다. 나는 "어찌 이럴 수가 있느냐!"고 소리치며 항의라도 하고 싶다. 그래도 좋아질 게 없을 것 같아서 분루를 삼킨다. 이런 비애가 어디까지 가서 어떻게 끝나려는지 상상할 수 없다. 분노를 억누르고 굴욕을 참으려니 열불이 나서 속이 끓어오른다.

고난의 시간 속에서도 고등학교 입시원서를 낼 때가 왔다. 나는 명문 고등학교에 원서를 내기로 한다. 휴일도 없이 하루 종일 모든 힘을 공부에만 쏟는다고 하더라도 명문고에 합격하기란 쉽지 않은 일이다. 그런데 나는 수업이 끝나기가 무섭게 산에 가서 나무를 하거나 농사일과 집안일을 해야 하는 게 일상이다. 그나마 틈을 내서 공부를 하려면 빚쟁이들의 등쌀에 시달리고, 기울어진 가세에 대한 불안한 생각이 밀려와 영혼은 가라앉고 몸만 남아 있는 것 같다.

나는 이런 와중에 원서를 내고 선생님께 소식을 전했다. 선생님의 편지가 곧 왔다.

영철 군

너의 편지 받고 어린 마음에 얼마나 상심할까 생각하니 가슴 아프다. 왜 진작 어떤 소식이라도 없었는가 하고 기다렸다. 무엇보다 너와 태곤 군의 진학 여부에 대해서 궁금했다. 마침 경고에 지원했다니 다행이다마는 갑자기 편지 받고 보니 당황하겠다. 하여튼 시험은 치러야 할 테니 오너라. 올해는 국가고시이기 때문에 자신이 있든 없든 이미 원서를 내어놓은 곳에서 시험을 쳐야만 하니까 말이다.

지금 네가 대구에 올 비용을 부치자니 너의 학교 방학 관계가 어떤지를 몰라 그것이 정확하게 너의 손에 들어갈지 알 수 없어서 일단 보류하기로 한다. 어떻게 해서라도 차비만 구해서 오면 돌아가서 갚으면 되지 않겠느냐. 그래서 어느 날 몇 시에 버스나 기차로 오겠다는 정확한 소식을 전해 다오. 만약 그렇게 할 수 없다면 태곤 군이 대구의 지리를 알 테니 우리 집에 같이 찾아와 주었으면 한다.

오늘 학교에서 너의 편지 받고 생각했다. 낯설고 물선 곳을 찾아서 온다는 게 고생이겠지. 하지만 우리들은 날 때부터 이런 가난한 나라에 태어났으니 그 모든 역경을 극복하고 내일의 찬란한 태양을 위해서 이를 악물고라도 참고 견뎌야 하지 않겠니.

여기는 요사이 졸업시험이라 참 바쁘다. 그래서 피곤하게 돌아와 너에게 글을 쓴다는 것도 잊고 잠들었어. 참 나쁘지. 그런데 꿈을 꾸었어. 경고에 입학시험 날짜인데 태곤 군은 왔는데 네가 보이지 않더군. 그래서 잠이 깨어 이 편지를 쓴다. 지금은 새벽 2시를 알리는 괘종이 울리는군. 어떻든 고생스럽지만 와서 합격의 영광을 얻기를 바란다.

더불어 태곤 군에게도 알려다오. 무서운 가난과 싸우며 공부하는 태곤 군에게 선생님은 무한한 찬사와 격려를 아끼지 않는다고. 그리고 꼭 내일의 힘찬 합격의 소리가 들려지길 바란다고. 그래서 먼 훗날 그 어린 시절 그 고되고 어두운 시절을 얘기하며, 좋고 아름다운 의미 있는 생활을 하는 사람이 되기를 원한다고.

그럼 이만 두서없는 필을 놓으면서 부디 어떠한 난관이 와도 인내하며 절망하지 않는 사람이 되어주길 원한다.

1961. 12. 21.

편지 받고 즉시. 계조

나는 편지를 읽으면서 선생님의 호의가 과분하게 느껴져 가슴이 저릿하도록 감사하면서도 미안한 마음이 더 커서 불편해진다. 선생님은 갑자기 편지 받고 보니 당황하겠다고 하셨다. 하지만 앞뒤의 맥락으로 볼 때 선생님이 당황한 진의는 갑자기 편지 받은 것보다 다른 뜻이 더 있는 것 같다. 선생님은 아마도 내가 합격이 보장될 수 있도록 안정적인 지원을 하지 않고 합격이 불확실한 경고에 지원한 데 당황하신 것 같다. 선생님은 듣는 사람의 마음을 생각해서 그걸 우회적으로 표현하신 것 같다. 선생님은 내가 합격이 목표가 아니고 시험만 쳐보려고 상향 지원한 속내를 알 리가 없다. 선생님이 내 속내를 아신다고 하더라도 당황하시는 건 마찬가지일 것 같다. 나는 나대로 이럴 수도 없고 저럴 수도 없어 고심 끝에 저지른 일이다. 이제 와서 할 말은 없고 마음속으로 민망할 뿐이다.

선생님은 졸업시험 관리와 학년 말 사무로 피곤해서 집으로 돌아와 곤히 잠드셨는데 나에 대한 꿈을 꾸다가 잠이 깼다. 밤중에 선생님을 꿈으로 깨워 편지를 쓰시게 하고, 밤잠을 설치게 한 미안함과 고마움을 나는 표현할 말이 없다. 선생님은 입시 때 내게 선생님의 집으로 찾아오라고 편지에 약도까지 그려주셨다. 선생님이 어려운 학생의 손을 잡아주시는 자비로운 스승의 면모가 물씬 느껴진다.

세상에 이런 선생님이 또 어디 있을까. 선생님의 이야기는 현실에서 보기 어려운 교육의 신화나 전설 같지만 엄연히 존재하는 현실이다. 선생님은 많은 사람의 귀감이 되기에 충분할 만큼 아름답고 존경스러운 분이다. 내가 선생님을 만난 행운에 감사한다. 하지만 부족한 게 너무 많은 내가 조역을 제대로 하지 못해서 훌륭하고 고마운 선생님에 대한 아름다운 이야기가 어쩌면 미완성이 될 것 같아 안타깝다.

고등학교 입시 날짜가 다가왔다. 가만히 있어도 먹어야 하고 움직이려면 돈에 치인다. 시험을 치려면 대구에서 며칠은 묵어야 한다. 이계조 선생님이 자택의 약도까지 그려주시며 찾아오라고 했지만, 감히 엄두를 내지 못해서 망설이고 있다. 마침 우리 학교 남대강 선생님이 대구에 있는 자신의 집으로 오라고 하신다. 나는 고마운 마음에 체면을 무릅쓰고 태곤과 같이 남대강 선생님 댁으로 가서 묵으며 시험을 쳤다. 시험이 끝나고 우리는 집으로 가려고 하니 남대강 선생님이 기다려서 시험의 발표를 보고 가라고 하신다. 기다리는 중 아쉽게 생각되는 문제들이 머리를 스쳐 간다.

며칠이 지나 발표 날이 왔다. 합격자 명단에 내 이름이 없다. 어쩌면 내가 본래 바라던 대로 된 거다. 그래도 섭섭함이 더 큰 것 같다. 나는 마음을 달래며 실망하지 않으려고 애를 쓴다. 하지만 마음속에서는 서운함이 계속 스멀스멀 기어 나온다. 아무리 애를 써도 마음 한구석에 남아 있는 아쉬움을 지울 수 없다. 무엇보다 남대강 선생님과 이계조 선생님에게 부끄럽고 미안하다.

나는 국가고시인 이번 시험을 나 자신의 학력을 객관적으로 평가받을 수 기회라고 생각하고 내 성적을 알아봤다. 나는 섭섭하면서도 혼자만의 작은 위안을 얻었다. 나도 남들과 비슷한 조건에서 좀 더 독서량을 늘리고 노력해서 공부에 몰두할 수 있었다면 합격할 수 있었지 않았을까. 아니 남들과 비슷하지는 못했더라도 공부할 때 조금만 더 마음이 안정될 수 있었다면 충분히 겨룰 수 있는 능력이 내게 잠재하고 있다고 믿고 싶다.

내 잠재력을 한껏 발휘하지 못한 것이 못내 아쉽다. 하지만 나는 마음속으로 확인한 잠재력과 내가 처한 현실 사이의 차이가 너무 크게 느껴진다. 나는 지금 모든 걸 상실한 처지고 현실을 극복할 수 있는 능력도 없으니 얼마나 있어야 할지도 모르고 그저 견딜 수밖에 없다. 내게 남은 건 오직 내가 공부할 수 있는 잠재력이 조금 있다는 내 나름의 믿음뿐이다. 지금은 내가 비록 사회의 주변부에 있지만, 나의 잠재력은 언젠가 지혜를 갖추고 평범한 사람으로 사회 속으로 들어갈 수도 있다는 희망의 끈이 되리라 믿고 싶다.

나는 대구에서 돌아가기 전에 태곤과 같이 이계조 선생님에게 인사를 드리러 간다. 나는 신세지지 않고 살고 싶었는데. 나를 도와주신 고마운 선생님. 내가 신세를 진 선생님. 고마움도 은혜도 모두 어깨를 무겁게 누르고 발걸음이 무겁다. 선생님에게 부끄럽고 창피스러움을 넘어 죄를 지은 것 같은 생각이 온몸으로 번진다. 선생님에게 어떤 표현으로든 "불합격"이라는 의미를 가진 말을 하기가 참으로 거북하고, 선생님도 듣기에 편치 않으실 것 같다.

선생님에게 무슨 말을 어떻게 해야 할지 생각할수록 마음이 점점 복잡해진다. 아무리 생각해도 무슨 말을 할 처지가 못 된다는 자괴감에 시달리며 선생님 댁에 도착했다. 방학 중이라 선생님은 집에 계시면서 한복을 곱게 차려입고 우리를 반갑게 맞이하신다. 나는 어색하고 쑥스러워 머리가 숙여진다. 선생님이 우리의 표정을 읽으셨는지, 시험결과를 이미 아시는 것 같기도 하고 모르시는 것 같기도 하다. 나는 선생님께 말씀드린다.

"선생님, 안녕하셨습니까? 죄송합니다. 할 말이 없습니다. 그동안 저에게 버텨낼 힘을 주셨던 선생님의 도움에 감사합니다. 고마운 선생님의 적극적인 격려와 도움을 생각하며 앞으로 열심히 살겠습니다."

"그래 어떤 고난이 오더라도 극복하고 열심히 살기 바란다."

나는 인사를 하였으나 더 이상 할 말이 생각나지 않고 민망하고 부끄럽기만 하다. 선생님도 인사를 받으시는 말씀 외에 더는 적당한 덕담을 찾기 어려운 것 같고 마음속으로 위로하시는 것 같다. 나는 선생님을 바라보고, 선생님도 시선을 맞추고 있다. 눈빛이 마주쳤으나 어색하고 수치심이 밀려온다. 나는 침묵이 흐르지 않게 마음속으로 적절한 말을 찾으려고 온 신경을 쏟았지만, "감사합니다"라는 의례적인 말만 떠올라 같은 말만 되풀이할 수도 없다. 나는 선생님의 가르침을 생각하며 어떤 고난이 오더라도 노력하고 극복하여 그 누구보다 바르게 살아야 하겠다고 마음속으로 생각한다. 사이사이에 이런저런 이야기가 오가기는 하지만, 서로 얼굴을 바라보는 시간이 많고, 이렇다 할 이야깃거리가 없어 덤덤한 시간이 흐른다. 만남의 기쁨보다 헤어져야 할 아쉬움이 더 크게 다가

온다. 일어서서 다시 만날 기약도 없는 작별의 인사를 하고 돌아
서려니 몹시 아쉽고 서운하다.

내가 나오려고 할 때 선생님이 나의 옆구리를 슬쩍 건드리며 좀
보자고 하신다. 내가 멈추어 돌아서자 선생님이 내 손에 돈을 쥐
여주신다. 나는 고마우면서도 쑥스럽고, 동정을 받는 나약함이 느
껴지고, 미안해서 마음은 멈칫했다. 그리고는 아무 말도 하지 못하
고 고개를 숙이면서 손을 조금 내밀어 돈을 받았다. 돈을 받고 돌
아서니 내가 선생님의 큰 은혜에 무엇으로 보답할 수 있을까 싶은
생각이 온몸으로 배어든다. 내가 선생님에게 돈으로 계산할 수 없
는 빚을 점점 더 지는 것 같다. 나는 감당하기 어려운 과분한 은
혜를 받았다는 생각에 가슴이 먹먹하고, 나의 생이 선생님에게 빚
지고 있다고 생각하니 발걸음이 무겁다.

나는 앞으로 꿈을 가지려고 해보아도 희망의 사다리는 보이지 않
고, 우선 살아내는 것 자체가 문제다. 내가 무슨 희망이 있다고 선
생님이 내게 돈을 주실까. 내가 희망이 없을 때 손잡아주신 선생
님, 세상에 이런 선생님이 또 어디 있을까. 사회에 더 큰 이익이
될 일을 할 수 있는 인물에게 베풀어질 선생님의 은혜를 아무런 꿈
도 없는 내가 차지하는 것 같은 생각이 들어 부끄럽다. 그래도 어
쩔 수 없다. 나는 마음속으로 막연한 다짐을 한다. 고통을 숙명으
로 받아들이겠다. 어떤 어려움이 오고 또 오더라도 극복하고 또 극
복해서 선생님께 옛날 얘기하리라. 선생님의 말씀은 나의 어려운
시절, 큰 울림으로 남아 잊을 수 없는 기억 속에 깊이 새겨질 것이
다.

나는 입시에 불합격하고 허탈감과 자괴감을 안고 집으로 돌아왔

다. 방학이 끝나고 개학을 했다. 나는 학교에 가기가 창피스러워 오늘은 어디론가 숨어버리고 싶은 심정이지만 어쩔 수 없이 무거운 발걸음으로 학교에 간다. 어느 선생님이 아무리 진정 어린 위로의 말씀을 하시더라도 내 마음속에 부끄러움을 말끔히 씻을 수 없고, 자존심의 작은 부분이라도 상할 것 같다. 국어 시간에 선생님이 중요 문제의 정답을 설명하신 후 알고 싶은 성적을 알아내면서도 상대방의 마음이 불편하지 않도록 질문을 하신다.

선생님의 말씀은 내게 순간적으로 부끄러움을 완전히 잊어버리고 오히려 자존심과 자신감을 불러일으켜 주신다. 선생님의 말씀에는 상대의 기분을 생각하셔서 위축된 사람에게 용기를 돋우어주시고, 상처받은 사람의 가슴을 어루만져주시려는 배려가 짙게 배어 있다. 선생님은 그런 지혜를 어떻게 깨닫고 만들어 왔을까. 나이 지긋하신 선생님이 세월 속에서 깨달은 노련한 경험의 지혜일까. 본래 깊은 사고력과 통찰력을 가지신 걸까. 국어 선생님이라 언어 구사 능력이 남다른 걸까. 나는 불합격으로 마음이 잔뜩 움츠러들었지만, 선생님은 너그럽고 이해심이 깊은 질문으로 내가 가벼운 마음으로 대답하도록 하신다. 나뿐만 아니라 듣는 급우들도 우리가 받은 교육에 대한 자부심을 조금이라도 느낄 수 있을 것 같다.

선생님이 첫 번째 질문은 절묘한 맛이 느껴진다.

"체육 실기에 만점을 받았으면 합격할 수 있었지."

나는 가벼운 기분으로 "예"라고 대답한다. 내가 체육 실기에 만점을 받았다면 합격하고도 남는 점수다. 선생님의 질문에 어쩐지 마음속으로 용기가 생긴다.

선생님의 두 번째 질문은 흥미롭다.

"경고가 아니었으면 어느 학교라도 합격할 수 있었지."

나는 또 "예"라고 대답한다. 나는 약간의 자부심이 느껴진다. 체육 실기에 만점을 받지 않은 지금의 성적으로도 다른 어느 학교라도 합격하고도 여유가 있다. 선생님이 내게 우울했던 마음을 잠시 날려버리고 자신감을 불어넣어 주시는 것 같다. 나는 불합격이라는 생각에 온통 파묻혀 있다가 선생님의 말씀을 듣고 내 안의 무슨 가능성이 고개를 드는 것 같다. 마음속에 작은 생기의 씨앗이 싹틀 것 같다. 선생님의 말씀이 귀속에서 맴돈다. 나는 마음속으로 선생님이 고맙다. 선생님의 지혜가 온몸을 덮쳐오는 감동이 상상 이상이다.

제**3**부

거리로 내몰린 가족

거리로 내몰린 가족

중학교를 졸업하면서 내 앞에 놓인 세상은 우리 가족이 발붙일 곳이 없다. 논밭도 모두 팔고 집도 팔았다. 우리 집을 산 사람은 집을 헐어 목재만 옮겨가서 새로 지으려고 한다. 집은 나의 삶의 공간이요, 숱한 추억이 담긴 공간이다. 집이 없어지면 나의 소중한 추억의 공간이 사라지는 것이다. 살던 집을 내준다는 게 이렇게도 서운한가. 나는 곧 헐릴 집의 구석구석을 보고 또 본다. 이 집에 살면서 불편한 날도 있었건만 어디에도 그런 흔적은 남은 데가 없는 것 같다. 내가 어디에 갔다가도 저녁때면 찾아오던 집. 내가 보고 싶어도 다시 볼 수 없는 집. 지난 세월 정든 사연들이 구석구석 깃들어 있다.

어느 채권자가 나의 앉은뱅이책상을 어깨에 메고 간다. 책상을 바라보고 있는 나는 미련을 훌훌 떨쳐버리고 싶지만 어쩐지 강한 애착이 느껴진다. 내가 숱한 고민을 하면서도 무너질 때까지 우직하게 꿈을 키우던 책상. 언제부터 이렇게 깊은 정이 들었을까. 책상을 남겨놓는다고 하더라도 내가 그걸 가지고 갈 곳도 없으면서도 어쩐지 책상에 붙은 집착을 못내 떨쳐버릴 수 없다. 나는 책상에서 눈을 뗄 수 없어 책상의 모습이 보이지 않을 때까지 멍하니 바라본다.

빚이 너무 많아서 갚을 길이 없다. 전 재산을 털어도 빚을 절반도 갚지 못했다. 빚을 주었던 사람들도 살림이 거덜이 난 집들이 있고, 우리 집은 빚더미에 올라앉았다. 이미 빚더미 속에서 긴 시간을 지나면서 가족이 무너지고 곡식 한 톨 먹을 것도 없다. 가족이 잠을 잘 집도 없이 입던 옷만 입고 거리로 내몰리는 신세다.

나는 아버지와 어머니가 얼마나 상심하시는지 계속 살펴왔다. 워낙 억장이 무너지는 일을 당했으니 어머니가 아버지에 대한 불편한 심기를 내게 쏟아내던 지청구는 좀 수그러졌지만, 어머니의 얼굴에는 어두운 그림자가 늘 드리워져 있다. 어머니는 장애를 지닌 몸에 신체적 질병으로 고통을 겪고 있고, 채권자들에게 오랜 기간 시달리면서 혹독한 마음의 고생까지 더해 정신까지 피폐해졌다. 어머니는 쌀쌀해 보이기도 하고, 예민해 보이기도 한다. 어머니는 앞으로 살아갈 일이 막막하여 마음속에 쌓여 있는 응어리가 표정에 묻어난다. 아버지는 어머니에게 말을 붙일 수도 없다. 때로는 아버지에 대한 어머니의 불만이 불쑥불쑥 터져 나온다. 듣는 내가 민망하다. 그래도 나는 마음속으로 어머니의 건강을 빈다.

"어머니, 부디 몸도 건강하시고 마음도 건강하여 주십시오. 마음의 평온을 찾아주십시오. 마음을 넓혀주십시오."

아버지가 잘 들어내지 않는 복잡한 속내를 내가 모두 헤아릴 수는 없다. 그래도 아버지가 다른 사람들과 하는 이야기를 들으면 속내를 조금은 짐작할 수 있다. 아버지는 전 재산을 털리고 거리로 내몰리면서도 가까이 지내던 이웃들을 만나면 장담하신다.

"내가 오륙 십이 되어 갓망건 머리에 쓸 때는 다시 돌아와 옛말하면서 살 것이다."

아버지는 성공해보신 적도 없고, 지금까지의 삶은 온통 실패로 얼룩져 있으면서 어떻게 저렇게 성공을 확신하실까. 아버지는 자

신이 한번 본 것과 들은 것을 마치 세상 전부를 경험한 것으로 착
각하시고 자신감이 지나쳤다. 아버지는 매사에 낙관적이어서 자신
감이 넘쳤으나 무엇이든 하시는 족족 실패하셨다. 아버지는 한때
부를 축적하고 가문을 일으켜 세우려는 대박의 희망으로 가득하셨
다. 아버지는 세상 물정을 모르고 엄벙덤벙 무리수를 두시다가 엄
청난 큰 실패를 맛보셨다. 아버지는 쓰디쓴 좌절을 맛보았지만, 실
패의 근본 원인을 모르시니 실패에서 배우지 못하신다. 아버지는
세상을 모르시니 두려움도 없고, 앞으로 어떤 어려움이 닥쳐올지,
세상이 어떻게 변할지에 대한 걱정도 없다. 나는 아버지가 여전히
간단한 방법으로 쉽게 성공할 수 있다는 걸 믿는 대책 없는 낙천
주의자라는 생각을 하면 살아갈 앞날이 막막하기도 하다.

　미래의 예측이란 그리 쉬운 게 아니다. 아버지가 갓망건을 머리
에 쓸 때라니. 아버지는 미래를 그렇게 희망적으로 보실지 몰라도
나는 아버지의 말씀을 들으면 무모하고 막연한 거로 느껴져서 가
정을 파탄 낸 아버지가 마음속으로 원망스럽기도 하다. 아버지는
자식의 장래는 걱정하지 않으신다. 자식을 세상에서 남과 같이 살
아갈 수 있도록 어떻게 키워야 한다는 생각도 책임감도 없다. 아
버지의 자식에 대한 무관심은 젊음을 박탈당할 내게 원망을 불러
일으킨다. 자식들이 못 배우고 잃어버릴 시간은 어쩌자는 것인지
슬프고 허허롭다.

　아버지는 빌린 돈을 절반도 갚지 못한 채권자들에 대한 생각은
없다. 아버지의 말씀대로 아버지가 성공해서 재산을 모아 옛말하
며 산다고 하더라도 많은 돈을 빌려주고 절반도 받지 못한 채권자
들이 재산을 내놓으라고 하면 어떻게 할 것인가. 혹시 아버지가

어떻게 재산을 조금 모아 내가 물려받더라도 더 큰 빚을 떠안을 것 같다. 미래를 생각하면 겁이 난다. 아버지가 갓망건을 머리에 쓸 때 얼마나 성공하실까. 그때 자식들이 무엇을 딛고 일어설 수 있을지 공허하고 씁쓸하다.

나는 한편으로 아버지의 호기로운 모습을 보면서 다행이라는 생각도 한다. 지금은 우울하거나 소심할 때가 아니다. 용기와 뚝심이 필요할 때다. 식솔을 거느린 가장인 아버지가 사업의 실패로 맹목적 낙관주의마저 무너져 좌절하시고 실의에 빠져 한숨만 쉬고 주저앉는다면 어떻게 될까. 어머니는 장애로 부엌에서 밥을 짓는 일 외에는 거의 아무 일도 할 수 없다. 나도 어리지만, 동생들은 더 어리다. 내가 그 무거운 책임을 짊어진다면 어떻게 해야 할까. 그 처참한 모습을 상상하기도 싫다. 막연하고 공허한 생각을 하시는 아버지가 무얼 어떻게 하시려는지 모르지만 그래도 희망을 갖는 아버지가 내게는 고맙다. 나는 아버지의 건강을 걱정할 때도 있지만 날마다 아버지의 건강한 모습을 보는 걸 다행으로 생각한다. 오직 아버지의 용기만이 아버지의 건강을 유지할 수 있고, 가족이 생존을 의지할 수 있는 희망을 가질 수 있다.

전 재산을 모두 날리고 가족이 빚더미에 올라앉아 길거리로 내몰렸다. 나는 지옥 같은 인간 밑바닥에서 몸부림치는 생활이 시작됐다. 사람이 길거리로 내몰려도 살기 위해서는 먹어야 하고 잠을 자야 한다. 남은 세간을 머리에 이고 있을 수도 없다. 어머니와 동생들은 남은 가재도구를 가지고 외할머니가 혼자 계시는 옹색한 집으로 갔다. 잠은 거기서 자고 먹는 건 아침저녁 할 것 없이 외할머니가 무상으로 받는 구호양곡인 미국산 밀로 만든 국수로 이어간다.

집도 절도 없이 길거리로 내몰린 삶은 내게 분명한 현실적 경험으로 다가왔다. 나는 입던 교복을 그대로 입고 아버지와 같이 목공 도구를 짊어지고 목조 한옥을 새로 짓거나 고치는 일을 따라 이리저리 떠돌아다니는 뜨내기살이다. 저녁이 되어도 돌아가서 쉴 집이 없고, 힘들어도 이야기할 사람이 없다. 일감을 만나면 다행이지만 하고 있는 일이 끝나면 다음에는 어디에 일감이 있을지 어디에서 먹고 자야 할지 마음속으로 늘 불안하다. 나는 날마다 처량함이 느껴진다.

밤이 되어 일하던 집에서 잠자리에 누우면 육체적으로 고단하면서도 부질없는 생각이 머릿속으로 밀려온다. 내가 이렇게 살아도 되는가. 나는 진심으로 원하는 게 있다. 일하면서라도 공부하고 싶은 미련을 버릴 수 없다. 나는 지금 어디로 가고 있는가. 내가 미래를 생각하거나 이야기하는 건 어쩌면 사치로 느껴진다. 당장 먹고 잘 곳부터 해결해야 한다. 오늘은 어렵지만, 내일은 나아질 거라고 바라는 희망도 없다. 내가 삶의 바닥까지 떨어져서 무기력해져 있는 게 느껴지고, 절망과 좌절이 먹구름처럼 몰려온다.

어느 날, 내가 흥해면 용곡동에서 일하던 집에서 나보다 나이가 조금 많은 주인집 청년과 같은 방에서 자게 됐다. 그 청년은 낮에는 나와 같이 일을 하고, 저녁에는 책상 앞에 앉아서 책을 읽는다. 나는 청년에게 무슨 책을 읽느냐고 물어본다. 그는 "보통고시 공부를 합니다"라고 대답한다. 청년은 보통고시에 대한 이야기를 하기 시작한다. 공무원 시험 이야기다. 나는 공무원이 되고 싶었고, 공무원은 나의 선망의 대상이다. 나는 귀가 번쩍 뜨이면서 혹시라도 내가 나아갈 길이 있는지 귀가 솔깃해진다. 하지만 그의 이야기는 내가 바라는 쪽으로부터 점점 멀어져간다. 그래도 나는 호기심을 가지고 계속 듣는다.

"고등고시는 3급 을류 공무원을 임용하는 시험인데 대학을 졸업했거나 보통고시를 합격한 사람이라야 응시할 수 있습니다. 보통고시는 4급 을류 공무원에 임용될 수 있는 자격시험으로 임용이 보장되는 건 아니지만 4급 을류 공무원으로 임용이 되는 사람도 있습니다. 보통고시는 대학 2학년을 공부한 수준으로 출제되는데 고등학교를 졸업하면 응시자격이 있습니다. 5급 을류 공무원은 주로 연줄을 통해서 비정규직으로 들어갔다가 특별채용으로 정규직 공무원에 임용합니다."

나는 무슨 시험이라도 쳐볼 수 있기를 기대하면서 귀를 기울인다. 나는 중학교밖에 졸업하지 못했고 연줄도 없다. 결국, 내게는 어느 시험도 응시조차 할 수 없는 그림의 떡이다. 나는 일을 하면서도 공부하고 싶지만 공부할 시간도 없고, 공부를 하더라도 넘지 못할 장벽이 너무 높게 가로놓여 있다. 나는 올라갈 수 없는 장벽을 쳐다보고만 살아야 하는가. 내가 해야 할 일, 할 수 있는 일은 무엇인가. 나는 앞으로 어떤 사람으로 살아갈까. 꿈이 없이 살면서 한을 안고 계속 살아야 할 것 같다.

나는 내가 멀리서라도 바라보며 본받고 싶은 인물을 자주 생각했다. 훌륭하고 존경할 인물들이야 수없이 많지만, 너무 큰 인물들이라 부족한 게 많은 내가 감히 넘볼 수 있는 인물은 없다. 그래도 조선 말기의 개화사상가 유홍기는 내가 존경하고 조금이라도 따르고 싶은 부러운 인물이다. 유홍기는 중인 출신이라는 신분적 제약으로 사회적 진출이 막혀 있었다. 이유는 다르지만 나도 배움의 부족으로 사회적 진출이 막혀 있다는 건 유홍기와 같다.

유홍기는 서양문물을 소개한 책들을 많이 읽어서 경륜가로 명성이 높았던 선지자였다. 공부를 하는 마지막 목표는 세상을 고쳐나가는 건데 출세의 길이 막혀 있는 걸 알고 있는 유홍기는 무엇을 목표로 공부를 했을까. 유홍기는 양반 자제들에게 서양문물을 교육해서 개화파를 형성하여 나라를 바로 세우려고 했다. 유홍기는 당대 최고의 선각자로 백의 정승이라고 불렸다. 하지만 당시의 조선 조정은 중국을 섬기는 모화사상에 깊이 젖어 개화사상을 받아들이지 못하여 나라는 기울어져 갔다.

나는 경륜가로서 유홍기를 따라갈 수는 없다고 하더라도 떳떳하고 부끄럽지 않게 살고 싶고, 조금씩이나마 지혜와 통찰력을 쌓으면서 먼발치에서라도 존경하는 유홍기를 바라보며 살고 싶다. 나는 효과가 있든 없든 목표를 향해 갈 것이다. 내가 이룬 것들이 오랜 세월이 지나고 내가 떠난 뒤에라도 빛을 보게 된다면 그보다 더 큰 영광은 없으리라. 그런데 유홍기는 비록 사회적 진출은 막혔지만, 먹을 건 있었을 것이고 좋은 책을 많이 읽을 수 있었는데, 나는 읽을 책도 없고 시간도 없는 게 너무 큰 차이로 느껴진다.

일감을 찾아 옮겨 다니다가 아버지와 나는 큰 여동생을 데리고 아버지의 고향인 태백산맥 깊은 산속 마을 상옥으로 갔다. 처음에는 이모님 집 아랫방에 기거했다. 부엌은 따로 없이 처마 밑 마당이다. 이모님이 반찬도 주고 여러 가지 도움을 주어서 고마웠지만, 한편으로는 창피하기도 했다. 얼마 후 거기서 다른 집으로 옮겨가 곁방살이를 한다. 옹색한 단칸방에서 문짝과 가구를 만들고 잠도 잔다. 부엌은 따로 없고 소가 있는 외양간이다. 내가 때때로 외양간을 볼 때 소가 솥 쪽으로 돌아서 배설할 때가 많다. 그럴 때마다 소의 배설물이 솥에까지 튈 것 같아 아슬아슬하다. 소는 자신이 누울 쪽을 피해서 외양간 바닥이 낮은 쪽으로 그중에서도 자신의 먹이통인 구유를 피해서 배설하는 습관이 있는 것 같다. 짐승도 가릴 곳을 아는데, 하물며 사람이 음식을 할 자리를 가리지 못한다고 생각하니 가슴이 먹먹하다.

문짝이나 가구는 주문이 있으면 만든다. 문짝은 주로 한옥용이다. 가구는 앉은뱅이책상과 서랍장, 장롱과 두리반, 찬장과 제상, 초롱을 만든다. 가구를 만드는 일은 오랜 기간을 숙련된 사람과 함께하면서 전문적 지식과 기술을 배워야 한다. 나는 왕초보로 가구 만드는 일을 시작했다. 아버지도 가구를 만드는 데 익숙하지 않으시다. 가구의 구조는 실용적으로 편하게 쓸 수 있어야 하고, 마감을 잘해야 표면은 반들반들하고 색깔은 윤기 나는 미적 아름다움을 갖출 수 있다.

가구의 재료 중 합판과 유리, 경첩과 손잡이, 도료는 포항 시내에서 소량을 구입해서 버스에 싣고 온다. 큰 합판을 버스에 싣고 오려면 거추장스러워 손님이 많으면 운전기사가 잘 태워주지 않을 때도 있고, 태워주더라도 주변 사람들의 눈치도 보아야 한다. 그마저 삼십 리 재를 넘을 때는 버스도 다니지 않아 반 평짜리 합판을 등짐으로 짊어지고 다른 건 손으로 들고 걸어서 온다. 합판은 바람에 휘둘리고 손에 든 유리와 도료들은 무겁다. 재료를 운반하는 데 교통이 불편하고 멀어서 비용과 시간이 많이 들고 몸도 마음도 피곤하다.

아버지와 나는 어렵게 목재를 구해서 깎고, 다듬어서 연결하고 붙인다. 가구는 좋은 재료를 써야 하고 나무마다 색과 결이 다르다. 책상과 서랍장, 장롱을 만들 목재는 느티나무나 밤나무가 있는 집에서 구한다. 느티나무로 만든 가구는 니스를 칠하면 나뭇결의 무늬가 윤기 나고 아름답게 보인다. 하지만 밤나무로 만든 가구는 도장이 어렵다. 주토 칠을 하고 니스를 칠해도 윤기도 나지 않고 무늬도 아름답게 보이지 않는다. 미숙한 도장 솜씨 탓이다. 나는 가구에 도장을 멋있게 잘하는 전문가들은 무슨 비법이 있는지 늘 궁금하다. 나는 도색 방법을 알려고 하지만 현장의 숙련된 전문가 밑에서 일하면서 경험으로 터득해야 하는 기술이라 그냥 알 수가 없다.

느티나무와 밤나무 외에 필요한 가구를 만들 목재와 문짝을 만들 목재는 산에서 벌목으로 한다. 산에 있는 소나무는 누구의 소유를 불문하고 허가 없이 벌목하면 산림법을 위반하는 범죄가 된다. 나는 벌목을 할 때는 산불로 잎이 마른 나무가 있으면 그걸 베자고 아버지에게 말씀드린다. 나는 남이야 알든 모르든 죄를 지으면 마음속으로 괴롭고 싫다. 나는 조금이라도 마음 편하게 살고 싶어서 불을 맞아 죽은 소나무를 베자고 한다. 아버지인들 죄를 짓고 싶겠는가. 아버지도 불을 맞은 나무를 베자고 흔쾌히 받아들이신다.

화마가 휩쓸고 간 자리에 있는 소나무 겉에는 불에 그슬리고 타다 남은 시꺼먼 송린이 더덕더덕 붙어 있다. 그런 나무를 베면 옷과 몸에 검댕이 묻지 않도록 엄청 조심한다. 몸에 묻은 검댕은 옷에 옮겨 묻을 수도 있다. 옷에 검댕이 묻으면 갈아입을 옷이 없다. 불을 맞은 나무는 겉으로 잘 보이지 않지만, 밑동 쪽 속에는 송진

이 많이 생겨 있는 게 있다. 그걸 톱으로 켜서 말리면 뒤틀리거나 구부러지는 게 자주 생긴다. 조금 휘고 뒤틀린 건 뜨거운 열로 쪼이면 어느 정도 바로 잡을 수 있지만, 많이 굽어진 건 완전하게 펼 수가 없어 못쓰게 된다. 그러니 살아 있는 소나무를 베기 일쑤다.

나는 지금까지 죄만 지으며 살아왔다. 어릴 땐 땔나무를 하느라 남의 눈을 피해 산에서 나무를 베었고, 지금은 목재로 쓰려고 남몰래 더 큰 나무를 벤다. 나는 죄를 짓는 게 직업이다. 이것이 살기 위한 몸부림이다. 죄를 벗어날 수도 없는데 왜 이렇게도 생존하려고 아등아등 발버둥을 쳐야 할까. 얼마나 있어야 하는지도 모른 채 절망에 몸을 맡기고 벼랑 끝에서 실낱같은 끈을 잡고 있는 것 같다. 삶의 압력이 무겁게 눌러온다. 언제 이 땅이 내게도 살만한 땅이 되겠는가.

가구는 혼신의 힘을 다해 만들어도 시간이 많이 걸리고, 주문을 늘리기 위해 가격도 싸게 해야 하니 벌이가 시원치 않다. 그걸로 두 군데 나누어져 있는 가족의 생계를 잇기에 역부족이다. 외할머니 집에 있는 네 가족은 하루 세끼를 모두 국수나 죽으로 때운다. 여기에 있는 세 가족은 밥은 겨우 먹지만 시장이 없어서 곡식을 구하는 게 여간 어려운 일이 아니다. 반찬은 된장 국물로 이어가기도 어렵다.

늦은 봄 어느 날, 조금 떨어진 이웃집에서 묵은김치를 가지고 왔다. 김장 김치를 독에 넣어 땅속에 묻어두면 아삭아삭 씹혀 입맛을 사로잡는 김치를 겨우내 먹을 수 있다. 하지만 봄이 지나면 김치 맛이 시고 뭉개져서 먹지 못하고 버리게 된다. 인정 많은 동호댁이 그런 묵은김치 한 양푼을 가지고 와서 주면서 말한다.

"우리 집에 묵은김치가 많이 남아서 버리려고 하다가 혹시 드실 수 있을까 생각이 나서 조금 가지고 왔어요. 버려야 할 걸 가지고 와서 잡수시라고 드리려고 하니 너무 미안합니다. 혹시 잡수어보시고 못 드시면 버리십시오."

동호댁은 못 먹을 김치를 주면서 미안하다고 하는데, 나는 그걸 먹으려고 받는 게 마음 한편으로 부끄럽고 창피하면서도 또 한편으로는 별미를 주는 게 그렇게 고마울 수가 없다. 생각만 해도 뽈긋뽈긋한 묵은김치가 새금새금할 것 같은 입맛이 느껴진다. 나는 며칠 동안 밥을 먹을 때마다 묵은김치를 먹는다. 묵은김치의 향긋한 맛이 입맛을 사로잡는다. 묵은김치가 왜 이리도 맛이 있는가. 묵은김치의 맛이 더 깊어졌을까. 맛이 너무 좋아 한 번에 많이 먹기는 아깝다. 묵은김치를 아껴서 며칠이라도 더 먹어보고 싶다.

내가 김치를 먹어본 게 얼마나 오래전인가. 전에도 김치를 먹었는데 그때 먹었던 추억의 김치와는 전혀 다른 맛이다. 곰삭은 김치의 시쿰시쿰한 맛이 향기롭다. 내가 먹어본 양념 외에 무슨 특별한 양념이 더 들어있을까. 부드럽고 몰캉한 김치를 씹는 감칠맛에 밥을 더 먹는다. 김치가 맛깔스러우니 밥도둑이 따로 없다. 이런 맛을 무슨 말로 표현해야 할까. 꿀맛이라고 해야 할까. 두 사람이 먹다가 한 사람이 죽어도 모른다고 해야 할까. 남에게 말하기는 부끄럽지만 어쩐지 묵은김치의 맛은 세월이 가도 지워지지 않는 내 기억 속에 오래오래 남을 것 같다. 먹는다는 게 참으로 아름답기도 하고 슬프기도 하다.

목조 한옥을 짓는 일이나 수리하는 일이 생기면, 나는 가물에 단비를 만난 것처럼 그렇게 반가울 수가 없다. 새로 집을 짓는 일은 여러 날이 걸리고, 헌 집을 수리하는 일은 며칠이면 끝난다. 그런 날은 주인댁에서 식사를 주는데 내게는 오랜만에 밥과 반찬을 갖춘 푸짐한 한 상을 받는다. 입맛이 당긴다. 먹는 것이 좋은 것 같으면서도 한편으로는 내가 무엇을 하고 있는지 이상한 기분이 들고, 삶에 대한 목표도 없이 먹기 위해서 사는 것 같은 씁쓸함이 느껴진다.

어쩌다 어느 집에 초상이 나면 나는 관을 짜는 일감이 생긴다. 관을 짤 목재는 상가에서 준비되어있는 게 보통이라 나는 목재를 구할 부담도 없이 목공 일만 하면 된다. 상가에서는 상주들의 곡소리가 끊이지 않고, 상복을 입은 유족들의 모습에 슬픔이 가득하다. 집 밖에서부터 통곡의 소리가 들려온다. 멀리 시집가서 임종을 지키지 못한 딸이 머리를 풀고 온다. 딸은 종종걸음으로 마당을 지나서 시신이 안치된 빈소로 들어간다. 갑자기 빈소는 울음소리가 가득하다. 나는 일손을 잠시 멈추고 빈소를 슬쩍 엿본다. 딸은 왕골돗자리로 가려놓은 염습한 시신 앞에 엎드려 꺼이꺼이 목놓아 운다. "아이고, 아이고, 엄마, 엄마, 우리 엄마, 내가 왔다 …"라고 소리를 지르고 설움에 복받쳐 목메어 운다. 딸은 빈소에서 머리를 들었다 숙였다 하며 손바닥으로 방바닥을 친다. 서러워 울부짖는 소리를 들으면 딸이 금방이라도 일어나 시신 앞을 가려놓은 왕골돗자리를 걷어치우고 주검을 끌어안고 서러이 울 것 같은 모습이 어른거린다. 상가에서는 곳곳에서 훌쩍훌쩍 흐느껴 우는 소리가 들린다.

나는 학교에 다닐 때, 역사시간에 인도 카필라성의 왕자인 싯다르타가 왕궁 앞을 지나가는 상여를 보고 인간의 괴로움을 깨닫고 고행의 길을 떠나는 이야기를 들었다. 나는 그때부터 인간의 무상함을 느끼며 삶에 관한 깊은 고민을 했다. "모든 생명체는 결국 죽는다. 사람이 태어나고 죽는 건 무슨 의미일까. 사람이란 언젠가 세상의 모든 걸 다 내려놓고 떠나야 하는 것"이라고 생각하며 생로병사에 깊은 생각을 한 적이 있다. 나는 인간의 허망함을 느끼고 정신적 방황을 하면서 사람이란 기왕에 왔다가는 것, 주어진 삶을 어떻게 사느냐가 중요하다고 생각하면서 삶의 의미를 찾으려고 한 적이 있다.

그런데 나는 지금 사람이 생을 마감하는 일은 시간의 문제일 뿐 누구나 맞아야 하는 걸로 단순하게 생각한다. 나는 사람이 땅으로 돌아가는 걸 깊은 생각 없이 자연의 섭리로 생각하고 자연스럽게 받아들인다. 나 자신은 영원히 살 것처럼 죽음이란 생각도 하지 않는다.

나는 남의 죽음에 대해서는 무감각하고 무섭게 느껴지지도 않는다. 가족을 떠나보내는 다른 사람의 슬픔이 내게는 슬픔으로 다가오지 않는다. 나는 다른 사람의 죽음을 마주하는 순간에도 내가 살아가야 하고, 먹어야 한다고 생각한다. 어느 집에 상을 당하면, 나는 슬픔을 느끼는 건 고사하고 관을 짜면 품삯을 넉넉하게 받을 수 있다는 생각이 머릿속에서 먼저 떠오른다. 나의 내면 어디엔가 가라앉아 있던 나의 생존본능이 고개를 쳐들어 나 자신이 다른 존재가 되어가고 있다. 나는 온전한 영혼이 모두 증발해버리고, 나 자신을 잃어가고 있는 것 같다. 사람에게 진짜 중요한 건 무엇일까. 나는 언제부터 이렇게 변한 건지 모르지만 아무래도 시나브로 인간성을 잃어가고 있는 것 같다.

관을 짜는 일은 쇠못을 쓰지 않는다. 두꺼운 송판으로 섶과 마구리판을 깎고 다듬어 이음매를 손깍지로 조이듯 이어 붙인다. 지판을 다듬어 나무쐐기로 밑에 붙이고, 천판을 만들어 위에 붙여서 완성하기까지 이삼일 걸린다. 그래도 품삯은 하루나 이틀분을 더 얹어 삼사일 분을 주고, 마음으로 예우까지 너그럽게 한다. 관은 망자의 내세의 영원한 집이며 관을 짜는 사람에게 후한 대접을 하면 망자의 사후가 좋아진다는 지역 풍습이 관행으로 내려오고 있기 때문이다.

관을 짤 나무가 통나무일 때는 나무를 켜는 사람이 따로 있다. 큰 나무를 켜서 관을 짜면 크기를 여유 있게 만들 수 있지만 좀 작은 나무로 만들면 관의 크기에 여유가 없어진다. 관이 너무 크면 공간을 채워야 시신이 고정되고, 관이 작으면 시신이 들어가지 않는다. 나는 관을 짤 때 원목의 말구를 재어보고 망자의 체격을 알아서 관의 규격을 결정한다. 관을 짤 때는 가능하면 조금 여유가 있도록 짠다.

원목의 크기가 넉넉하지 않으면 관이 작아서 시신이 관속에 들어가지 않는다고 상가에서 말할 때가 가끔 있다. 그러면 내가 시신을 눌러 넣으러 간다. 시신이 얹혀 있는 관 옆에서는 유족들이 염습한 망자의 시신을 마지막으로 보면서 대성통곡을 하고 있다. 나는 정말 이상한 일을 하는 사람이란 생각이 들어 마음이 불편하고 기분이 묘하다.

나는 시신을 누를 때 운명하신 분에게 무례함을 덜 느끼려고 시신을 영혼이 살다 떠난 빈집으로 잠시 생각한다. 그래도 망자의 영혼이 자신의 육신과 나를 내려다볼 것 같다. 내가 시신을 눌러 넣으면 관속으로 쉽게 들어간다. 내가 천판을 덮고 천판과 섶의 결합 홈에 나비장으로 쐐기를 끼워 천판을 고정시킨다. 유족들의 울음소리가 더 커진다. 나는 서럽게 우는 유족들에게 미안한 느낌이 든다. 목재의 크기를 보고 망자의 체격을 감안해서 판단하고 관을 만들었으니 그 후에 시신에 특별한 변화가 없는 한 들어가지 않는 경우는 없다.

여름 어느 날. 우연한 기회에 내 손에 들어온 신문조각을 읽어본다. 나는 눈이 번쩍 뜨인다. 반가움을 넘어 가슴이 뛴다. 내가 갈 수 있는 새로운 세상이 보인다. 또다시 읽어 본다. 독학으로 고등학교 과정을 공부할 수 있는 책이 있다고 한다. 독학을 하는 방법과 만남은 나를 지독한 외로움과 방황의 길에서 건져냈다. 비록 정규의 고등학교 학력을 인정하는 건 아닐지라도 고등학교 과정을 공부할 수 있다면 나의 지적 허기를 채워줄 것 같다. 나는 마음속에서 행복감을 느낀다. 나의 존재 가치와 존재감을 결정하는 건 나의 몫이다. 내가 갈 길은 내가 닦아서 갈 것이다. 책을 읽어야 인간이 필요한 지혜와 자질을 갖추고 인간다워질 수 있다. 어렵더라도 해보겠다는 용기가 솟아난다.

나는 통신강의록을 신청해서 책을 받는다. 내가 하고 싶던 공부를 할 도구를 갖추었다. 낮에는 늦게까지 일을 하고 밤에는 짧은 틈을 내서 공부하는 주경야독이다. 공부에 몰두할 때는 다른 걸 잊을 수 있어 좋고 내용도 잘 설명이 되어있어 어렵지 않게 이해할 수 있다. 이렇게 나의 독학은 시작되었으나 시간이 부족하다. 나는 산에 갈 일이 있으면 책을 가지고 간다. 단 몇 분이라도 쉬는 시간이 있을 때 책을 읽을 수 있으면 보람 있는 시간이다. 쉬는 시간에 단 한 줄이라도 보고 싶을 때, 책이 없으면 허전하고 지루하다. 그럴 때는 금쪽같은 시간을 낭비하고 있다는 생각을 견디기 어렵다.

독학이란 게 하면 할수록 생각보다 어려움이 많다. 수학에는 그리스 문자로 쓰인 낯 설은 부호가 자주 나온다. 처음으로 보는 부호는 읽을 수 없어 눈으로 보면서 의미만 읽는다. 마음이 답답해진다. 다른 과목은 한자가 많다. 어떤 과목에는 정자가 아닌 약자로 쓰인 게 자주 나온다. 그중에는 자전으로 찾기 어려운 글자도 더러 있다. 눈으로만 보고 앞과 뒤에 맞추어 의미와 소리를 짐작한다. 소리를 내어 읽어보고 싶다. 그러다가 어렵게 그 글자를 알고 보면 내가 생각했던 의미와 소리가 맞았다. 그때는 작은 기쁨이 느껴진다.

영어를 읽을 때는 내가 과연 단어의 억양과 장단, 문장의 고저를 맞게 발음하고 있는지 알 수 없다. 영어는 들으면서 공부하는 게 가장 좋다고 하지만 들을 기회가 없다. 내가 혼자 책만 보고 공부하는 영어는 내게 잘못된 습관으로 굳어질 것 같아 겁이 난다. 나는 다른 사람이 알아들을 수 없는 영어도 아닌 나만의 영어를 하고 있을 것 같고, 회화를 하려면 입을 여는 데 주저하고 주눅이 들 것 같다. 독일어는 인쇄체로 써도 되는 걸 모르고 어려운 필기체로 보고서를 쓴다.

돈 없이 철저히 고립되어 있는 독학의 고독함이 밀려온다. 독학도 독학 나름으로 차이가 있다. 배운 선배나 동료가 있어 어려울 때 작은 도움을 단 한 번이라도 받을 수 있는 독학도 있고, 학원에 다니면서 공부하는 독학도 있다. 그 어느 것도 나의 현실에서는 멀고도 사치스러운 이야기다. 중학교에 다닐 때 선생님들의 유창한 강의가 귀에 쏙쏙 들어오고 머릿속으로 각인되던 시절, 그날이 행복하고 좋았다. 그렇게 공부하던 시절이 정말 그립다. 단 몇 시간이라도 선생님의 강의를 들으며 공부하고 싶은 아쉬움이 절실하게 느껴진다.

나는 신문에서 독학의 길을 알았다. 신문을 읽으면 내게 필요한 정보도 좀 더 얻을 수 있을 것 같고 고독도 조금은 덜할 것 같아서 대구매일신문 구독을 신청한다. 신문은 매일 우편으로 배달된다. 신문은 세로로 쓰여 있고 한자를 알아야 읽을 수 있다.

집은 가족의 안식처요 생활공간이다. 집은 가족이 화목할 수 있는 포근한 보금자리도 된다. 우리는 집이 없어 가족이 흩어져 산다. 여기서는 곁방살이로 옮겨 다닌다. 단칸방을 작업실로 사용하면서 세 식구가 생활하고 잠을 자는 장소로 사용하고 있으니 작업형편이나 생활 형편이 말이 아니다. 부엌도 마당의 처마 밑이거나 소가 있는 외양간이다. 가구나 문짝을 만들어 둘 곳도 목재를 둘 곳도 없다. 일을 계속하려면 오막살이 집이라도 우리 집이 필요하다. 집을 짓기로 했다. 하지만 나는 이미 우리 집을 짓는 데 진력이 났다.

처음 오막살이를 지을 때는 내가 너무 어린 나이에 잡일을 하느라 지쳤던 생각이 되살아난다. 두 번째 초가삼간을 지을 때는 일도 많이 힘들었지만, 학교에 장기결석을 하는 게 그렇게 싫을 수가 없었다. 이번에 또 집을 지으면 나는 십년 사이에 세 번째 우리 집을 짓는다. 집 장사를 하는 것도 아니면서 집 장사만큼이나 집을 자주 짓는다. 그때는 그래도 집터와 목재는 있었다. 이번에는 집터도 목재도 없다. 집터는 남의 밭 구석 끝자락을 빌렸다. 고마운 일이다. 목재는 도벌을 해서 장만해야 한다. 범죄에 무감각한 사람이 어디 있을까. 나는 죄를 짓기 싫어도 죄를 저질러야 한다.

아버지와 나는 집을 지을 재목을 벌목하려고 인적이 없는 높은 산꼭대기로 올라간다. 가파른 산을 간신히 기어올라 우뚝 솟은 산꼭대기까지 올랐다. 무더운 한여름 한낮이다. 숨이 턱밑까지 차오른다. 주변에 바위너설이 많이 무너져 커다란 사태가 난 곳에는 나무도, 풀도, 그늘도 없다. 햇볕은 하늘에서 작열하고, 돌들이 햇볕에 달아 이글거리며 주변까지 후끈거린다. 아버지와 나는 더운 열기가 훅훅 올라오는 사태 주변을 이리저리 다니며 재목으로 쓸 수 있는 소나무를 찾아서 벤다. 등짝에 땀방울이 주르르 흘러내리고 온몸이 땀에 젖는다.

시간이 흐르면서 나는 특별히 아픈 데도 없는데 기력이 점점 없어진다. 피로가 온몸에 젖어든다. 마침내 발을 내딛고 움직이는 건 물론이고 서 있기도 힘이 든다. 나는 나무 밑에 주저앉아 쉬면서 시간이 지나면 피로가 회복될 거로 생각한다. 어둠이 내리기 시작하면 재목을 지고 산에서 내려가려고 저녁 무렵이 되길 기다린다. 앉아서 기다려도 기력은 회복되지 않는다. 시간이 흐르면서 피로는 더 심해진다. 이렇게 되면 맨몸으로 산에서 내려가기도 어려울 것 같은 두려움이 머리를 스친다. 그래도 나는 이상하다고만 생각하고 아버지에겐 아무 말도 하지 않고 해가 서산으로 기울 시간만 기다리고 있다. 시간이 너무 느리게 흐르는 것 같다. 시간이 흐를수록 몸은 더욱 노곤하여져서 흘러내리는 것 같고, 앉은 자리에서 드러눕고 싶다. 속이 조금 울렁거리고 불편해진다.

마침내 아버지가 말씀하신다. 아버지는 다른 말씀은 없고 단 한 마디뿐이다. "빈 지게만 지고 내려가자." 내가 지금 아버지에게 하고 싶은 말이고, 내가 지금까지 아버지에게 들은 말 중에 가장 반가운 말씀이다. 나는 왜 이렇게 피곤한지는 모르면서도 순간적으로 아버지도 나와 같이 피로하신 거로 생각한다. 나는 아버지와 같이 올라갈 때보다 더 험한 된비알로 나뭇가지를 잡고 휘청거리며 곧장 내려온다. 지친 몸으로 깊은 계곡까지 겨우 내려왔다.

계곡의 여울에는 맑은 물이 많이 흐른다. 산 위에 있을 때는 물을 먹고 싶은 것도 목이 마른 것도 몰랐다. 그런데 물을 보자마자 물 가까이 가서 엎드려 흐르는 물을 벌컥벌컥 들이켰다. 목이 마르니 물이 가장 맛있고 시원하다. 물가에 앉아서 쉬다가 물을 더 먹었다. 좀 더 쉬면서 시간이 흘렀다. 피로가 가시면서 기운이 점점 돌아온다. 물이 생명력이다. 물이 그렇게 고마울 수가 없다. 나는 보통 때는 물의 소중함을 그만큼 몰랐다. 나중에 안 일이지만 무더운 여름에 땀을 너무 많이 흘리며 무리하게 노동을 하다가 탈수증이 온 거다. 탈수증이 심하면 혼수상태가 된다고 한다. 나는 내 몸에 위험한 신호가 오고 있는 줄도 모르고 시간이 지나면 나을 거라고 견디면서 높은 산꼭대기에서 속수무책으로 기다렸다. 나는 그저 시간이 빨리 지나기만을 기다렸다. 계속 기다리기만 했더라면 자칫 돌이킬 수 없는 위험에 빠질 수도 있었다. 아찔한 순간이었다.

아버지가 말씀하신다. "다시 가서 나무를 지고 내려오자." 나도 그런 생각을 하던 중이다. 아버지의 생각과 나의 생각이 기가 막힐 정도로 일치한다. 나는 아버지와 같이 코가 땅에 닿을 것 같은 가파른 된비알 오르막을 다시 올라가서 산꼭대기로 갔다. 이미 땅거미가 깔리어 어둑어둑했다. 나는 아버지와 같이 통나무를 지고 길도 없는 숲을 헤치며 어두움이 내려 흐릿한 산속을 내려왔다. 이렇게 밤낮으로 남의 눈을 피하느라고 수많은 정신적 고통과 육체적 고통을 겪으며 오두막 한 채를 지을 재목을 해서 나른다. 모은 목재로 집을 짓는다.

집터가 좁으니 집의 방향도 볼 것 없고, 아버지가 그렇게 따르고자 하는 지관도 필요 없다. 제목도 부족해서 작은 집을 짓는다. 앞뒤 옆쪽 기둥 화통에 들보를 끼워 세우고, 앞뒤 가운데 기둥에는 대들보를 끼워 세웠다. 좌우 기둥 화통에 도리를 끼워 얹었다. 들보 위에 상량을 얹고 서까래를 얹어서 집의 꼴을 갖추었다.

생활공간으로 쓸 방 한 개와 작업실로 쓸 방 한 개인 두 칸짜리 오막살이집이다. 부엌은 방 뒤의 추녀 끝에 담장을 쌓아 반쪽부엌을 만든다. 작업실로 쓸 방 뒤의 추녀 끝에도 담장을 쌓아 쪽방을 만들었다. 동쪽 처마 밑에는 목재를 둘 수 있다. 우리 집은 어찌 보면 두 칸짜리 오두막집이고 어찌 보면 옹색하지만 네 칸짜리 겹집이라고 할 수도 있다. 우리 집은 방이 있는 삶의 공간이요, 작업실이 있는 일터다. 나는 좁은 골방에서라도 다른 가족에게 불편을 주지 않고 등잔불을 켜놓고 잠을 줄여서 책을 볼 수 있다.

우리 집을 짓고 해가 바뀐 1963년 겨울이 채 끝나기 전에 외할머니 집에 있던 어머니와 동생 셋이 옮겨온다. 사십리가 넘는 길을 이삿짐을 이고 지고 온다. 그것도 절반 이상이 재를 넘는 험한 산길이다. 한겨울을 지난 산에는 바람이 온기를 실어 날라서 나뭇가지에 겨울눈이 부풀기 시작하면서 봄이 오고 있음을 알리는 것 같다. 하지만, 나의 내면에는 아직도 삭풍이 나뭇가지가 떨리도록 휘몰아치는 소리에 매서운 추위가 가시지 않았음이 느껴진다. 첩첩산중으로 들어가는 이삿길은 엄동설한으로 느껴지고, 어쩐지 외롭고, 쓸쓸하고 스산하다.

우리 가족은 깊은 산중 작은 집에 모였다. 집이 가족의 안식처라고 했던가. 집에 가족이 모인다고 안식처가 되는가. 하루 벌어 하루를 먹고 사는 형편에 일감이 점점 줄어들어 가족의 생계를 이어갈 길이 막막해졌다. 끼니를 잇지 못하는 우리 집은 늘 생존의 불안과 공포, 불화로 가득 차있다. 사람은 마지막까지 먹고 살기 위해 몸부림친다. 우리 집은 칡뿌리를 캐어 먹으며 연명하는 원초적 원시생활과 유사한 모습으로 돌아간다. 현대 사회에 사는 사람이 원시생활을 하는 게 힘겹다. 아버지가 산으로 다니며 굵은 칡뿌리를 한 짐 가득 캐 오신다.

나는 학교에 다니기 전 배고팠던 어린 시절. 남의 집 머슴살이를 하는 태규를 따라 산에 나무를 하러 다니며 칡뿌리를 캐서 먹었다. 칡뿌리를 먹으면 입안이 화하고 단맛이 나는 국물이 목으로 꿀꺽 넘어갔다. 흉년에 칡뿌리로 떡을 해서 먹는다는 말도 그때 태규에게 처음 들었다. 나는 떡이라는 말에 아주 맛이 있을 거로 생각했던 기억이 남아 있다. 이제 내가 진짜로 그 맛을 볼 수 있게 됐다. 나는 마음속으로 맛이 있는 떡을 먹어볼 거라는 기대도 해본다. 칡가루 떡을 먹으면 입안이 화하고 씹을수록 달짝한 맛이 날 것 같은 생각이 난다.

어머니가 커다란 칡뿌리의 껍질을 깎아서 내게 주며 빻으라고 하신다. 나는 칡뿌리를 톱으로 잘라 안반에 놓고 커다란 나무 메로 내리친다. 커다란 칡뿌리 하나를 가루가 되도록 잘게 부수려면 나무 메로 쿵덕쿵덕 수없이 쳐야 한다. 우리 가족이 하루를 먹을 수 있는 칡가루를 만들려면 하루 종일 칡뿌리를 부수어야 한다. 나는 날마다 늦도록 칡뿌리를 부수는 일이 지루하고 지겹다.

어머니는 부스러진 칡뿌리를 채에 담아 물이 가득한 자배기에 담갔다가 건졌다가 하시면서 여러 번 쳐서 실오라기 같은 섬유질을 걸러낸다. 채 밑으로 흘러나온 자배기 안의 국물에서 분말이 가라앉을 때까지 기다린다. 하루가 족히 지난 후에 자배기에서 물을 따라내고, 가라앉아 쌓여 있는 앙금을 말리면 하얗게 고운 칡가루가 된다.

어머니가 하얀 가루를 반죽해서 얄팍하고 둥글넓적하게 만들어 솥에 넣고 쪄내신다. 처음 보는 칡가루 떡이 완성되어 나온다. 갓 쪄낸 떡이라 쫄깃한 맛이 있을 것 같다. 한 개를 집어서 입에 물고 잘라 맛을 본다. 갓 쪄낸 떡이라 말랑말랑하고 쫀득한 촉감을 기대했다. 하지만 내가 알고 기억하는 맛은 없다. 입안이 화해지는 칡뿌리 본래의 향과 달짝한 맛은 어디로 갔을까. 밍밍한 느낌뿐이다. 못 먹을 정도는 아니지만 네 맛도 내 맛도 없다. 한 번 먹고 두 번 먹고는 목구멍 속으로 꾹꾹 밀어 넣었다. 아마도 자배기의 물에 담가 분말을 가라앉히는 동안 향과 단맛이 모두 우려져 나간 것 같다.

아버지는 날마다 칡뿌리를 캐 오시고, 나는 날마다 나무 메로 칡뿌리를 쳐서 부순다. 어머니는 부순 칡뿌리를 채로 치고 자배기의 물에 걸러 분말을 만들고 반죽해서 쪄내신다. 이렇게 힘을 들여 만든 칡뿌리 떡도 먹으면 먹을수록 더욱 더 맛이 없어진다. 나는 맛이 없는 칡가루 떡을 끼니마다 억지로 입에 꾸역꾸역 집어넣는다. 나는 이렇게 계속하면서 사는 게 무의미한 것 같고, 진저리가 난다. 먼 조상 때부터 곡식을 먹고 살았던 미각이 내게 관성으로 남아있다. 곡식에 길들여진 입맛을 어떻게 달래야 할까. 밥을 먹고 싶다. 죽이든 밥이든 곡식이면 다 좋다. 곡식을 먹지 못하면 어떻게 된다는 걸 경험으로 깨달아가는 내 형편이 처량하기만 하다.

아무것도 먹지 못하고 칡뿌리만 계속 먹는 극심한 가난 속에 가족의 정신이 피폐해지고, 가족 간의 감정과 갈등이 쌓여 있다. 아버지와 어머니의 관계는 참으로 어렵고 오묘하고 복잡해서 예측하기도 어렵다. 어머니는 고단한 생활을 하면서 아버지에 대한 원망을 삭이지 못하고 한이 되어 내면에 층층이 쌓였다. 아버지도 이야기를 자주 하지 않지만 어머니를 원망하시며 사는 것 같다. 어머니는 아버지에게 매사에 부정적이고 냉소적이다. 어쩌다 충격을 받으면 어머니는 아버지의 최소한의 자존심이 설 자리도 없이 어머니 마음속에 쌓인 원망을 서슴없이 아버지에게 쏟아내며 서러워하신다. 나는 어머니의 신체 장애도 슬프고, 나의 삶도 서글퍼진다. 어머니가 분노에 차서 말씀하시면, 어머니의 화는 좀 풀릴지 모르지만, 사사건건 잘못을 말하고 반복해서 불평하면 좋아할 사람이 없다. 나는 마음속으로 아버지가 원망스러운 만큼 어머니도 원망스럽다.

나는 어머니가 아버지의 지난 날 잘못에 버럭 화를 내고 묵은 불만이 폭발하는 말을 들으면 어머니가 아버지에게 심한 구박을 하는 걸로 들리고, 가족 간의 대화를 틀어막아 버리는 것 같다. 가족 간의 갈등의 골이 깊어지고 상처만 쌓인다. 가족의 생계를 짊어진 아버지가 고단한 몸으로 겨울 산을 헤매며 칡뿌리를 한 짐 가득 캐서 지고 오시는 걸 보면 나는 마음이 아프다. 집이란 밖에서 시달리다가 돌아가 쉴 곳이 아닌가. 어머니는 아버지를 본체만체, 칡뿌리만 받아 깎으시는 걸 보면 내 마음이 답답하다.

가난하고 가정불화가 잦으니 속 깊은 대화는 사라진 지 오래다. 내가 공부를 할 분위기도 못된다. 이렇게 하다가는 모든 걸 잃고, 앞날이 더 위태로워질 것 같은 불안감이 밀려온다. 지금 우리 집은 가족 간의 위로가 필요하다. 이제는 어머니가 가슴에 응어리를 좀 풀었으면 싶다. 나는 좀 더 화목한 가정에 살아보고 싶다. 나는 어머니의 마음을 조금이라도 돌려보고 싶고, 얼음장 같은 어머니의 마음을 조금이라도 녹여보고 싶다. 나는 어머니 앞에 앉아 목소리를 가다듬어 조심스럽게 가만가만 애원하듯 이야기를 몇 번 해보았다.

"어머니가 화가 나실만한 일은 참으로 많다고 생각합니다. 아버지가 잘못하신 게 그만큼 많으니까요. 하나하나 말하려면 끝이 없지요. 아버지도 잘못 살아온 걸 후회하고 계시지 않겠어요. 어머니의 고생이야 비할 데가 없겠지만 우리 집에 고생하지 않는 사람이 어디 있어요. 지금 원망한다고 나아지는 게 있겠어요. 어머니는 그래도 아버지를 원망이라도 할 수 있잖아요. 아버지가 없다는 걸 한 번 생각해 보십시오. 나는 아버지가 계시지 않는다는 걸 상상하기도 싫습니다. 아버지가 계신다는 게 얼마나 다행입니까. 아버지가 지금 온갖 일을 하시는 건 아버지 혼자만 살자고 하시는 게 아니고 가족을 소중하게 생각해서 하시는 거잖아요.

제가 어머니의 눈물을 닦아드릴게요. 어머니는 아버지를 위로해

주십시오. 아버지는 지금 외롭습니다. 아버지는 지금 누구에게 기대야 합니까. 아버지가 잘못하긴 했지만 어머니가 아버지를 생각해주시지 않으면 누가 생각해주겠습니까. 어머니의 따뜻한 말 한마디가 아버지에겐 큰 힘이 되고, 위로가 될 수 있습니다. 이 겨울에 아버지가 찬바람 맞으며 이산 저산으로 다니며 칡뿌리를 찾아서 캐는 심정을 생각해 보십시오. 가족을 그냥 굶길 수만 없다는 걱정으로 칡뿌리로나마 연명하겠다는 아버지의 심정이 얼마나 힘들고 어렵겠습니까. 어머니가 좀 더 너그러운 마음으로 아버지에게 말씀해 보십시오. 그러면 아버지의 생각이 조금이라도 달라질 수도 있겠지요. 저도 그걸 간절히 바랍니다.⋯"

하지만 어머니의 마음은 조금도 누그러지지 않는다. 나의 말은 그때마다 어머니 마음을 누그러지게 하기보다 아버지의 잘못을 더 생각나게 해서 어머니에게 화를 돋우기만 하는 것 같다. 어머니는 언제나 그늘지고 굳은 표정이다. 내가 내 가슴을 칠 수도 없다. 가족은 내게 어떤 존재인가. 나는 이제는 내 속내를 어머니에게 더 말하고 싶지 않다. 가족 아무도 내 말을 들으려고 하지 않는다. 나는 아무 말도 하고 싶지 않고, 침묵 속으로 깊이 빠져 들어간다. 나는 하고 싶은 말들이 떠오를 때마다 하나하나 가슴속으로 가라앉히고 내면화시키는 게 오로지 나를 위로하는 방법이다.

아버지는 지난날에는 어머니의 말투에 대해 좀 더 듣기 좋게 말하자고 한 적도 있었으나 지금은 말이 없다. 일일이 다투면서 분란을 일으키거나 빈정거리는 소리가 듣기 싫어서일 거다. 어머니는 고난의 삶을 살며 심신이 피폐해져 마음의 밑바닥에 아버지에 대한 원망과 분노, 실망과 슬픔이 억눌려 똬리를 틀고 있다. 작은 충격이라도 있으면 폭발할 수 있다. 아버지와 어머니는 자신의 입장에서만 생각하고 말할 뿐 상대방이 싫어하는 걸 피하고 이해하려는 노력은 없다. 괴로웠고 서러웠고 힘들었던 기억을 툭툭 털어낼 수는 없어도 잠시라도 잊으려고 힘쓰면서 서로 따뜻한 위로의 말 한마디 하는 게 작은 행복이 아닐까. 곡식으로 밥을 해서 두리반에 올려놓고 가족이 둘러앉아 시선을 마주하고, 서로 하루를 지낸 이야기를 하여 웃으며 먹는 날은 언제 오려나.

칡뿌리로 굶주림을 면할 수 있는 건 며칠에 불과할 뿐이다. 계속 칡뿌리만 먹으니 가족 중 가장 어린 것에서부터 건강에 이상이 생기기 시작한다. 나는 어린 동생이 울부짖는 소리에 방안을 들여다본다. 네 살짜리 막냇동생의 온몸에 불긋불긋한 반점이 번지고, 두드러기가 돋아 벌겋게 달아올랐다. 칡뿌리를 물에 담가 그렇게 우렸는데도 아직 무슨 독성이 남아있어서 그런지, 다른 음식을 먹지 못해서 몸에 필요한 영양소가 부족해서 그런지 모른다. 어린 것이 온몸을 뒤엎는 가려움을 견디지 못해 어머니 앞에 서서 두 손의 손톱으로 온몸을 박박 긁어댄다. 두 손을 뻗어 엄마의 어깨를 잡았다 놓았다 하고, 발을 구르며 풀쩍풀쩍 뛴다. 동시에 "아야, 아야, 엄마, 엄마,…"라고 다급하고 날카로운 괴성을 지르고 눈물을 흘리며 울부짖는 소리가 범벅이 되어 한꺼번에 들린다. 어머니는 "오냐, 오냐, 울지 마라,…"고 하며 어린 것의 손을 잡고 어쩔 줄 모르신다. 어린 몸 여기저기가 부르튼다. 죄 없는 어린 것이 너무 안쓰러워 차마 눈뜨고 보려니 가슴이 저며온다. 나는 가슴 시리도록 눈물겨운 형편을 보다 못해 내 자리로 돌아와 다시 나무 메로 칡뿌리를 부순다. 나는 가슴이 하염없이 답답하고 나 자신이 처량하다. 나는 며칠 후 저녁에 이런 현실과 답답한 심정을 일기장에 쓴다.

"우리 집은 양식이 없어서 칡뿌리떡만 계속 먹고 있다. 며칠 전부터 막냇동생의 온몸에 불긋불긋한 반점이 수없이 돋았다. 돈이 없어 병원에도 가지 못하고 약도 하지 못한다. 가족들은 속수무책으로 보고만 있다. 가난하면 먹지 못하여 병이 든다. 병이 들어도 돈이 없어 병원에 가지 못하니 정확한 원인도 알 수 없다. 치료도 하지 못하고 약도 할 수 없으니 고칠 수도 없다. 병을 고치지 못하여 심하게 되면 비참하게 된다. 못 먹으면 굶어서도 죽고, 병들어서도 죽는다. 어느 것이 더 비참하고, 어느 것이 덜 비참하다고 할 수 있는가.

어린 것이 심한 가려움을 견디지 못해 온몸을 긁으며 소리소리 지른다. 엄마를 부르는 소리와 우는 소리가 뒤섞여 길길이 뛰면서 어머니에게 두 손을 뻗어 매달린다. 어머니가 쩔쩔매며 달래고 어르지만 소용이 없다. 어린 것이 손짓과 몸짓, 괴성으로 뒤엉켜 몸부림치는 모습이 안타깝다. 손톱으로 긁은 피부가 부르튼다. 이렇게 심한 병을 고치지 못하고 있으면 부풀어 오른 피부에서 곧 염증을 일으켜 물집이 생기고, 피가 나고 진물이 날 것 같다. 동생의 가련한 모습이 자꾸 눈에 밟히고 가슴이 미어진다. 아무것도 하지 못하고 바라만 보고 있으려니 울적한 마음을 달랠 길이 없다. 나는 어떻게 해야 할까. 차라리 동생이 아프지 않고 내가 아픈 게 나을 것 같은 생각마저 든다."

1963년은 봄부터 가뭄이 유달리 심해서 천수답에서는 모내기를 하지 못하고 벼 대신에 메밀을 심은 논이 더러 있다. 흉년이 들면 일감이 생기지 않는다. 답답해진 아버지가 방에서 어머니에게 무슨 말씀을 하신 것 같다. 앞도 뒤도 없이 한탄하는 조로 하시는 말씀 중에 단 한마디 말씀이 내 가슴에 와 꽂힌다.

"일곱 식구가 나만 쳐다보고 있다."

아버지가 어머니에게 일을 하지 못하는 걸 한스러워 하시는 말씀인 것 같지만 나는 그 말을 들으니 오만 잡생각이 뇌리에 범람한다. 나 때문에 군입만 하나 더 늘어난 것 같고, 아버지에게 부담만 되는 것 같기도 하여 내 자신이 존재한다는 것조차 원망스럽다. 내가 태어나는 걸 내 마음대로 할 수 없었던 것처럼 내가 돌아가는 것도 내 마음대로 할 수 없다. 나는 고민을 하다가 이 어려운 고비를 넘겨야 한다고 생각해서 쓰지 않기로 하고 몇 년 전부터 저축해서 조금 모아놓은 돈을 쓰기로 한다. 나는 이 돈을 지금 쓰는 게 가장 좋다고 생각한다.

나는 지금까지 조금씩 저축해서 모아놓았던 소중한 돈을 모두 내놓는다. 내가 국민학교에 다닐 때부터 작은 시간에 틈을 내서 묘목밭에서 벌레를 잡아 받은 돈과 중학교에 다닐 때 묘목밭에 다니며 망을 만드는 일을 해서 번 돈을 악착같이 모아서 흥해우체국에 가서 저축했다. 그때는 신광에 우체국이 없어서 이십 리가 넘는 길을 걸어 다녔다. 나는 가난했던 어린 시절부터 가난을 벗어나려면 어떻게 해야 하는지 생각하면서 근검절약이 몸에 배었다. 나는 돈을 모으기 위해서는 열심히 일하고 절약해서 저축하는 게 가장 중요하다고 생각하고 행동으로 실천했다. 그 후 내가 아버지와 별도로 일해서 받은 돈을 가정에 내면서 일할을 떼어 차곡차곡 저축했다. 이때쯤에는 신광에도 우체국이 생겨서 상옥에서 신광에 갈 일이 있을 때마다 저축했다. 이렇게 푼푼이 모은 돈을 우체국에서 찾아 가족에게 내놓은 거다.

아버지는 내가 내놓은 돈으로 한 마지기쯤 되는 밭뙈기를 샀다. 비록 작은 뙈기밭이지만 그걸 보는 나의 마음속 기쁨은 이루 말할 수 없다. 이 넓은 세상에 우리 땅이라곤 발붙일 데도 없다가 내가 우리 밭을 밟을 때는 말로 표현할 수 없는 묘한 기분이 느껴진다. 우리는 곧 밭에 감자를 심었다. 돈도 없지만 돈이 있다고 하더라도 감자를 살 수 있는 시장도 가게도 없어 어려운데 우리 밭에서 감자 농사를 지을 수 있으니 감격스럽다.

새로 밭이 생기자 아버지가 땅을 파는 데 관성이 된 성정이 다시 발동했다. 밭 둘레에 있는 배수로를 없애고 밭을 넓혔다. 봄부터 가뭄이 심했는데 6월에 태풍이 불어 하늘이 우르릉거리며 폭우가 쏟아졌다. 여기는 고산지라 지금이 감자가 굵어가는 계절이다. 배수로를 없애버렸으니 사래 긴 위의 밭에서 쏟아진 물이 우리 밭을 휩쓸고 갔다. 물줄기가 지나간 데마다 온통 파여서 감자는 쓸려가고, 주변에 남은 감자포기마저 뿌리가 씻겨서 한창 굵기 시작하는 감자가 땅 밖으로 드러났다. 나는 엉망이 된 밭을 보면서 아버지가 논밭을 파서 망쳐버리시던 해묵은 성정이 지겨웠던 생각이 나서 깊은 한숨이 나온다.

칡뿌리 떡을 먹는 것도 제철이 있다. 칡넝쿨에서 잎이 피면 겨울에 칡뿌리에 축적되어 있던 영양분이 줄기와 잎으로 가고 없어져 칡뿌리도 먹을 수 없다. 흉년으로 호구지책이 어려워지자 아버지가 손티 문턱바위를 넘어 첩첩산중 깊은 계곡으로 들어가 화전을 일구신다. 깊은 계곡의 양쪽 산비탈도 사람이 발붙이기 어려운 급경사다.

나는 학교에서 화전민이란 말을 들어본 적이 있다. 화전이란 강원도 산간지대에서 우거진 풀과 잡목을 태운 땅을 개간해서 경작하는 걸로 알고 있다. 화전민은 한 곳에서 계속해서 농사를 짓다가 지력이 다해 수확이 감소하면 다른 곳으로 옮겨 다니는 걸로 짐작하고 있다. 화전민은 띄엄띄엄 떨어져 있는 산촌에 널빤지로 지붕을 덮은 너와집을 짓고 산다고 한다. 그러니 화전은 산속 비탈진 땅이긴 하지만 때로는 썩은 풀잎과 나뭇잎이 흙에 섞여 있는 부엽토가 있어 적어도 몇 년 동안은 농사를 지을 것이라고 생각된다.

그런데 아버지가 하시려는 화전은 그게 아니다. 아버지가 일구고 있는 화전은 돌투성이인 데가 있고, 흙이 많이 있는 데는 거의 없다. 게다가 북쪽 비탈이라 햇볕도 드는 둥 마는 둥 하다. 나는 이상한 생각이 들면서도 직접 화전을 본 적이 없으니 아버지가 시키는 대로 작업을 한다. 아버지와 나는 잡목을 벤다. 비탈진 돌밭에서 하루 종일 산전 밭을 일구는 일을 하면 작업화가 하루에 한 켤레씩 떨어진다. 허가 없이 산림을 벌채하는 건 범죄다. 엄청 불안하다. 살아갈 수 있는 최소한의 방법이라도 있다면 이 짓은 하기 싫다.

나는 경찰을 볼 때마다 불안하다. 우리 집에서 작업용으로 사용하는 목재는 대부분 도벌해 온 건 비밀도 아니기 때문이다. 나는 며칠 전 우리 집에서 일을 하며 경찰이 우리 집 쪽을 계속 바라보며 오는 것 같아서 마음이 쓰였다. 경찰은 저벅저벅 걸어 우리 집으로 들어와서 내가 일하는 작업실 문 앞에 와서 목재로 일을 하는 걸 들여다보았다. 나는 경찰이 무슨 말을 하려는지 불안했다. 경찰은 한참을 들여다보다가 혼자 말했다. "이렇게 하는 게 생명선이다." 그리고는 한참을 더 보다가 아무 말도 없이 돌아갔다. 나는 경찰이 올 때는 무슨 말을 하려고 왔다가 다른 말만 하고 갔을 것 같았다. 나는 경찰이 간 후에도 떨떠름한 기분이 지워지지 않았다. 아직도 그때 들여다보던 경찰의 모습이 눈에 어른거리고 두려움이 내 뒷덜미를 잡고 있는 것 같다. 나는 지금 아버지와 같이 화전에 깔리어 있는 마른 나무와 낙엽에 불을 지르고 활활 타오르는 불길을 본다. 바람이 조금만 더 불어도 불이 화전 밖으로 번져 큰 산불이 날 것 같다. 가슴이 쿵쾅거리고 머릿속이 하얘지면서 온몸이 불안에 휩싸인다.

가난은 죄가 아니라고. 고통 없이 가난과 함께 살아가는 방법이 있을까. 계속적이고 심각한 가난이 얼마나 무섭고 서러운 건지 당해보지 않은 사람은 절대로 알 수 없다. 나는 가난을 실감해 봤다. 오래되고 지독한 가난이야말로 악 그 자체다. 가난은 먹고 살고자 하는 사람을 범죄의 장으로 끌어들이는 주범이다. 가난하면 먹고 살려고 허덕이다가 하는 짓이 죄가 된다.

가난하면 먹지도 못하고 배우지도 못한다. 극심하게 가난하면 보통 사람이 사는 주류사회로 들어가지 못한다. 찢어지게 가난하면 사람과 관계를 맺지 못하여 약자로 밀려나고, 세상의 밑바닥에서 고단한 삶을 살아야 한다. 그 망할 놈의 가난. 가난은 이 세상에서 영구히 퇴치하여야 할 아주 몹쓸 거다. 나는 죄를 짓고 싶지 않았다. 하지만 실패한다. 목구멍이 포도청이라는 말이 정말 실감난다. 먹고 살아남기 위한 몸부림이 죄가 된다. 먹을 게 없을 때 죄를 짓지 않고 사는 방법은 생각보다 어렵더라. 내가 살아보니 그렇더라. 우선 먹고 살기 위해서는 범죄를 저지른다. 벌을 받고 안 받고는 뒤의 일이더라.

아버지는 화전을 시작하려고 할 때까지 온갖 고민과 고심을 하셨지만 다른 방법이 없었을 것 같다. 나는 화전에서 일을 하다가도 아버지가 너무 외롭게 느껴지고, 내 몸도 마음도 불편해진다. 어머니는 이런 생각을 한 번이라도 하셨을까. 어머니는 집에서 마음으로 모든 걸 아버지에게 의지하면서도 한 마디의 위로의 말도 해주지 않고, 모든 책임을 아버지에 떠넘기며 원망하고 계실까.

화전에 좁씨를 뿌린다. 흙이 조금이라도 있는 곳에는 좁씨를 고루고루 뿌리고 흙이 겉으로 보이지 않아도 작은 돌 틈 사이에 흙이 있을 듯한 곳에는 좁씨를 뿌린다. 나는 땔나무를 하러 갈 때는 화전이 있는 쪽으로 간다. 심어놓은 좁씨가 어떻게 싹이 터서 자라는지 보고 싶어서다. 어느 날, 나무를 한 짐 해서 화전 밑에 지게를 받쳐놓고 쉰다. 나는 내 삶이 무너질 대로 무너지고 바닥에 떨어진 걸 느낀다. 고통의 짐이 너무 무겁다. 생사를 불문하고 어떤 변화라도 일어났으면 하는 생각도 자주 한다.

숲이 우거진 적막강산 깊은 계곡에서 서로 다른 두 종의 생명체가 마주쳤다. 한쪽은 먹이사슬의 최상위 포식자요, 다른 한쪽은 숲속의 왕자다. 여기는 숲속이다. 이 지점에서 두 생명체가 같이 존재할 수 있을까. 어느 쪽이 죽느냐 사느냐, 그것이 문제로다. 내가 서 있는 바로 앞개울 건너 쪽 산자락에 호랑이가 보인다. 호랑이는 무섭고 두려운 동물이다. 나는 호랑이를 보는 순간 섬뜩한 기분이 들면서 머리카락이 쭈뼛쭈뼛 서며 불길한 생각이 잠시 머리를 스쳤다.

나는 의외의 위험을 만났으면서도 도망칠 엄두가 나지 않는다. 두려움도 이내 사라졌다. 도망치거나 두려움만으로는 호랑이의 공격에 맞설 수 없다는 생각에 용기를 냈다. 내 눈길은 금방 호랑이에게 고정된다. 몸길이가 보통 개보다는 더 크고 큰 개보다는 조금 작을 것 같다. 아직 다 자라지 않은 호랑이 새끼다. 새끼라도 호랑이는 호랑이다. 하지만 나도 최상위의 포식자다. 인간이 최상위의 포식자가 된 건 동물 중에 가장 똑똑하고 무기를 쓰기 때문이다. 내게도 무기인 작대기가 있다. 내 마음속에는 비장의 무기인 용기도 있다. 나는 용기와 작대기로 무장해서 맞서겠다.

호랑이가 매우 빠르게 나무 위로 올라갔다 내려갔다 하다가 바위 위로 건너며 뛰어다닌다. 호랑이는 내가 가까이 있는 걸 아는지 모르는지 나를 본 척도 하지 않고 혼자서 재밌는 듯 놀고 있다. 나는 용기를 내면서 호랑이가 내게 달려들기를 마음속으로 은근히 기다린다. 호랑이야, 거기서 놀지만 말고 내게 한번 덤벼봐라. 나는 오히려 좋은 기회가 온 것으로 느껴지고 필사적 용기가 생긴다. 이판사판으로 정면대결을 벌이고 싶다. 저 정도의 새끼쯤이야 내게 달려들 때 내가 작대기로 힘껏 휘둘러 치면 나가떨어질 것이다. 그때 잔등을 내려치면 너부러질 것이다. 호랑이는 죽으면 가죽을 남긴다고 하니 가죽의 가치가 엄청 클 것이다. 나는 즐거운 상상을 한다. 가죽을 팔면 제법 오래 밥을 먹고 살 수 있으리라. 나는 호랑이가 내게 다가오기를 계속 기다린다.

한참을 놀던 호랑이는 계곡 원시림 속으로 점점 멀어져서 끝내 보이지 않는다. 호랑이가 내 앞에서 놀면서 나를 조롱하고 간 것 같다. 숲속은 호랑이의 천국이다. 아무리 새끼라지만 그렇게 빠른 호랑이를 내가 숲속으로 따라갈 수는 없는 노릇이다. 나는 호랑이가 사라진 쪽을 무연히 바라본다. 내가 그토록 기다리던 호랑이가 왜 나를 피했을까. 아마도 그놈이 새끼였기 때문이었겠지. 내게 솟아오르던 도전적 용기는 시들해지고 허전함만 남는다.

그 후에도 나는 화전에서 조가 어떻게 나서 자라는지 자주 가본다. 가뭄이 심해서인지 땅이 척박해서인지 어떤 곳은 조 싹이 아예 없고, 어떤 곳은 조 싹이 드문드문 보인다. 그것마저 줄기가 가늘어서 들에서 보는 강아지풀보다 약해 보인다. 조의 포기가 저렇게 약하니 수확을 할 이삭은 맺지도 못할 것 같다. 일하면서 신었던 작업화 값은 고사하고 씨앗 값도 건질 게 없게 됐다. 산불이 번질 것 같아, 가슴이 그토록 조마조마하며 일을 했던 화전에서 조 이삭 하나도 거둘 수 없게 됐다. 흙이 없는 데다 음지라 곡식이 잘 자랄 수 없는 곳이기 때문이리라.

흉년이 들어 일감도 없어졌다. 화전을 일구었지만 거둘 게 없다. 이렇게 막막한 때에 일을 구하려고 애를 써도 안 되는데 내가 할 수 있는 일이 여름을 타고 오고 있었으니 꿈만 같다. 두세 달은 해야 할 충분한 일감이 생겼다. 대구농림고등학교 학교림 현장 실습장 건축공사다. 60명 정도가 잠을 자면서 공부할 수 있는 현대식 목조건물이다. 목공은 아버지와 내가 맡고, 미장공은 외지의 전문가가 맡았다. 미장공은 우리 집에서 숙식을 하고 일을 했다. 어머니는 숙식하는 미장공에게 밥을 하는 일을 맡았다. 어머니는 삼시 세끼 더운밥을 하고 반찬을 만드신다. 숙식을 하는 몇 달 동안은 숙식비로 가족들도 그립던 쌀밥을 먹게 됐다. 이게 바로 손님 덕의 이밥이다. 목공일을 하고 받는 돈은 조금씩 모아진다. 일이 끝나도 한동안 먹을 게 해결이 될 것이다. 마음의 여유가 좀 생긴다.

아버지는 설계도면을 읽고 현대식 건물을 지어본 적이 없다. 내가 설계도면을 보면서 주요 부분의 목재를 다듬는다. 내가 제재소에서 원목을 켠 각목으로 일하는 게 어쩐지 떳떳하고 신기하다. 이건 내가 도벌꾼으로 살았기에 느낄 수 있는 선물이다. 각목을 자르고 파고 이어서 건물에 쓸 떠릿보를 만든다. 떠릿보에는 위아래로 비스듬히 덧붙인 각목이 많다. 떠릿보에는 삼각형이 무수히 많다. 삼각형의 세 변의 길이가 정해져 있을 때 모양이 변하지 않는 원리가 떠릿보에 응용된 것이다. 며칠이 걸려 마침내 여러 개의 떠릿보가 완성됐다. 아버지는 그동안 기둥과 중방, 문설주와 문지방을 다듬으셨다.

나는 공사 현장으로 간다. 인부들이 미장공의 지시로 콘크리트 기초 바닥을 파놓았다. 떠릿보가 도착하고 목재가 쌓이니 제법 공사장 맛이 난다. 내가 흡사 공사의 주인공 같은 느낌이 든다. 미장공은 거푸집을 세우고 콘크리트를 부어 기초를 만든다. 나도 거푸집을 만드는 일을 도왔다. 다음에 기초 위에 있는 철근에 기단 목을 고정시킨다. 기둥을 세워 도리를 얹고 떠릿보를 얹어 건물의 뼈대를 갖추었다. 손발이 척척 맞는다. 지붕에 판자를 깔고 함석을 이었다. 기둥과 기둥 사이에 중방과 문지방을 붙이고, 중방과 문지방 사이에 문설주를 세웠다. 벽에는 대나무 쪽으로 얼개를 쳤다. 얼개 양쪽에 흙으로 초벌을 바르고 내벽에는 횟가루 반죽으로 마감을 하고 외벽에는 판자를 비늘처럼 붙이고 콜타르칠을 했다. 창문은 포항에 주문해서 운반해 왔다. 창틀에 창문을 맞추어 달고 열어보고 닫아보면서 다듬는다. 천장에 반자를 붙이고 바닥에 마루를 설치했다. 멋진 교실이 완성됐다. 교실 하나로 단출하지만 어엿한 현대식 건물을 바라보니 내가 무엇인가 해낸 것 같아 마음이 흐뭇하다.

제**4**부

청춘이 동경하는 미래

청춘이 동경하는 미래

1963년 가을로 접어들었다. 내가 살던 신광 동네에 초상이 나서 관을 짜러 갔다. 상갓집 앞에서 관을 짜는데 구경하는 사람이 많다. 모두 내가 잘 알고 있는 사람들이다. 상가 옆집에 있는 최 선배가 내가 관을 짜는 걸 구경하고 있다. 최 선배는 성품이 온화하고 인간미가 풍기며 외모도 푸근하여 내가 옆에 있으면 마음이 편하고 좋았다. 최 선배가 내가 짜는 관을 이쪽저쪽을 살피며 흥미롭게 들여다본다. 내가 최 선배의 뒤쪽을 보니 바지 뒷주머니에서 책이 보인다. 나는 최 선배의 책을 유심히 본다. 책 표지에 "수험생활"이라고 크게 쓰인 글자가 내 눈에 들어오면서 나의 호기심에 불을 댕긴다. 무슨 시험정보가 있을 책 같다. 나는 당장 그 책을 펼쳐 보고 싶은 마음이 솟구친다. 그래도 나는 부족한 배움 때문에 쑥스러워 최 선배에게 책의 내용은 물어보지 못한다. 내가 서점으로 어서 가서 저 책의 내용이 무엇인지 자세히 확인하고 싶다. 나는 관을 짜는 손길이 바빠졌다.

나는 관을 짜는 일을 마치고 곧 포항에 있는 대학서점으로 갔다. 서점에 들어선 나는 첫눈에 수험생활을 봤다. 그 외에도 공무원 시험에 관한 월간지인 고시계와 고시연구가 눈에 들어온다. 수험생활에 손이 먼저 간다. 수험생활을 들고 내용을 훑어본다. 주로 5급 을류 공무원 채용시험에 관한 내용이 많이 보인다. 두 번째로 고시계를 들고 내용을 펼쳐 본다. 사법시험과 3급 을류 공무원 채용시험에 대한 내용이다. 마지막으로 고시연구의 내용을 본다. 모든 공무원 채용시험을 포함하고 있다. 나는 내지와 뒤표지 사이에 붙어 있는 5급 을류 공무원 공개경쟁 채용시험 응시원서와 내각사무처장 공고를 본다.

행복을 싣고 오는 소식을 보자마자 가슴이 두근거린다. 응시자격에 학력제한이 없다는 내용에 눈길이 멎는다. 순간 나의 앞을 가로막고 있어 넘을 수 없어 보이던 커다란 장벽이 순식간에 소리 없이 무너져 내리며 사라진다. 길을 잃고 헤매던 내가 어두움에서 벗어나 온전한 나로 살 수 있는 길을 이제야 만났다. 아름다운 세상이 내 앞에 펼쳐지면서 내 삶의 앞날이 희망으로 가득해 보인다. 학력 때문에 못할 것은 아무것도 없다. 실력으로 판가름이 나고, 실력이 대우받는 세상이 열렸다. 나도 실력만 쌓으면 들어갈 수 있는 세상이다. 오늘 지금 나만큼 가슴 벅차게 행복한 사람이 몇이나 있을까.

내가 지금까지 살아온 경험은 죄를 저지르는 짓이었다. 학교에 가기 전 어릴 때부터 땔나무를 하면서 남의 산에 나무를 베었고, 지금은 더 큰 나무를 벤다. 거기다가 산전을 일구면서 산에 불까지 질렀다. 나는 그걸 벗어나고 싶었다. 공무원이 돈을 많이 버는 건 아니지만 죄짓지 않고 소박하게 살 수 있는 가장 빠른 생계수단이다. 꿈에 그리던 아름다운 일을 하는 신비로운 공무원이 될 수 있는 길. 내가 그런 공무원이 될 수 있는 길이 열렸다. 나는 공무원을 진심으로 원한다. 진심으로 원하면 이룰 수 있다. 내가 꿈꾸는 미래의 공무원인 내 모습을 상상으로 그려본다. 나는 멀지 않아 공무원 속으로 들어갈 것이다. 지금 나는 궁색하고 막막하지만 이런 현실은 내가 독학으로 공부를 하기만 하면 탈출할 수 있는 길이다. 내게 필요한 건 노력과 시간의 문제로 보일 뿐이다. 나는 공무원을 동경하는 막연한 상상에 흠뻑 빠진다.

고시연구 9월호를 샀다. 나는 일단 응시부터 한다는 마음으로 공고를 자세히 읽는다. 시험과목에 내가 이름조차 들어보지 못한 과목도 있고, 이름은 알지만 시험과목 간에 내용이 중복될 것 같아서 어떤 차이가 있는지조차 짚이지 않는 것도 있다. 내가 이번 시험에 합격한다는 건 애초에 기대할 수 없다는 건 잘 알고 있다. 다른 사람이 나를 본다면 아무것도 모르면서 몽상을 한다고 돌아서서 비웃을 것 같아 아무에게도 말할 수 없다.

하지만 다른 사람이 나를 어떻게 보는지는 문제가 아니다. 기회는 만드는 사람에게 오는 것이니까. 나는 굳게 믿는다. 나는 내가 해야 할 수많은 고난을 견디고 스스로 이 길을 선택해 나가면 공무원이 되는 영광의 날이 오리라고. 나는 5급 을류 행정직 공무원 시험에 응시원서를 냈다. 내가 이번 시험에 응시하는 건 분명히 얻는 게 있다. 시험과목의 내용과 수준을 알아보는 게 목표다. 내게는 행운이요, 더없이 소중한 기회다. 나는 이제 마음속으로 담대한 꿈을 가지고 첫발을 내디딘다.

가을이 깊어가는 10월 27일. 나는 대구에서 공무원 채용시험을 치렀다. 시험과목의 내용과 수준을 어느 정도 알 수 있었다. 시험을 치는 방법도 내 나름으로 알았다. 짧은 시간 내에 많은 문제를 푸는 게 입시와 다르다. 나로선 대단한 수확을 얻어 돌아왔다. 그 정도의 문제라면 내가 공부하면서 한번 보기만 하면 풀 수 있겠다는 희망과 자신감이 솟아올랐다. 이것이 내가 나아갈 길이라는 걸

확실히 깨달았다. 다른 생각은 머릿속으로 들어올 틈이 없다. 공무원은 나의 선망의 대상이자 내가 살기 위해 갈 수 있는 유일한 직업이다. 공부에 몰두할 시간을 만드는 게 문제다.

이런 길을 내게 열어준 정부가 고맙다. 군사정부가 공무원임용령을 개정해서 자격시험을 공개경쟁 채용시험으로 바꾸고 5급 을류 공무원 시험에 학력제한을 없앴다. 그 첫 시험의 기회를 내가 잡았다. 지금까지는 사실상 연줄이 있어야 비정규직 공무원으로 들어갔다가 특별채용시험으로 정규직 공무원이 될 수 있었다. 연줄이 밀어주고 끌어주는 연줄사회가 나를 밀어내고 꼼짝도 못하게 가로막고 있었다.

이제 누구든지 실력으로 겨루어 공무원이 될 수 있는 공개경쟁 채용시험으로 확 바뀌었다. 내가 대학을 나오지 않아도 사법및행정요원예비시험에 합격하면 4급 공무원 시험과 3급 공무원 시험에 응시할 수 있고, 사법시험에도 응시할 수 있다. 내게 모든 문이 활짝 열렸다. 나는 살아갈 명확한 목표를 뚜렷하게 잡았다. 인간다움을 향해 살아가는 사람. 나는 나 자신에게 부끄럽지 않는 그런 삶을 꿈꾼다. 나는 모든 걸 참고 견딜 수 있다. 노력하면 지금의 굴레를 벗어날 수 있고, 공부에 몰두할 시간만 있으면 무엇이든 못할 게 없을 것 같다. 진짜 승부는 앞으로 해야 할 일로 남아 있다. 내가 앞으로 얼마나 열심히 하느냐가 문제일 뿐이다.

나는 꿈을 꾸고 있는 것 같은 아름다운 미래로 들어가서 잠시 현실을 잊었다. 내가 다시 현실로 돌아왔을 때, 아름다운 미래보다 눈앞에 녹록지 않은 현실이 엄청 무겁게 느껴진다. 당장 먹을 건 어떻게 만들고, 시간은 어떻게 만들 것인가. 가슴속에서 걱정이 스멀스멀 기어 올라온다.

나는 월간 고시연구 정기구독을 신청했다. 매달마다 배달되는 고시연구를 보면 시험의 변화와 내용을 빠르게 알 수 있다. 공개 경쟁시험의 초기라 시험과목의 변화가 잦다. 지리처럼 없어지는 과목도 있고, 행정학처럼 추가되는 과목도 있다. 나는 그때마다 고시연구에서 응시자들이 많이 소개하는 책을 구입한다. 공무원 시험문제는 공개되지 않는다. 그래도 국가공무원 시험이나 지방공무원 시험이 지나면 기출문제가 고시연구에 금방 게재된다.

나는 문제를 푸는 공부를 한다. 기출문제를 풀어보면 내 실력이 어느 정도인지 가늠해 볼 수 있다. 아는 문제든 모르는 문제든 문제를 풀면서 줄기뿐인 문제에 살을 입혀서 관련된 부분까지 가능한 한 넓게 공부하고, 문제의 배경에 깔린 이론적 근거와 논리를 공부한다. 기출문제를 풀어보면 앞으로 출제 경향과 출제 범위를 대략 짐작해서 공부에 중점을 두어야 할 부분을 알 수 있다. 모의 시험 문제도 가끔 나오면 기출문제처럼 공부한다. 학원도 못 가고 이야기를 들을 데도 없이 공부하던 내가 고시연구를 만난 건 천군만마를 얻은 기분이다.

겨울에는 일감이 많지 않다. 나는 밤이 되면 시간을 내서 공부에 열중하려고 한다. 공부에는 단절과 고요가 필요하다. 그런데 내가 있는 방은 창호지를 바른 문이 길과 맞닿아 있고 방음이 되는 게 전혀 없다. 밤이면 방 옆으로 계속 지나다니는 사람들의 수다 소리가 계속해서 들린다. 내 마음과 귀가 수다를 따라가려고 한다. 한 번만 마음이 산만해져도 고요한 정취 속에 다시 책에 몰입하기까지는 생각보다 긴 시간이 걸린다. 그러다가 자칫 잡념이라도 불러오면 오만 생각이 뇌리에 범람하여 거기에서 빠져나오는 데 엄청 많은 시간을 빼앗긴다. 나는 떠드는 소리를 조금이라도 막으려고 길 쪽에 있는 문 안에 신문지로 커튼처럼 가리고 또 조금 띄워서 벽이 모두 가리도록 신문지로 다시 커튼을 쳤다. 그래도 별 효과는 없다.

나는 공무원 시험과 고등학교 과정을 동시에 공부한다. 공무원 시험에만 집중을 한다면 조금은 더 빨리 합격할 수 있을 것이다. 지리와 세계사, 물리와 화학, 생물과 독어, 체육과 음악, 미술과 실업은 공부하지 않아도 되기 때문이다. 대신 행정학만 더 하면 된다. 하지만 길게 보면 바탕이 부족한 배움으로 공무원 시험에 한 걸음 앞서 합격하는 것만으론 정말 잘하는 공무원이 되기 어려울 것 같다. 또 넓고 튼튼한 식견을 바탕으로 인간다운 삶을 살고 싶은 욕망도 포기할 수 없다. 좀 무리한 것 같으면서도 어쩐지 두 개를 한꺼번에 하는 데 마음이 끌리고, 한꺼번에 할 수 있을 것 같다. 나는 공무원 시험에 더 중점을 두면서도 고등학교 전 과정 공부도 병행하기로 한다. 중복되는 건 하나로 보아도 20개에 이르는 과목을 두루 섭렵한다.

과목이 광범해서 시간이 많이 부족하다. 거기다가 과목에 따라서는 깊이 들어갈수록 이해하기 어려운 데가 자주 나오고, 외우기 어려운 게 많아진다. 화학식을 모두 외우기는 너무 벅차다. 물리와 수학은 이해하기조차 어려운 게 많아진다. 답답하고 집중력이 흐려지면서 내가 정말 이렇게도 둔할까 싶어 자신감이 약해지기도 하고, 공무원 시험 하나만 공부할까 싶을 때도 있다.

나는 이럴 때마다 학문의 선각자들을 생각한다. 피타고라스가 바닥의 타일을 보고 삼각함수를 발견하거나, 뉴턴이 사과가 떨어지는 걸 보고 만유인력을 발견하듯, 많은 학문의 선각자들은 혼자 머리로 생각하며 눈으로 보다가 새로운 걸 알아냈다. 어떤 법칙도 발견하기가 어려운 것이지, 일단 발견하고 나면 그걸 이해하는 건 쉬운 게 아닌가. 나는 새로운 걸 발견하려는 것도 아니고, 이미 선각자들이 연구해서 쉽게 설명해놓은 걸 보고 이해하면서 따라가면 된다. 그런데 설명을 이렇게 잘해 놓은 걸 읽고 이해만 하면 되는 게 내게는 왜 이렇게도 어려울까. 그 차이는 무엇 때문일까. 아마도 내가 시간이 부족해서 선각자들만큼 몰입과 집중력이 탁월하지 못하고, 노력하는 습관이 몸에 배지 못했기 때문일 거다. 우연은 준비된 자에게만 미소 짓는다고 했다. 나는 끊임없는 호기심과 깊은 생각을 하지 못한 탓이겠지. 내 머리가 그걸 이해하지 못할 정도로 차이가 나는 건 아닐 것이다. 나도 좀 더 노력하면 될 것이고, 시간의 문제일 것이다. 나는 이렇게 생각하며 새로운 용기를 내고, 흔들리는 마음을 달랜다.

이듬해 이른 봄. 나는 아버지와 여동생과 같이 태백산맥 깊숙한 청송 땅 간장리 계곡으로 갔다. 사람이 없어 비워놓은 산막에 임시로 거처를 정했다. 산막은 촌수가 먼 친척의 집이다. 아버지와 나는 도벌 산판에 다니며 벌목하는 일을 한다. 소나무 목재는 곧은 건 곧은 대로 굽은 건 굽은 대로 모두 요긴하게 쓰인다. 곧게 벋은 건 건축 재료로 쓰이고, 휘어진 건 배를 건조하는 데 중요한 목재이다. 구불구불하게 못생긴 건 짧게 잘라 켜면 사과 상자와 생선 상자를 만드는 데 쓰인다. 가재도구도 목재로 만드는 게 많다. 소나무는 쓰이는 곳이 많아 어느 정도 굵은 소나무는 모두 비싸게 거래된다. 산판에서 하는 일도 힘들고 목재도 비싼 만큼 일하는 인부들이 받는 임금도 꽤 많다. 그런 재미에 나는 어려운 일도 힘든 줄 모르고 할 수 있다.

도벌 산판에서 일하는 사람들은 병역기피자로 피신 중이거나 보통의 삶을 벗어나 떠도는 사람들이다. 산판은 특별한 사람들이 모인 깊은 산속의 집합소다. 아마도 피신하기도 좋고, 임금도 꽤 되기 때문일 거다. 아버지와 나도 산판 속으로 들어갔다. 아버지는 큰 소나무를 베고 나는 무거운 통나무를 지게에 지고 계곡으로 미끄러뜨리기 좋은 산중턱 장소까지 나른다. 통나무를 미끄러뜨리는 길은 경사가 급하고 장애물이 없어야 한다. 마침 산중턱에서 계곡까지 급경사인 산비탈에 두 단층 사이에 땅이 내려앉듯 파이고 양쪽 면이 암벽으로 된 좁은 계곡이 있다. 바닥은 암반이 깔린 경사로로 되어있어 장애물이 없다. 경사로 위에서 통나무의 밑쪽을 들어 세워서 힘껏 밀어버리면 통나무는 곤두박질을 치며 아래로 굴러 상차를 할 수 있는 계곡으로 떨어진다.

어느 날 나는 통나무가 경사진 비탈을 굴러 내려오다가 중간에 멈춰있는 걸 구르려고 암벽을 타고 겨우 들어갔다. 내가 구르려는 통나무가 있는 데까지 들어가자마자 위쪽에서 무엇이 곤두박질치는 소리가 들린다. 나는 고개를 들어 위로 쳐다봤다. 내가 경사로 중간에 들어가고 있는 걸 모르시고 아버지가 위쪽에서 그만 통나무를 굴러버렸다. 아버지는 경사로 중간에 내가 들어가 있으리라고는 상상도 못하셨을 것이다. 나는 워낙 갑작스럽게 일어난 일이라 아무런 대처도 미리 할 수 없었다. 양쪽이 암벽이라 지금 내가 비켜설 곳은 없다. 아버지는 그저 우두커니 서서 굴러 내려오는 통나무와 나를 내려다보고만 계신다.

통나무는 내리막길을 굴러오는 바퀴처럼 계속 바닥과 좌우 암벽에 격렬하게 부딪혀 이리저리 튕겨 곤두박질을 치면서 굴러오고 있다. 통나무가 내게 와서 어디로 튈지 방향을 알 수 없다. 통나무가 나를 덮칠 기세다. 삶과 죽음을 가르는 위기의 순간이다. 나는 무서워서 가슴이 마구 뛰며 조마조마한 마음을 졸이었다. 나는 넋나간 사람처럼 달려드는 통나무를 쳐다보며 이렇게 죽는구나 싶다. 내게 가까이 온 통나무가 튀어 곡예를 부리면서 내 위로 넘는다. 동시에 나는 본능적으로 땅에 납작 엎드린다. 죽을 고비를 아슬아슬하게 넘겼다. 나는 안도의 한숨을 내쉬면서 일어나 아래쪽을 내려다본다. 내 위로 튀어 넘은 통나무는 아래쪽 계곡으로 곤두박질을 치고 있다. 죽을 위기에서 무사히 살았으니 얼마나 다행인가. 내게도 천명이 있고, 결코 허무하게 죽을 운명은 아니라는 생각이 든다.

덩치가 크고 무거운 통나무가 상차를 할 수 있는 장소에서 멀리 떨어져 있을 때는 네 사람이 한 조가 되어 목도로 메어 날라 상차할 곳에 모은다. 목도는 매우 힘들고 위험하기도 하다. 나는 영치기영차 소리에 맞추어 목도를 하다가 돌부리에 걸려 휘청하면서 목도채에 눌려 오른쪽 무릎을 꿇고 넘어졌다. 나는 그 자리에 주저앉아 바짓가랑이를 걷어 올렸다. 정강이가 그루터기에 찔려 상처가 깊이 파였다. 나는 앉아서 상처를 들여다본다. 피가 정강이에서 종아리로 흘러내린다. 아프기도 하고 보기에도 비참하다. 상처를 보려는 사람도 없고, 얼마나 다쳤느냐고 말하는 사람도 없다. 같이 목도를 하던 한 사람이 내게 호들갑을 떤다.

"뚫어진 구멍으로 연기가 나오는지 담배를 피워보아라."

다른 사람들은 웃는 사람들뿐이다. 나는 얼마를 앉아서 나뭇잎을 훔쳐 흐르는 피를 닦고, 다시 일어나 통나무를 목도로 메어 나른다. 나는 보통세상에서 밀려나서 막가파 사람들과 한통속이 되어 같이 사는 느낌이 든다. 산판일을 하는 사람들에게는 비참한 현실도 모두 호들갑의 대상으로 보이고, 흥미로운 농담의 대상으로 보이는 걸까.

통나무를 모은 깊숙한 계곡에 트럭이 들어올 길을 내는 일을 아버지가 도급을 맡았다. 길을 내는 임금을 오롯이 받을 수 있다. 바위와 돌을 깨고, 나무를 베어내고 땅을 파서 길을 낸다. 양쪽이 암벽이라 트럭이 들어오기 어려울 정도로 계곡이 좁은 데는 암벽의 일부를 떼어내어 트럭이 들어올 수 있도록 길을 낸다.

며칠마다 목재를 반출할 트럭이 저녁 늦게 들어온다. 허가 없는 도벌 산판의 목재는 단속이 심해서 낮에는 운반할 수가 없는 터라 단속이 느슨해지는 밤을 틈타 대구에 있는 재제소로 운반한다. 북향의 계곡 산속의 밤은 달이 있어도 그늘이 깊고 어둡다. 아버지와 나는 어둑한 밤에 무거운 원목을 들어 트럭의 적재함에 올린다. 다른 사람들은 위에서 적재함가에 굵지 않은 원목으로 듬성듬성 울을 세우고 가운데는 원목을 차곡차곡 높이 쌓아올린다. 적재함에 원목이 높이 쌓일수록 밑에서 원목을 올리는 데 힘이 더 든다. 위험을 방지할 안전 대책은 아무것도 없다. 위에서 원목을 받아주는 사람이 자칫 잘못 실수라도 해서 놓치는 날이면 밑에 있는 사람은 크게 다칠 수 있다. 대신 밤늦게 어두움 속에서 위험을 무릅쓰고 하는 상차는 낮에 하는 산판 일보다 시간은 적게 걸리지만 임금은 그에 버금간다.

임금을 모두 현금으로 받으면 산골에서 먹을 쌀을 살 수 없다. 그래서 원목을 반출할 트럭이 올 때는 쌀을 싣고 와서 임금의 일부로 현물인 쌀을 준다. 나는 쌀을 받아 둥구미에 담아서 마당에 갖다 놓는다. 둥구미에 담겨 있는 쌀을 눈으로만 보아도 마음에 풍요가 느껴지고 입에 맛깔스러운 쌀밥 맛이 느껴진다. 돈이 없어 살 수 없었던 살가운 쌀이 내 앞에 놓여 나를 매혹한다. 나는 감격에 겨워 쌀을 보고 또 들여다본다. 부자들은 쌀이 이렇게 귀하게 보이고 소중하게 보이는 걸 나만큼 모를 것이다.

밤에 쌀을 보는 게 운치가 있다. 달빛에 비치는 쌀, 별빛에 비치는 쌀은 빛이 좋아 더 밝고 빛나는 것 같다. 쌀알이 유난히 굵고 유들유들하게 보인다. 달밤에 굵은 쌀알이 굼실굼실 움직이는 것 같다. 쌀밥의 맛은 마음속 깊이 스며들어 추억이 어리는 맛이다. 나는 쌀밥을 먹으며 행복했던 추억이 만들어놓은 좋은 쌀밥 생각이 난다. 윤기가 자르르 흐르는 금방 지은 쌀밥에서 부드럽고 구수한 맛과 향이 나면서 목으로 술술 넘어가는 것 같이 느껴진다. 쌀만큼 귀한 게 세상에 또 어디 있을까. 나와 우리 가족이 먹고살 수 있는 소중하고 귀중한 쌀. 그것이 지금 내 앞에서 식량으로 놓여 있다. 쌀을 보기만 해도 느껴지는 느긋한 포만감. 행복이란 게 이런 것인가. 먹고살기 위해 쉼 없이 일하는 게 삶의 방식이다. 나는 내일도 산판으로 일하러 갈 것이다. 그리고 힘 드는 줄 모르고 산판 일을 할 거다. 나는 쌀을 보는 순간만은 피로가 확 날아 가 버리는 것 같다.

나는 산판에서 일을 할 때 짚신을 신는다. 지금은 짚신을 신는 사람은 아무도 없고 산판 일을 하는 다른 사람들도 작업화를 신는다. 내가 짚신을 신는 것도 처음이다. 나는 짚신이라도 신을 게 있으니 다행이지 이것도 없다면 어떻게 해야 할까. 나는 산판 일이 끝나는 저녁이면 다음날 신을 짚신을 삼는다. 내가 아주 어릴 적에 어디선가 짚신을 삼는 걸 본 기억이 난다. 상여꾼들이 짚신을 신는 것도 보았고, 그렇게 신다가 버린 짚신을 주워서 자세히 본 생각도 난다.

짚신을 삼을 때는 날줄의 새끼를 꼬아서 중간을 허리띠 앞쪽에 붙이고 양쪽 끝은 양쪽 엄지발가락에 건다. 바닥을 단단하게 엮어 조이며 신총과 돌기를 만든다. 짚신의 뒤축을 꺾어 올려 돌기와 총에 끼워 고정시킨다. 이렇게 짚신 한 켤레를 삼는데 두 시간도 더 걸린다. 짚신은 하루에 한 켤레씩 닳아서 매일 저녁 짚신을 삼아야 한다. 가난에는 없는 게 범벅이 된다. 논이 흔치 않은 산골에서 짚신을 삼을 짚을 구하는 게 여간 어려운 일이 아니다. 산판에서 일하는 사람 중에는 내가 가장 어리다. 옷은 중학교에 다닐 때 입던 학생복이 반들반들 닳았지만 아직도 입을 수 있다. 낮에는 고된 산판 일에 지치고 저녁 늦게까지도 쉬지 못하고 희미한 등잔불 옆에서 내일 신을 짚신을 삼는다.

밤이 이슥해지면 공부를 시작한다. 손가락으로 책장을 넘기려면 종이에 스치는 손가락 피부가 쓰려서 책장을 넘길 수 없다. 산판 일을 하면서 장갑을 끼지 않은 맨손으로 꺼칠꺼칠한 송린이 붙은 원목을 잡고 움직이면서 손가락 피부가 긁히고 닳았기 때문이다. 손가락으로 책장을 가볍게 스치며 넘겨보려고 한다. 손가락이 쓰리고 아파서 책장을 넘길 수 없다. 어쩔 수 없이 손바닥 옆쪽 손날로 책장을 밀어서 넘기면서 공부를 한다. 그래도 그냥 잠을 자는 것보다는 편하지만, 이렇게 하면서 공부를 하고 앉아 있으니 때때로 가슴 저리는 슬픔이 밀려온다.

한편으로는 이상하다는 생각이 들기도 한다. 책장에 스치지도 못하는 손으로 짚신을 삼을 수 있다. 또 내일이면 산판에서 송린이 더덕더덕 붙은 원목을 움켜잡고 지게에 얹는 일도 할 수 있고, 원목을 굴리거나 상차를 하는 일도 할 수 있다. 나는 지금 책을 잡고 꾹 눌러보고, 들어보아도 이상 없이 할 수 있다. 그런데 손가락으로 책장을 스치는 건 쓰리고 아파서 할 수 없다. 이게 도대체 말이 되는가. 내 상식으로는 이해할 수 없는 일이다. 그래도 이건 내가 겪고 있는 불편한 진실이니 어떻게 해야 하나.

아침 일찍부터 산판 일을 하고 저녁 늦게까지 상차를 하고 짚신을 삼고 나면 몸이 녹초가 된다. 그래도 공부를 멈춘다는 건 상상할 수 없다. 나는 배움에 목말랐고, 배움의 욕망이 살아 숨 쉬고 있다. 나는 공부를 하고 싶다. 공부를 하지 않으면 정신이 먹을 밥을 굶는 것 같다. 공부를 하려고 책을 보면 전날 보고 알았던 게 전혀 새로운 걸 읽는 것 같을 때가 있다. 어제는 이해했는데 오늘은 왜 이리도 까맣게 잊었는지, 머리가 엉망이 된 것 같다. 한 번 볼 때는 겨우 이해했더라도 잊어버리지 않기 위해서는 반복해야 하고 그러려면 시간이 있어야 한다. 책을 볼 수 있는 시간이 부족하다. 계속 공부만 할 수 있다면, 그럴 수 있는 최소한의 생계만 보장된다면, 공부를 마음껏 해보고 싶다. 내 몸이 둘이라면 한 몸으로는 산판 일을 하고, 한 몸으로는 책 속에 몰입해서 공부를 실컷 해봤으면 좋겠다.

어제 저녁에 공부하며 겨우 알았던 것이라도 오늘 다시 보고 생각을 일깨우는데 어제 공부했던 시간 못지않게 걸린다. 그 이전에 했던 공부는 더 멀리 잊혀져 간다. 앞으로 나가는 속도가 너무 느리게 느껴진다. 내가 제자리에 멈추어 있는 게 아니라 점점 퇴보하고 있다는 생각이 밀려온다. 머리가 복잡하고 혼란스럽다. 그런 와중에 다시 미래를 생각한다. 지금은 어쩔 수 없다. 산판 일을 계속해야 한다. 나는 내가 처한 현실을 정면으로 싸워서 뚫고 나가지 않으면 그 상처는 평생 따라다닐 것 같다. 지금 내가 오그라들기 시작한 게 아니다. 쌀을 만들어 먹고 뛰기 위해 잠시 오금을 조금 구부리는 거다. 산판 일을 하고 작은 시간이라도 내서 책을 읽는 게 장래에 내가 사는 길이다. 내가 오늘에 충실할 수 있는 건 퇴보의 속도를 줄이고 뛸 준비를 하는 거다. 이것도 내게는 기회다. 먹을 것이 있으면 공부할 틈이 좀 더 생기고 앞으로 나아가는 속도를 낼 수 있는 날은 반드시 오리라.

봄의 끝 무렵 산판 일도 끝이 났다. 아버지와 나는 농막에 딸린 논밭에서 일을 한다. 일손이 없어 논밭은 묵정이 될 수도 있다. 산골 논은 척박하다. 나는 근처 산에서 새로 잎이 핀 어린 나뭇가지를 베어 거름이 되도록 논에 넣는다. 하루에 다섯 짐을 한다. 나는 새벽 일찍 일어나서 한 짐을 하고 아침 식사를 한다. 오전에 두 짐을 하고, 오후에도 두 짐을 한다. 이렇게 며칠 동안 잎이 핀 나뭇가지를 베어 논에 넣는다. 다음에는 잎이 핀 나뭇가지를 베어 퇴비를 만든다.

밭에 콩을 심었다. 겨울 동안 먹을 것이 없어 배고팠던 멧비둘기에게 콩 싹은 최고의 성찬이다. 비둘기의 마음은 콩밭에 가 있다는 말이 있다. 마음이 콩밭에 있는 비둘기가 언제 올지 모른다.

나는 콩을 심은 산골 비탈밭에서 비둘기를 쫓는다. 내가 비둘기를 쫓으려면 내 눈은 비둘기의 마음처럼 콩밭에 가 있어야 한다. 그런데 내 마음은 책에 가 있다. 비둘기를 쫓으며 책을 보고 싶지만 내 눈이 콩밭에 가 있으니 마음만으로 책을 볼 수가 없다. 마음이 몹시 불편하고 지루하다.

저녁에는 짚신을 삼는 날이 아니면 오로지 공부만 한다. 하지만 했던 것도 다시 보아야 하고, 새로운 건 점점 더 어려워진다. 물리와 화학, 독일어는 외울 때뿐이고, 다음날 하루 종일 일하고 다시 보면 깜깜하게 잊혀졌다. 수학의 미분과 적분은 왜 그리도 어려운지 기본 개념조차 이해하기 어렵다. 두 변수가 미세한 변화로 움직여가고 두 변수 간의 공간이 극대가 되기도 하고, 극소가 되기도 하는데 현실의 어디에서 적용되고 있는지 상상이 닿지 않는다. 실제로 어디에 쓰이는지도 모르니, 문제를 풀어도 뜬구름 잡기다. 내가 무모한 짓을 하고 있는 것 같은 생각이 밀려온다. 공부에 대한 자신감이 없어져 간다. 시간은 없는데 문제와 씨름하는 시간만 점점 길어진다. 나는 인간의 기본적인 걸 하나도 갖추지 못한 것 같은 열등감과 무력감에 빠져 아무데도 쓸모없는 잉여 인간이라는 자괴감에 시달린다. 나는 아무것도 안 되는 순간에 맞닥뜨렸다. 공부를 하려고 발버둥 칠수록 좌절의 늪에 더 빠져 들어가는 것 같다. 인생은 살아봐야 안다고 생각해서 노력해 보려고 해도 다시 좌절감이 찾아온다.

부모의 능력과 자산이 자식의 장래를 좌우하여 권력과 자산을 재생산하고, 부모의 가난이 자식에게 대물림되는 세상은 불평등 요소를 무시하고 굴러가는데 가난한 청춘이 어찌 두려움이 없겠는

가. 극한의 빈곤은 끝이 보이지 않는다. 내게 패배감과 좌절감을 불러일으킨 비애의 근본은 빈곤이다. 나는 무기력해서 스스로 빈곤을 극복할 수 없다. 나는 깊은 고독 속으로 빠져들고, 정신적 방랑자가 될 것 같다. 미래를 알 수 없다. 내 삶이 나를 어디로 끌고 갈는지 모르겠다. 불안이 엄습해 오고, 사는 것이 무섭고 겁이 난다. 언제 삶에서 이탈해서 떨어질지 모르겠다. 삶이 고통스러워도 의미가 있어야 참을 수 있다. 사람이 산다는 건 어떤 목표가 있고, 그걸 위해서 무엇을 할 수 있어야 한다.

나는 고독 속에서도 고난을 감내하고 나 자신을 키우는 배움의 과정 없이는 다른 삶이란 불가능하다. 공부를 하지 않는다면 인생을 송두리째 빼앗길 것 같다. 삶과 존재는 무슨 의미일까. 사람이 사람답게 살지 못하면 살아도 사는 게 아니다. 이렇게 살다가는 모든 게 의미가 없을 것 같고, 사는 게 시들하게 느껴진다. 모든 걸 내려놓고 싶다. 삶을 어떻게 마무리 하느냐가 문제다. 자발적인 의지와 기꺼운 마음으로 이 세상과 작별하고 싶다. 차라리 아무도 모르게 사라지고 싶다. 세상에서 아무도 모르게 숨을 곳은 없을까. 나는 아무도 나를 찾지 못하는 곳에 잠적해서, 자연 속의 한 부분이 되어 나날을 보내다가 자연사를 해서 자연으로 돌아가고 싶다.

통신고등학교에서 반가운 소식을 알려왔다. 대학입학자격 검정고시가 공고됐다는 소식이다. 검정고시는 독학자들에게 고등학교 졸업자격을 인정해 주는 시험이다. 나는 고등학교를 졸업하지 못했다는 게 내 앞을 가로막는 큰 장벽으로 보였다. 그러던 내가 고등학교 졸업 학력을 인정받을 수 있는 길이 있다는 걸 처음으로 알았다. 새로운 희망의 빛이 내 앞에 보인다. 진심으로 원하면 할 수 있다. 고등학교 졸업이라는 영광스러운 길. 그 길이 내게 열려 있다. 고등학교를 졸업하면 그다음에는 더 넓은 길이 내 앞에 무한히 펼쳐질 것 같다.

나는 검정고시에 응시하고 싶다. 그게 내가 나가야 할 길이고, 개척해야 할 길이다. 미래가 보이지만 그걸 개척한다는 게 이렇게도 어려울까. 내가 지금 실제로 가기를 원하는 미래의 길은 너무 멀고도 험난해 보인다. 내가 검정고시를 합격한다고 하더라도 당장 변할 건 아무것도 없다. 내가 대학을 갈 수 있는 것도 아니고, 가족의 생계에 어떤 변화가 생길 일도 아니다. 며칠이라도 공부에 더 힘을 쏟으려면 오히려 생계에 방해가 될 것이다. 그러니 이건 내가 가족에게 아예 이야기할 거리가 못된다.

검정고시는 과목합격이 인정된다. 내가 공무원 시험을 주로 공부했기 때문에 이번에 검정고시에 응시하더라도 전 과목을 합격할 거라고 바랄 수는 없다. 이번에 몇 과목이라도 합격하고 공부가 부족한 과목은 다음에 합격하면 된다. 시험을 치면 검정고시의 문제 내용과 유형, 수준을 알 수 있고, 수험생들이 많이 보는 책도 알 수 있다. 그러니 이번에 응시하는 건 단순한 출발을 넘어 상당한 수확도 얻을 수 있는 기회다. 검정고시가 당장은 내게 쓸모가 없다고 하더라도 합격을 하고 나면 내가 공무원 시험을 공부하는데 가족으로부터 마음의 응원을 조금이나마 얻을 수도 있을 것 같다.

그런데 공부한 것도 부족하고, 원서를 사서 오는 일도 막막하다. 공부가 부족한 건 다음 문제이고, 우선 해결해야 할 건 어떻게 대구까지 가서 응시원서를 사서 오느냐는 거다. 대구까지 갔다가 올 차비도 없고, 도중에 먹을 것도 없다. 몸을 가릴 낡은 헌옷마저 마땅치 않고, 신을 신발도 없다. 태백산맥 속에서 대구까지 거리가 얼마나 되는지도 모르고, 길도 모른다. 온갖 상황들이 나를 억누른다. 나는 복잡하고 혼란스러운 고민에 빠진다.

나는 지금 정상적인 방법으로 정상적인 삶의 길로 들어가기에는 너무 멀어져 있다. 하지만 나는 비정상적으로라도 살아야 할 분명한 목표가 생겼다. 내가 밤에 하는 공부마저 포기한다면 삶이 의미를 잃고, 내 마음은 계속 지독한 고문을 받을 것이다. 나는 절망적인 현실 앞에서 체념에만 빠져 있을 수 없다. 내게는 아직 내 몸이 남아 있다. 지금 내가 할 수 있는 것은 몸으로 하는 수밖에 없다. 내 몸으로 할 수 있는 걸 마지막까지 해보자.

사람이 삶에서 선택의 여지가 없을 때 선택할 수 있는 건 운명을 받아들이고 대담하고 불가능해 보이는 목표를 향해 열정적인 투쟁을 할 것이다. 이렇게 사느니 차라리 이 상황을 벗어나기 위해서는 엄청난 큰 위험이 따르는 모험이라도 감행하는 게 낫다. 나는 몸으로 세상과 격렬한 투쟁을 벌여 나갈 것이다. 나는 며칠이 걸리더라도 굶으면서 대구까지 걸어서 검정고시 원서를 사서 오겠다. 이것이 나의 분명한 목표다. 나의 미래는 나의 행동으로 만들어진다. 결과는 어떻게 되어도 좋다. 나는 내 목표를 향해 갈 것이다. 도중에 어떻게 되든 걷다가 무슨 일이 있든 내 몸이 움직일 수 있을 때까지 가겠다.

나는 겉치레를 다 버렸다. 나는 몸을 가릴 정도의 남루한 옷을 입었다. 차마 짚신을 삼아 신을 수도 없다. 아버지의 헌 고무신을 신었다. 나의 초라한 모습에 왠지 자꾸만 신경이 쓰인다. 아침밥도 먹지 않았다. 나는 이미 생을 걸었는데 아침밥을 먹을 이유가 없어졌다. 나는 간절한 목표를 향한 절박한 몸부림으로 아침 일찍 태백산맥 속에서 대장정의 길을 나선다. 내가 지금 하려고 하는 건 가족이 처한 현실에 도움이 되는 일이 아니다. 그렇다고 가족에게 장래에 무슨 희망이 보이는 일도 아니다. 그러니 현실에 쫓기는 가족들도 내게 관심이 없다. 내 뜻을 알아줄 사람도 없다. 나를 걱정하고 소중하게 생각하는 사람이 없으니 내가 하려고 하는 걸 아무에게도 말할 데도 말할 이유도 없다. 내가 어떤 마음으로 어디로 가는지 아는 사람이 없는 건 당연하다. 가족에게 알리기라도 한다면 무모하고 위험한 짓이라고 생각하고, 걱정만 할 것이다. 나는 가족에게 아무 말도 하지 않았지만, 마음속으로 나 자신에게 묻고 대답해본다.

"어디로 가느냐, 대구로 간다. 가는 길을 아느냐? 산을 넘고 물을 건너서 처음으로 가는 낯선 길이라 불안하고 두렵기도 하다. 무얼 하려고 가느냐, 검정고시 원서를 사려고 간다. 검정고시를 합격해서 무얼 하려고 하느냐, 그건 별것도 아니고 지금 내가 말할 수 있는 처지가 못 된다. 나는 지금 무조건 그걸 하고 싶을 뿐이다."

나는 이른 아침부터 짐작만 하는 대구 쪽 방향으로 걷기 시작한다. 고개를 넘어 산모퉁이를 돌기를 반복하면서 물을 건너고 또 건너간다. 내가 보기에 조금이라도 지름길일 것 같아 좁은 길로 들어가서 조금 가면 길이 다른 방향으로 굽어진다. 가고 싶은 방향으로 가려고 논둑으로 가다보면 이번에는 금방 만든 무른 논둑이라 발이 빠져서 돌아 나와야 한다. 내 발에 조금 크고 바닥이 낡아 얇아진 아버지의 헌 고무신을 신은 발은 사뿐사뿐 걸었지만 계곡의 자갈길을 밟고 물을 건너오면서 발바닥과 발가락이 아프기 시작한다. 발이 아픈 건 참고 걸을 생각이지만 계속 얼마나 걸을 수 있을지 겁이 더 난다.

길을 묻는 것도 망설여진다. 학교에 다닐 때 간첩신고 교육을 받은 게 생각난다. 낯선 사람이 후줄근한 옷을 입고 길을 묻는 사람은 남파간첩일 수 있으니 유심히 보아서 경찰에 신고하라고 했다. 지금 나의 추레한 모습이 꼭 간첩 같다. 나의 행동도 간첩을 빼닮았다. 내가 걸어가면서 엄청 멀리 있는 대구를 직접 물으면, 남에게 이상하게 보일 수밖에 없다. 그렇지 않으려면 내가 있는 데서 좀 가까운 대구 쪽 지역을 물어서 가고, 거기서 또 다음 지역을 물어서 가야 할 것이다. 그런데 내가 가까운 지역은 이름을 모르니 대구를 바로 물을 수밖에 없다. 그 먼 대구까지 걸어서 갈 듯이 대구를 바로 묻는 건 간첩으로 보이기에 충분하다. 내가 남에게 길을 묻다가는 자칫하면 간첩으로 신고되어 잡혀갈 것 같다. 내가 대구 방향을 짐작해서 가는데 물어서 가야 할 길이 나오지 않길 바랄 수밖에 없다.

죽장면 소재지를 지나니 좀 좁은 들이 나온다. 아마도 점심때가 된 것 같다. 밥을 보니 밥 생각이 난다. 아낙들이 보자기를 덮은 큰 양철 대야나 두리함지박을 머리에 이고 들길을 바쁘게 오간다. 저 속에는 사람이 먹을 밥이 들어있다. 내가 어릴 적에 들에서 일하다가 점심을 먹을 때 지나가는 사람이 있으면 먹고 가라고 했다. 지금 밥을 먹는 저 옆으로 내가 지나가면 밥을 먹고 가라고 하겠지. 그래서 밥을 먹고 간다면 그건 내 자존심이 무너지는 짓은 아니겠지. 밥을 얻어먹고는 살지 않겠다고 생각했던 알량한 소신이 고개를 쳐들며 서걱거린다. 그래도 먹고 싶은 생각이 좀처럼 멈춰지지 않는다.

먹지 않고 대구까지 갔다 오겠다고 각오한 마음이 하루도 지나지 않아 흔들린다. 어제 저녁밥을 먹었고 아직 저녁때도 되지 않았으니 말이다. 지금 내게 밥이 그렇게 중요한가. 내가 이렇게 나약한 인간인가. 들에서 밥을 먹는 곳을 우연히 지나가는 것도 아니고, 내가 밥을 얻어먹으려고 찾아가는 건 비굴한 짓이다. 젊은 내가 이 몰골로 밥을 먹는 근처에 가더라도 밥을 먹으라고 하기는커녕 간첩으로 신고해서 오히려 곤욕을 치를지도 몰라서 두렵다. 나는 갈 길이 바쁘다. 밥을 먹는 쪽으로 돌아갔다가 갈 시간도 없다.

하천이 작은 능선 끝을 감돌아 숨어버린다. 작은 능선을 바로 넘으면 지름길이 될 것 같지만 능선 너머 쪽이 벼랑일지 몰라 가지 못하고 능선 밑으로 돌아간다. 걷고 걸으니 영천호가 앞에 나온다. 영천호는 어떻게도 그렇게 불가사리를 닮았는지, 호수 둘레의 계곡마다 촉수를 죽죽 뻗고 밀고 들어갔다. 호숫가를 따라가는 길을 계곡마다 굽이굽이 돌아가려니 시간도 걸리고 멀기도 멀다.

자양면 소재지다. 대구행 버스가 손님을 기다리고 있다. 나는 집을 나설 때 오늘 밤에도 계속 걷는다고만 생각했다. 그런데 버스를 보니 오늘 밤의 문제가 머리를 복잡하게 한다. 내가 집을 나설 때는 대구까지 갔다 오는 과정을 하나하나 자세히 생각하지 않고 어떤 일이 있어도 오직 걸어서 갔다 온다는 단순한 생각에만 몰입한 탓이다. 내가 계속 걷는다고 하더라도 오늘 내로 대구까지 갈 수 있을지 알 수 없다. 설사 대구까지 간다고 하더라도 이미 근무 시간은 지나고 밤이 깊어서 원서를 살 수도 없을 것이다. 그렇다면 오늘 밤 대구 시내에서 통행 금지 시간을 어떻게 지낼 것이며 내일 근무시간이 되기까지는 어떻게 기다릴 것인가.

나는 생각하다가 대구행 버스에 올랐다. 버스가 달린다. 나는 차창 밖에 무슨 풍경이 지나가는지 관심도 없이 멍하니 먼 산만 바라보며 오직 목적지에 어서 도착하기를 기다린다. 버스가 달려 종점인 대구 신암주차장에 닿는다.

나는 버스를 내려 부리나케 경북대학교로 향해 걸었다. 근무시간 내에 원서를 사기 위해서다. 경북대학교 정문에 들어섰다. 내가 처음 만나는 캠퍼스에 신록이 짙어졌다. 상아탑 속에서 찬란한 꿈과 희망을 한 아름씩 안은 청춘들이 평화로우면서도 패기발랄한 분위기를 자아낸다. 세상에서 가장 아름다운 낭만적 분위기, 내 것이 아닌 아름다움이 가득하다. 좋은 이야기를 나누며 걷기 좋은 캠퍼스에서 학생들이 곳곳에서 삼삼오오 걷고 있는 모습이 우아하고 매혹적이다. 풋풋하고 싱그러운 그들의 모습이 부럽다. 좋은 기억을 만들고 간직하는 건 그 자체가 행복이다. 학생들이 끼리끼리 얘기꽃을 피우는 얼굴에 행복이 가득하고 마냥 즐거워 보인다. 남자와 여자가 얼굴을 마주보며 이야기를 하면서 정답게 걸어 나온다. 서로를 알아가며 어떤 아름다운 이야기를 나눌까. 바로 옆에는 아예 길가의 조경수 밑에서 어깨를 맞대고 앉아 소곤소곤 이야기하는 남녀의 모습에 눈길이 끌린다. 무슨 아름다운 사연이 있어서 달달한 이야기를 하고 있을까. 꿈도 많고 희망도 클 것 같다. 세상의 모든 행복이 대학에 모여 있는 것 같다. 나는 캠퍼스의 풍경에 마음이 끌리지만 발길을 바쁘게 옮긴다.

나는 물어물어 대학본관을 찾아갔다. 웅장하고 위엄이 느껴지는 대학본관으로 들어간다. 중앙 현관에 들어서니 바닥에 경북대학교

교표가 새겨져 있다. 나는 먼저 오른발을 교표 위에 얹고 곧 왼발을 얹어 힘껏 두 발로 밟아본다. 나는 잠시 그것도 마음속으로 아주 잠시, 교표 위에 머물러 섰다. 묘한 감정이 소용돌이친다. 이것이 상아탑에서 학문을 꿈꾸는 청춘의 간절한 소망을 교표에 투영하여 위안을 얻으려는 게 아닐까. 조금은 더 머물고 싶기도 했지만 근무시간이 끝나기 전에 원서를 사려고 사무실을 찾았다. 나는 사무실에서 원서를 받았는데 뜻밖에 무료다. 주머니 사정이 조금 좋아졌다. 원서를 받는 단계까지 달성하였다. 이건 나와의 싸움에서 내가 이겨가고 있는 거다.

반환점을 돌았지만 집으로 가는 길은 올 때보다 더 멀다. 신광으로 둘러 중학교 졸업증명서를 받아야 하기 때문이다. 돌아갈 길은 내가 차를 타고 다니거나 걸어서 다닌 적이 있어 남에게 방향을 묻지 않고 걸을 수 있다. 아무것도 두렵지 않다. 나는 돌아서 걷기 시작한다. 대구 시내를 나오고 하양을 지나면서 긴 여름 해도 서산으로 넘어가고 어두움이 드리워지기 시작한다. 오늘 밤에 노숙할 방법을 생각한다. 어떻게 해야 하나. 내가 아주 어릴 적에 거지가 우리 동네 보릿짚 더미 속에 밤마다 잠을 자고 아침에도 거기에 앉아 있는 걸 본 생각이 난다. 나는 보릿짚 더미가 있는지 자꾸 살피면서 걷는다. 금호를 지나도 보릿짚 더미는 보이지 않고 밤만 깊어 간다.

영천 시내에 불빛이 보인다. 자정이 가까워지는 것 같다. 야간통행 금지 시간이 곧 될 것 같다. 통행 금지에 위반하면 경찰에서 하룻밤 철창신세를 져야 한다. 하룻밤을 지내는 거야 경찰에서 철창신세를 지는 거나 보릿짚 속에서 지내는 거나 거기가 거기다.

하지만 경찰에서 철상신세는 끝나도 즉결처분으로 벌금을 또 내야 한다. 거기다가 새벽에 걸을 수 있는 시간까지 **뺏기게** 된다. 오늘 밤에 내가 머물 곳은 어딜까.

나는 영천 시내에 들어섰다. 갈 곳이 없다. 시내에서 이 골목 저 골목을 들여다보다가 싸구려 여인숙으로 들어갔다. 그래도 노숙을 하려던 내가 허름하더라도 여인숙에서 자려니 과분한 호사를 누리는 느낌이다. 내 머릿속에는 어서 한눈을 붙이고 일찍 일어나 통행 금지가 끝나는 대로 걸으려는 생각뿐이다. 나는 피로에 지쳐 자리에 눕자마자 곧 잠에 곯아떨어졌다. 잠을 깨니 아직 어둠이 다 가시지 않았으나 세상이 다시 움직이는 상쾌한 아침이다. 오늘은 내가 출발할 때 목표로 했던 집에 도착할 수 있을 것이다. 생각만 해도 성취감이 가슴 밑바닥에서 올라오는 것 같다. 가벼운 마음으로 영천 시내를 나왔다.

어제 아침밥을 먹지 않았으니 밥을 먹지 않고 꼬박 하루 밤낮이 지났다. 집을 나설 때는 며칠이라도 끝까지 먹지 않고 버티기로 했는데, 허기가 몰려오는 걸까. 어느새 내 마음은 먹을 것에 집착해서 다른 생각은 머리에 들어올 새가 없다. 도로를 따라 걷는데 눈은 동네마다 굴뚝에서 모락모락 피어오르는 연기를 자꾸 바라보고, 귀에는 가마솥뚜껑을 여닫는 소리가 유난히 크게 자주 들린다. 이른 새벽부터 보리밥을 하기 전에 곱삶이 보리쌀을 삶으면서 보리쌀이 얼마나 삶아졌는지 보려고 솥뚜껑을 열어보는 소리다. 솥에서 김이 무럭무럭 나오고 푹 삶아진 보리쌀에서 나오는 구수한 냄새가 솔솔 날 것 같다. 내가 어릴 적부터 어머니가 곱삶이 보리쌀을 삶았다. 어머니가 보리쌀이 얼마나 삶아졌는지 보시려고 솥

뚜껑을 열면 솥에서 김이 무럭무럭 올라왔다. 김 때문에 보리쌀이 잘 보이지 않아서, 어머니가 김을 후후 불며 보리쌀을 들여다보시던 모습이 떠오른다.

아침밥을 짓는 집이 저렇게 많은데 오늘 아침에 내가 실제로 먹을 밥은 어느 솥에서 되고 있을까. 아무리 생각해도 내가 먹을 밥이 되고 있는 솥은 어디에도 없다. 먹을 밥이 솥에서 되고 있는 사람이 부럽다. 내가 오늘 집까지 가려면 밥을 얻어서라도 먹고 가야 할 것인가. 아니야, 얻어먹어서는 안 돼. 내가 스스로 땀흘려 일해서 얻은 내 것으로 먹고 살아야지. 남에게 기대서 얻어먹는 건 비굴한 짓이야. 나는 이미 오래전부터 얻어먹으며 살지는 않기로 했던 생각이 머릿속에서 나를 괴롭힌다. 나는 집을 나설 때는 어떠한 일이 있어도 먹지 않고 걸어서 갈때까지 가기로 했는데, 살려고 먹어야 한다는 생각이 어찌도 이렇게 몰려올까. 생존의 목적이 먹는 것인가. 이것이 인간의 본성인가, 나 자신의 나약함인가. 고경면을 지나는 내내 먹는 생각을 하고, 연기가 피어오르는 동네를 쳐다본다. 내가 밥을 얻어먹으려고 저 동네까지 들어가는 건 길이 멀어지기도 하고, 젊은 사람이 이런 볼썽사나운 몰골로 들어갔다가는 밥을 얻어먹지도 못하고 쫓겨날 것 같다. 자칫하면 간첩으로 오해돼서 신고라도 한다면 큰 곤욕을 치를지도 모를 일이다.

고경면과 안강읍의 경계인 시티재의 고갯마루가 눈앞에 바로 보인다. 도로 바로 옆에 외딴 농가가 있다. 다른 생각은 모두 잊었다. 밥을 얻어먹을 수 있다는 생각에 반갑다. 나는 체면을 불구하고 농가 마당으로 들어간다. 마당에는 보리 알곡 무더기가 수북이 쌓였다. 보리타작을 하다가 아침밥을 먹으려는 중이다. 주인아주머니가 고봉으로 담은 밥그릇을 얹은 개다리소반을 들고 부엌에서 나와 섬돌 위로 걸어 방 쪽으로 가는 중이다. 밥이 먹음직스럽게 보인다. 나는 농가 마당으로 몇 걸음 더 들어간다. 보리도 많아 보이고 보리타작도 하는 중이니 밥을 얼마쯤은 얻어먹을 수 있으리라고 기대한다. 방문 앞까지 가서 주인아주머니에게 말한다.

"안녕하십니까. 미안합니다. 지나가는 사람인데 배가 고파서 들어왔습니다. 밥이 있으면 조금만 주십시오."

"우리 집에는 밥이 없습니다. 부잣집에 가서 달라고 하시오."

나는 거절할 거로는 생각하지 못했다. 그래도 나는 그 말을 듣고 그럴 수 있다고 생각했다. 작년에 유달리 가뭄이 심해서 큰 흉년이 들었고, 이제 겨우 보릿고개를 넘고 있으니 밥을 나눠 먹을 형편이 안 될 수도 있다는 생각이 든다. 나는 돌아서 나오면서 생각을 한다. 나는 이미 빌어먹는 거지 짓을 했으니 거지가 된 거다. 나는 삶에 존엄이 깃드는 인간이 되는 걸 포기한 거다. 붙잡고 있어야 할 자존심도 없어졌다. 나는 수난과 고통을 감수하고라도 더 강하게 살아야 하겠다. 나는 얻어먹고서라도 세상을 살겠다는 결기가 가슴속에서 버럭 차오른다. 어떻게 해서라도 삶을 포기하지 않고 내 길을 찾아가리라.

시티재 고갯마루에 올라섰다. 고개 바로 밑에 큰 마을이 보인다. 강교 마을이다. 동네 근처에 보이는 사람은 없다. 동네 건너에는 꽤 넓은 들이 남북으로 길게 펼쳐져 있다. 내가 걸어오던 도로는 내 앞에 있는 깊은 계곡을 바로 건널 수 없어 고갯마루에서 남쪽으로 방향을 틀어 우회전한다. 도로는 서쪽 산비탈을 타고 계곡 깊숙이 휘돌아 다시 계곡을 끼고 동쪽 산자락을 타고 나온다.

나는 고갯마루에 서서 언덕배기 밑에 보이는 큰 동네에 있는 여러 집을 살피며 부잣집을 찾는다. 동네 가운데 큰 기와집이 보인다. 부잣집일 것 같다. 나는 그 집을 찾아가기로 한다. 고갯마루 언덕배기에서 동네로 바로 내려가는 좁은 길이 있기는 하지만, 너무 가파른 언덕길은 보기만 해도 내 몸이 쏟아져 내릴 것 같아 겁이 난다. 사람이 바로 서서 내려가기 어려워 미끄럼이라도 타고 내려가야 할 매우 불편한 비탈길이다. 나는 지친 몸으로 비탈길을 어렵사리 내려간다. 동네로 들어가 이 골목 저 골목을 들여다보며 기와집을 찾아 마당으로 들어간다. 마당에는 보리 알곡 무더기가 쌓여 있다. 방에서는 가족들이 밥을 먹고 있는 중인데, 주인아주머니가 또 소반을 들고 부엌에서 나오고 있다. 나는 주인아주머니에게 다가가서 부탁한다.

"안녕하십니까. 보리농사 지으시느라고 얼마나 수고 많으셨으니까. 미안합니다. 멀리 가는 중인데 배가 고파서 들어 왔습니다. 어제 아침부터 밥을 먹지 못했습니다. 밥이 있으면 조금만 주십시오."

"우리 집에는 밥이 없습니다. 다른 집으로 가보시오."

단칼에 내치는 대답이 돌아온다. 나는 멈칫하면서 아무 말도 못하고 문전박대를 받아 돌아서 나온다. 부잣집도 야속하다. 세상인심이 참 지독하게도 각박한 것 같다. 그 집에서 정말로 밥이 조금도 없었을까. 밥이 없다는 말이 진실한 말로 들리지 않는다. 온 세상 사람들이 다 밥을 먹고 있는 시간인데 나는 어쩌다 밥을 먹지 못하는가. 나는 부잣집을 찾아 들어가 밥을 보면서 밥을 좀 달라고 했는데도 밥이 없다고 내친다. 나는 밥을 먹고 싶다. 나는 진짜로 적은 밥이라도 먹고 싶었는데. 내가 밥을 아주 조금만 달라고 했으면 어땠을까. 그랬으면 밥을 조금이라도 얻을 수 있었을까. 나는 이미 거지 짓을 하기로 했는데. 내게 작은 쪽박이라도 있었으면 밥 조금 놓고 김치 몇 조각 얹어 주었을까. 그랬으면 처마 밑에서라도 보리밥과 김치를 비벼 우직우직 씹어 꿀꺽 삼켜 주린 배를 조금이라도 채울 수 있었을 걸.

부잣집 아주머니의 눈에 비친 나는 어떤 존재로 보였을까. 부잣집에서 밥이 없다고 한 말은 아마도 다른 말을 대신한 게 아닐까. 부잣집에서는 이렇게 말하고 싶었을지도 모를 일이다.

"사지가 멀쩡한 젊은 놈이 스스로 열심히 일해서 먹고 살아야지. 이 바쁜 농번기에 젊은 놈이 모내기라도 하든지 보리타작이라도 해야지. 이 흉년에, 이제 겨우 보릿고개를 넘기고 있는데, 일할 생각은 하지도 않고, 어디 저 꼴로 부끄러운 줄도 모르고 빌어먹고 살려고 하나."

지질하게 찌든 내 몰골이 너무 너절하고 궁색한 차림이라 혐오감을 느꼈을 수도 있었을 것이고, 혹시 어떤 사람인지도 몰라 경계심이 생겨서 거들떠보기도 싫었을지 모른다. 차마 그렇게 말하기는 거북해서 얼른 밥이 없다고 말하지 않았을까.

나의 허름한 겉모습에 혐오감을 느꼈을 만도 하다. 하지만 그건 겉으로 보이는 겉껍질일 뿐 그 속의 나의 내면은 다르다. 나는 비굴하지 않으려고 노력도 하고, 자존심도 소중하게 여긴다. 이것이 내 가슴속에 품고 있는 인생의 목표다. 지금도 나는 모든 열정을 불태우며 혼신의 힘을 다해 노력하며 살고 있다. 내가 다른 사람이 힘들여 농사지어 만든 밥을 얻어먹으려고 한 건 수치스러운 일이고, 늘 그러려는 게 결코 아니다. 어쩔 수 없이 오늘 하루만 얻어먹으려고 했다. 나도 오늘은 힘들어도 내일은 희망이 있다. 앞으로 마지막까지도 힘이 있는 대로 더 노력해서 주류사회로 들어가 쓸모 있는 사람다운 사람이 되려고 한다.

나는 아주 어릴 적부터 땔나무를 도맡아서 했고, 농사일도 했다. 지금도 나는 나름으로 힘을 쏟아 일하면서 노력하고 있지만, 밥값도 하지 못하고 얻어먹으려고 했다. 내가 정말 게을러서 이럴까. 지금 내게 열심히 일하지도 않고 노력하지 않는다고 한다면 죄 많은 일이다.

하지만 눈에 보이는 것을 대상으로 판단하는 데 익숙한 인간에게 겉으로 드러나지 않아서 보이지 않는 나의 속사정까지 알기를 바랄 수 없다. 내가 부잣집에 들어가서 밥을 달라고 하기 전에, 나의 절박한 사정부터 정중히 이야기해서 동정심을 얻고 경계심을 늦춘 다음에 도움을 청했으면 어땠을까. 그렇게 했었다면 단칼에 거절하지 않았을지도 모른다는 생각이 들기도 한다. 그래도 나는 지금 다른 집으로 들어가서 나를 설득시킬 생각이 나지도 않는다. 내 사정을 들어내면서 부끄럽고 수치스러운 하소연을 구구하게 하고 싶지도 않다. 농촌에서 가장 바쁜 이 시기에 누구도 초라하고 궁상스러운 나를 가까이하려 하지도 않을 것이고, 이 바쁜 농번기에 구차한 내 이야기를 들어줄 시간도 없어 거절할 것 같다.

나는 어디로 가야 밥을 얻어먹을 수 있을까. 오늘 아침 그렇게도 많은 솥에서 밥을 했는데, 내가 조금 먹을 건 그렇게도 부족한가. 가난은 질척거리고 비참하다. 나는 배려 없는 세상의 비정한 쓴맛을 보았다. 내가 무엇을 잘못했든 나는 지금 밥을 얻어먹지도 못했다. 밥을 먹을 수 있다는 게 참으로 부럽구나. 풍족한 세상을 만난 사람은 그대로 세상을 즐길 수 있지만, 세월의 풍파를 만난 사람이라면 더 굳은 의지와 끊임없는 노력이 필요해. 나는 지금 고독하고 불안하더라도 더 밝은 미래를 바라보며 현실의 압박을 버티고 살아갈 거야.

지금 내겐 어떤 길이 남아 있는가. 나는 밥을 얻어먹을 운명도 못 되는가. 아니야, 이건 운명의 여신이 나를 혹독하게 시련해보려는 것이겠지. 내가 시험을 받는 것이겠지. 이게 삶의 참맛일지도 몰라. 그래, 좋아, 매정한 것 같아도 살아야 하는 세상. 나는 어떻게 해서라도 살리라. 세상이 아무리 나를 내친다고 할지라도, 결코 나는 포기하지 않고 떨치고 일어서리라.

나는 무너지는 자존심과 받쳐 오르는 오기가 머릿속에 마구 뒤엉켜 다른 집은 들여다보지도 않고 마을 밖으로 나와 도로를 따라 걷는다. 주변에 집이 없다. 도로에서 멀리 떨어진 동네까지는 갈 힘도 시간도 없다. 부잣집이라고 인심이 더 좋은 것도 아니더라. 어떤 사람을 믿을 수 있고, 어떤 사람을 믿어서는 안 되는지 알 수 없구나. 길가에 집이 있기만 하면 부잣집 가난한 집을 가릴 것도 없고, 끼니 시간을 가릴 것도 없이 들어가리라. 비굴하지 않으려는 생각도 자존심을 지키려는 생각도 다 알량하고 거추장스럽다. 음식 안에 인생이 담겨 있다. 사람은 먹어야 산다. 나는 살고 싶다. 나는 자꾸 먹고 싶다. 나는 오늘부터 당분간은 자존심일랑 마음속 저 밑바닥에 잠들게 해놓고, 빌어먹든 얻어먹든 닥치는 대로 먹고살 거야.

한참을 터벅터벅 걸었는데 눈앞에 오두막집이 보인다. 뒤는 산자락을 등지고 처마가 지면 가까이 내려와 있고 앞은 도로가 마당인 작은 토담집이다. 아침 식사 시간도 지났다. 그래도 사람 사는 집이라면 무조건 들어갈 생각이다. 오두막집에 이르렀다. 방과 부엌이 서향으로 나란히 붙어 있다. 오두막집 북쪽 옆구리로 부엌문이 열려있다. 사람이 살고 있을 것 같다. 나는 허리를 굽혀 어둑한 부엌문 안으로 머리를 들이밀었다. 부엌에서 방으로 통하는 문도 열려있다. 좁고 어둑한 방 안에는 할머니가 혼자 낡고 찌든 이불을 덮고, 발은 부엌 쪽으로 머리는 부엌 반대쪽으로 향해서 누워 있다. 내 머리에는 무조건 밥을 얻어먹겠다는 생각으로 꽉 차 있다.

"계십니까. 지나가는 사람인데 밥을 좀 주십시오."

"밥이 없습니다."

할머니가 고개를 들면서 말을 하고는 다시 눕는다. 할머니가 머리를 들기는 했지만, 아침밥을 먹기나 했는지 걱정이 될 정도다. 할머니가 늙고, 쇠약하고, 병들어서 고독하게 누워서 인간다움도, 존엄성도 잃고, 간신히 생명만 부지하고 있는지도 모를 일이다. 내가 밥을 달라고 할 게 아니라, 할머니가 밥을 먹었는지 물어보아서 내가 도로 밥을 얻어다 주어야 할 형편으로 보인다. 내가 부질없는 짓을 하고 있다는 생각이 번쩍 들었다. 내가 지금 무슨 혼돈과 모순에 빠져 허덕이는 것 같다. 나는 멀쩡한 것 같으면서 참으로 민망한 짓을 했다. 내가 정말 혼이 나간 것일까. 이제는 내가 밥에 환장한 사람이라는 생각마저 든다. 나는 들이밀었던 머리를 들고 집을 나왔다.

나는 다시 도로를 따라 계속 터벅터벅 걷는다. 길가에 사람이 사는 집이라곤 보이지 않는다. 한참을 걸었다. 길 오른쪽으로 하곡지가 나온다. 하곡지는 끝이 어딘지 보이지 않는다. 멀리 우리가 살던 신광까지 안강 닥실못으로 잘 알려진 매우 큰 저수지다. 도로 왼쪽으로는 넓은 들이 펼쳐진다.

이틀째 먹지 않고 한눈만 붙이고 걸으니, 온몸이 피로에 젖었고, 체력이 고갈되어가고 있다. 나는 집을 나설 때부터 체력의 소모를 줄이려고 팔을 작게 흔들고 발을 사뿐사뿐 옮기면서 걸었다. 그런데 이제 팔은 저절로 몸에 붙어 거의 흔들리지 않고 발만 겨우 옮겨 놓는다. 도로에 털썩 주저앉아서 쉬고 싶어도 앉는 것도 힘들 것 같고, 일어서는 건 더 힘들 것 같다. 길 왼쪽으로 도로에 닿아 있는 논에는 내가 쉽게 걸터앉기 알맞은 논둑이 있다. 나는 논둑을 의자 삼아 잠시 앉아 쉰다. 그리고 일어설 때는 다음에 내가 앉을 가까운 논둑을 확인하고 일어선다. 쉬지 않고 멀리 걷기가 힘들기 때문이다. 앉아서 조금 쉬고, 다시 서서 조금 걷다가 또 쉬기를 반복하며 닥실못을 지난다.

드넓은 안강 논들이 눈앞에서 펼쳐진다. 나는 들 가운데 도로를 따라간다. 안강 읍내가 좀 멀리 보인다. 안강 읍내 쪽에서 엿장수가 가위를 짤강짤강 치며 오고 있다. 내가 허기져서 먹을 걸 얼마나 갈망했던가. 반갑고 고맙다. 내가 먹을 수 있는 게 확실하게 다가온다. 엿을 한 가락 산다. 나는 엿가락을 받아들자 얼른 한쪽 끝을 입에 넣어 앞니로 물고 젖혀 뚝 잘라 어금니로 씹는다. 엿이 어금니에 쩍쩍 붙는다. 혀를 돌리며 침으로 엿을 녹인다. 혀에 착착 감기는 맛과 향이 입안에 꽉 찬다. 혀가 달콤한 맛을 입안에서 다 음미하기도 전에 입에 고인 침과 함께 녹은 엿을 목으로 꿀꺽 삼킨다. 내가 먹을 수 있는 음식이 내 입에 들어오는 게 얼마나 고마운가. 이것이 먹는 즐거움인가. 걸으면서 먹는 건 신사도가 아니라고 배웠지만 나는 오늘 처음으로 걸으면서 먹는다. 개구쟁이 아이들이 무리를 지어 재잘거리며 학교에서 돌아오고 있다. 아이들이 가까이 오더니 내게 말을 건다.

"아저씨, 엿 좀 주세요."

"아니야, 내가 먹어야 해.

나는 엿을 주지 못한다. 나는 얻어먹는 데서 빌어먹는 게 따로 없다는 생각을 하면서 아무 말도 할 수 없다. 나는 아이들의 생각을 떠올린다. 아이들의 눈에 나는 어떤 모습으로 비추어졌을까. 아이들에게 나는 엿이 없어서 못 주는 거로 보였을까. 아니면 어른이 엿을 손에 쥐고 혼자 먹으면서도 주지 않는 거로 보였을까. 내게 밥을 주지 않았던 사람들에게 내가 가졌던 생각과 아이들에게 엿을 주지 않은 내게 아이들이 가진 생각이 어떻게 다를까.

여기서 동쪽으로 도로를 계속 따라가서 안강 읍내에서 북쪽으로 직각으로 꺾어서 가는 도로를 따라가면 길이 멀어진다. 여기서 북동쪽 대각선 방향으로 가면 지름길이다. 나는 지름길인 들길로 들어갔다. 들길이 격자형이다. 북쪽으로 가다가 동쪽으로 꺾이고, 동쪽으로 가다가 또 북쪽으로 꺾이기를 반복한다. 결국, 별로 지름길이라고도 할 수 없을 것 같다. 그런데 지친 몸은 나도 모르게 쉬지 않고 계속 걸을 수 있다. 아마도 엿이 허기진 몸을 달랜 것 같다. 육통리와 노당리를 지나서 기계천 물을 건너고, 도로를 따라 단구리까지 왔다.

냉수동이 앞에 보인다. 냉수동은 신광면 남쪽 끝이다. 여기서부터 남북으로 긴 신광면을 종단해서 지나가야 한다. 신광면은 곳곳마다 내가 아는 사람이 있고, 친구가 있어 길에서 만날 수도 있다.

나는 이미 자존심을 마음속 저 밑에 잠재워 놓았다. 그런데 아직도 어디서 그놈의 공연한 자존심이 스멀스멀 기어 나온다. 나는 겉으로는 아름답거나 화려하지도 않았고 별 인기도 없었지만, 아는 사람에게 지금의 내 모습을 보여주고 싶지 않다. 나는 누군가를 만날 때, 있는 그대로의 내가 아니라, 만나는 상대에 따라 내 모습이 달라지고 싶다. 이렇게 초라한 나의 모습을 나도 비춰보고 싶지 않다. 내 이 궁색한 모습을 친한 친구에겐 더욱 보여주기 싫다. 혹시라도 내가 아는 여자들에게 내 이런 남루한 행색이 그대로 노출되는 건 더더욱 피하고 싶다.

옷이 단순히 몸을 가리려고 입는게 아니라 자존감을 높이는 도구같이 느껴진다. 지금 나는 무논에서 모내기하다가 나오는 모습 딱 그대로다. 아는 사람을 만나는 게 두렵다. 내가 지금 어디에서 무엇 때문에 이런 모습으로 여기에 왔다고 말할 수 없다. 어쩔 수 없다. 능청을 떨어봐야 좋을 것도 없는데 그렇게 하고 싶다. 나는 길에서 친구를 만나면 "오랜만이구나. 나는 이 근처에 모내기하러 왔다가 가는 길이다. 너는 어떻게 지냈느냐"고 의례적인 인사만 간단하게 하고 얼른 지나가고 싶다. 이렇게 하는 게 통할 수도 있겠지만 이야기가 더 길어지면 할 말이 마땅치 않다. 아는 사람을 만나지 않아야 한다. 내가 아는 사람을 마음대로 피할 수 있으면 좋으련만 어쩔 수 없이 붙잡히면 이야기를 어떻게 이어 갈까. 마음이 답답하고 씁쓸한 뒷맛이 남을 것 같다. 나는 유치하고, 창피하고, 비겁하다는 생각에 휘감기면서도 그 알량한 자존심을 붙들고 매달리며 살아야 하는가. 내가 이렇게 살다가는 삶이 쌓여갈수록 부끄러움도 쌓여 갈 것 같다.

신광중학교까지 가는데 아는 사람을 만나지 않아서 다행이다. 추억이 깃든 운동장을 지나 서무실로 들어갔다. 서무 선생님이 나를 반갑게 맞아 준다. 내가 졸업 후 서무 선생님이 바뀌었지만, 내가 졸업하기 전부터 학교에서 일하고 있어서 잘 알고 지내던 분이다. 그때는 업무를 보조했지만, 지금은 정장을 깔끔하게 차려입은 의젓한 서무 선생님이다. 구두의 광택이 눈길을 끌고, 검은색 바지는 다리미질을 잘해서 바지의 앞 주름이 잘 잡혀 있고, 보송보송한 감촉이 살아 있다. 얼굴에는 환한 미소를 띠고 있다. 서무 선생님은 나를 만나서 반갑고 자신도 신이 나는 것 같다. 나는 변신한 서무 선생님을 나름으로 성공한 남자로 바라본다.

서무 선생님은 나의 겉모습에는 관심이 없는 것 같다. 내가 검정고시에 응시하기 위해 졸업증명서를 받으러 왔다고 했다. 서무 선생님은 더 반가워하며 내가 아는 선생님을 만날 때마다 내 이야기를 한다. 서무 선생님이 나를 알아주고 정답게 이해해 주며 따뜻한 손길을 건네주어 행복하게 느껴진다. 즐거웠던 학창시절의 기억이 머릿속에서 향기처럼 피어오른다. 외롭고, 힘겨운 객지 생활에 시달리다가 오랜만에 정든 고향에 온 것 같기도 하고, 포근한 내 집에 온 것 같기도 하다. 반갑고 즐거운 시간이다. 그동안 떠돌이의 고달픔을 잠시 잊을 수 있다. 졸업증명서를 받았다. 무료라 마음속으로 더 반가운 마음을 안고 학교를 나와서 도로를 따다 북쪽으로 걷는다.

만석동을 지나다가 친구 상익을 만났다. 국민학교에 다닐 때 바로 내 옆자리에 앉았고, 이야기도 많이 했던 다정다감한 친구다. 그냥 지나갈 수 없어 길가에 같이 앉았다. 상익이 학교에서 실습지에 분뇨를 주고, 닭장을 짓는 작업을 하면서 가슴 속에 쌓였던 불편했던 심정을 고스란히 털어 놓는다. 나는 오랜만에 듣는 상익의 목소리에 가슴이 울컥한다. 나도 내 이야기를 상익에게 털어놓는다.

"나는 지금 대학입학자격 검정고시 원서를 사서 상옥으로 가는 길이다. 나는 상옥에서 목공 일을 하며 독학을 하고 있다."

직설적인 이야기는 여기까지이고 구체적인 현실은 거북하고 부끄러워서 우회적으로 이야기한다. 지금 내 사정을 우뚝 솟아오른 비학산 정상에 올라가는 과정에 비유해서 이야기한다.

"비학산 정상에 올라가는 방법은 여러 가지가 있을 수 있다. 비행기를 타고 가면 가장 빠르고 편할 것이다. 나는 그렇게 가지 못하고 걸어서 수풀을 헤치며 올라가고 있다. 걸어서 가는 건 엄청 힘이 들지만 올라가는 과정도 나름의 맛과 의미가 있는 삶이다. 그렇게 정상에 오르면 비행기를 타고 간 사람보다 정복감과 상쾌함은 비교할 수 없을 정도로 더 크고, 보이는 정경도 훨씬 아름답게 느껴질 것이다. 나는 이렇게 정상에 도달했을 때 더 큰 즐거움을 누리기 위해 지금은 어렵고 힘들지만 나름의 맛을 보며 정상을 향해 올라가는 중이다."

들어주는 친구가 좋구나. 나는 아무에게도 말하지 못하고 마음속에 묻어두었던 회포를 친구에게 우회적으로라도 풀어놓고 나니 가슴이 후련하다. 할 이야기가 많이 있지만 갈 길이 멀어서 아쉬움을 남긴 채 상익과 인사를 나누고 헤어졌다.

반곡을 지나 태백산맥 험준한 산등성이를 오르는 장구재 어귀로 들어섰다. 울퉁불퉁하고 강파른 산등성이의 길은 멀고도 험하다.

재를 넘을 때까지 사람 하나 구경하기 힘든 적적한 산길이다. 나른한 오후 햇살을 받으며 오르는 길이 가팔라 숨이 차오른다. 오르막 굽잇길을 구불구불 돌아 절반을 더 올랐다. 가슴이 쓰리기 시작한다. 나는 이상하다고 생각하면서도 고통을 참으며 장구재를 굽이굽이 돌아 쉬엄쉬엄 올라간다. 가슴에 통증이 점점 심해지더니 쩌릿하면서 꽉 조이며 누르는 느낌이다. 곧 움직이기 어려워질 것 같다. 예감이 이상하다.

중학교 생물 시간에 강의 잘하시던 배 선생님의 말씀이 문득 생각난다. 나는 그때 가볍게 들어 머릿속에 깊숙이 잠들어 있던 선생님의 이야기가 느닷없이 머릿속에 떠오른다. 내가 지금 급성폐렴에 걸린 게 아닌가 하는 생각이 들기 시작한다. 그리고 얼마 지나지도 않아 금방 내가 급성폐렴에 걸렸다는 두려움이 와락 온몸을 엄습한다. 교과서에는 폐렴이라고만 쓰여 있었지만, 선생님은 급성폐렴과 만성폐렴으로 나누어 말씀하셨다. 나는 그때는 스쳐 들었지만 내가 당하고 보니 그때 선생님이 학생들 사이 통로로 내려와서 강의하시던 모습이 머릿속에 떠오르고 목소리가 귓속에서 메아리친다.

"폐렴은 세균성 전염병이다. 폐렴에는 급성과 만성이 있다. 급성폐렴은 갑작스럽게 가슴이 심하게 아프다가 피를 토하면서 곧 죽는다. 만성폐렴은 완치가 어려운 질병이다."

나는 복통이 심해지고, 선생님의 말씀이 생각나서 큰 충격을 받아 온몸이 떨린다. 가슴이 아프다가 피를 토하기까지 시간이 얼마나 되는지 선생님은 정확하게 말씀하시지 않았지만, 그때 나는 그 시간이 그리 길지 않은 거로 생각했다. 그 병과 그 순간이 지금 내게 닥쳤다. 나는 세상을 보고 느낄 시간이 얼마 남지 않았다. 시간은 고유한 속도로 흐르고 나라는 존재는 곧 이 세상에서 사라질 시간 속으로 들어간다. 우주가 무너지는 것 같은 충격으로 거부감과 분노, 공포와 억울함이 한꺼번에 밀려온다. 나는 절망적인 현실을 받아들일 수 없어 좌절해서 쓰러질 것 같다. 땅에 풀썩 주저앉아 울어버리고 싶다. 인간 만사가 너무나 허무하고 무상함이 느껴진다. 어쩌면 이렇게도 허탈할까. 거대한 우주 앞에 인간은 얼마나 작은 존재인가.

사람이 가장 확실하게 아는 게 죽음이라고 하고, 가장 확실하게 모르는 게 죽음이 닥치는 시간이라고 했던가. 죽어감과 살아감의 경계는 어딘가. 누가 자신이 언젠가 죽을 운명이라는 걸 생각하며 살고 싶겠는가. 사람이 언젠가는 죽을 운명임을 깨닫고 공포에 빠지거나 죽음을 극복하기 위해서 몸부림치는 때가 있을까. 나는 굳이 죽음을 생각하면서 살아야 한다고 생각하지 않고 살아왔다. 영겁의 세월에 한갓 찰나에 불과한 순간을 사는 인간에게 젊음이냐 늙음이냐의 차이는 사소하고, 삶과 죽음의 경계는 거기가 거기인 걸. 이 세상은 누구에게나 잠깐 지나가는 순례의 세상인 걸. 나는 그걸 모르고 오래오래 아주 오래오래, 천년만년 살 것처럼 살았다. 나는 내게 주어진 시간이 아주 많이 남은 줄 알았다. 사람이 자신의 삶을 마감하는 걸 스스로 결정할 수 없다. 누구도 죽음을 피해 갈 수 없다. 모든 생명은 태어나고 자라고, 종말을 맞는다. 세상 사람은 누구나 종말이 있고, 살다 보면 어느 날 문득 삶의 마지막 날에 다다른다. 나는 그때가 언제인지 몰랐지만 내게 그때가 눈앞에 닥쳤다.

나의 마지막 순간이 이렇게 갑작스럽게 그것도 너무도 일찍 찾아올 줄 몰랐다. 내가 앞날을 모르고 살았구나. 이것이 내게 주어진 삶의 전부였던가. 이것이 나의 종말인가. 내가 대체 무엇을 위해서 이렇게 살았나. 내 삶이 사무치게 서럽고 살아온 인생이 안타깝다.

나는 삶의 그 너머를 생각한다. 인간이 마지막 남기고 싶은 게 무엇일까. 나는 빈손으로 왔으니 아무것도 가지고 갈 건 없다. 큰 죄를 짓지 않았으니 지옥에 떨어질 일도 없다. 삶이 크게 잘못되지도 않았으니 욕먹을 일도 없다. 미워할 사람이 없으니 후회할 일도 없다. 남길 것이 없으니 맡길 것도 없다. 내가 씨를 뿌린 게 없으니 아무도 거둘 게 없다. 깊은 지식도 기품 있는 교양도 없으니, 즐거움을 누리게 하거나 기억하게 할 것도 없다. 내가 떠나가면 아무도 내게 관심을 가지지 않을 것이고, 세월 속에 조용히 잊힐 것이다.

나는 어디론가 자취를 감추고 싶다. 나는 영혼이라곤 아무것도 고상한 걸 남겨놓은 게 없지만, 육신이라도 길에 그냥 버려진 모습을 남에게 보이고 싶지 않고, 소중했던 삶의 끝 모습을 남에게 슬프게도 추하게도 보이고 싶지 않다. 차라리 길가를 피해서 사람의 발길이 닿지 않는 계곡으로 깊숙이 들어가서 아무도 모르는 동굴이라도 있으면 그 속에서 마지막으로 고이 잠들어서 자연으로 돌아가고 싶다.

내 시간은 여기서 멈췄다. 나는 앞으로 살면서 뭔가 의로운 일을 하고 싶었고, 다음 세대에 전하고 싶은 무엇인가를 남겨서 먼 훗날 나를 모르는 사람에게도 필요한 존재가 되고 싶었다. 그런데 아무것도 이루지 못하고 여기서 연기처럼 허무하게 사라지다니 공허하고 서럽다. 내가 남긴 게 아무것도 없으니 나를 버리고 갈 세상은 내가 상상할 게 없다. 나는 죽음의 그림자기 보일 뿐이다. 살아 있는 인간이 내일이 존재한다는 게 얼마나 행복한 일인가.

나는 현재의 존재를 상실하고 앞날의 세상과 무관한 시선으로 과거를 바라본다. 내 머릿속의 기억은 지난날 아름다움을 찾아간다. 힘겹게 살아온 지난날, 스쳐 간 세월. 가슴속 깊이 묻어두었던 기억들이 눈앞에 어른거리며 지나간다. 돌이켜보니 앞날을 모르고 살았던 게 편했다. 죽음이 있기에 삶의 의미가 있는가. 어렵게 살아온 시간도 살아서 좋았고, 굴곡진 삶의 시간도 소중한 시간이었다. 밀물처럼 밀어닥치는 시련을 넘어지고 허우적거리면서도 잘도 헤쳐 나왔다. 시련을 극복한다고 다짐했던 날도 어쩌면 행복한 날이었고, 어린 시절에 만들어졌던 삶을 희구하는 꿈을 가졌던 날도 행복한 날이었다.

나는 마지막 시간을 눈앞에 두고 올라가던 길을 멈추고 돌아서서 신광 들을 내려다본다. 세상이 너무 아름답다. 비학산이 병풍처럼 둘러싸고 있는 신광 들이 눈에 익어 정겹다. 나는 어릴 적 추억에 잠긴다. 저 안에 내가 있었다. 내가 살아온 삶이 보인다. 눈길 닿는 곳마다 아릿한 맛을 품고 있으면서도 그리움의 덩어리로 내 소중한 추억들이 물안개처럼 피어오른다. 저 멀리 내가 살던 들녘과 산천이 평화롭고 아름답게 보인다. 내 어린 시절 삶이 지나가면서 남기고 쌓인 애증의 흔적들이 곳곳마다 교차하여 처연하면서도 아름답게 보인다. 오늘이 슬퍼서 지난날이 아름다운 걸까. 삶이 유한해서 지난날이 아름다운 걸까. 모든 게 사라지는데 어찌 아쉽지 않고 아름답지 않은 게 있을까.

저 멀리 보이는 둔치에는 멋모르던 어린 날, 땔감을 한다고 비수리를 베던 기억이 아련히 피어오른다. 그 옆 하천에는 탐스러운 물고기들이 무리를 지어 멋있게 놀던 모습이 동심을 자극했다. 나는 시간 가는 줄 모르고 세상을 즐기는 물고기를 보는 재미에 푹 빠졌다. 동화 속 이야기 같은 어릴 적, 때 묻지 않은 동심의 세계가 주마등처럼 머릿속을 스치고 지나간다. 저 너머 멀리 보이는 산과 계곡들은 풀뿌리를 캐어 먹고, 나무 열매를 따 먹으며 날마다 땔나무를 하던 곳이다. 힘들고 지치고 무서울 때도 있었건만, 지금 보니 어릴 적 진달래꽃으로 붉게 물들었던 산들이 눈앞에 어른거린다. 저기 서울재는 내 숱한 과거를 지긋이 품고 있어 정겹구나. 가난한 시절이었지만 지금 보니 모두 아름다운 추억과 감미로운 행복감으로 다가온다.

저 멀리 보이는 동네에는 우리 집이 있었다. 어두운 밤, 마당에 누워서 별빛이 쏟아지는 하늘을 쳐다보며, 나는 누구이며 어디로 가고 있는지를 생각했다. 총총히 떠 있는 별 사이로 흘러가는 은하수를 바라보고 있노라면 가끔 별똥별이 산 너머로 기다랗게 꼬리를 내며 떨어질 때 우주의 조화와 신비로움에 마음을 빼앗겼다. 그때는 가난했지만 행복했다. 저 들녘에는 우리 논이 있었다. 가을에 벼 이삭이 올라와 영글기 전까지 나는 파대를 치며 참새 떼를 쫓았다. 벼 이삭이 영글어 황금빛 들녘이 넘실거리면, 벼메뚜기 떼들이 후루룩후루룩 날아다녔다.

이쪽 동네도 저쪽 동네도 정다운 친구들이 있어 놀러 다녔다. 저 멀리 저기쯤 우각 동네에 있는 친구 상원에게 놀러 갔다. 그때 이 씨들의 집성촌 처녀들과 총각들이 동네 가운데 개천가에서 개구쟁이 아이들처럼 한데 어울려 서로 쫓아다니며 장난치고, 웃으며 재미있게 놀았다. 그런 걸 처음 보는 나는 마음이 간지럽도록 흥미로웠다. 기일동에 있는 친구 정우에게 놀러 갔을 때는 동네 뒤 산자락 잔디밭에 여럿이 같이 올랐다. 거기서 우리는 '내 고향 뒷동산'을 떼창으로 부르며 애절하고 꽃망울처럼 예쁜 사랑을 그려봤다. 그날 떼창을 부르던 친구들의 마음이 손에 잡힐 것처럼 느껴진다. 지금쯤, 그 시절 그 친구들은 어디서 무얼 하고 있을까. 그날 그 친구들의 모습이 사무치게 그립구나.

저쪽으로는 내가 뛰놀고 배우던 학교가 있다. 내가 꿈을 키우던 학교에는 삶의 애환이 절절히 배어있다. 공부를 참으로 많이도 하고 싶었다. 난관이 많기도 했는데 그래도 고통과 불행을 내 것으로 받아들이며, 꿈과 희망으로 역경을 뚫고 헤치며 참으로 열심히 했던 기억이 떠오른다. 그때 꿈을 가졌던 기억이 행복으로 되살아난다. 지금 생각해도 그 비장한 결의가 불현듯 온몸을 휘감는다. 그때 나는 창창한 앞날에는 번듯한 집안에서 부유하게 자란 사람들처럼 살 것이라는 소박한 소망이 가슴에서 자라고 있었다. 나는 그때 뭔가를 꿈꾸었다. 꿈을 가졌던 그 시절이 좋았구나, 아름다웠구나.

법광사에 벚꽃이 활짝 피면 봄 소풍을 갔다. 빽빽하게 우거진 왕벚꽃 나무 숲속으로 들어가면, 연분홍 벚꽃이 흐드러지게 피어 가지마다 겹겹이 매달려 꽃방망이를 드리웠다. 봄바람이 살랑 불어 벚꽃 잎이 흩날리면 탄성이 절로 나왔다. 아름다운 벚꽃, 너는 해마다 봄이 오면 다시 피겠지. 비학산 단풍이 곱게 물들었을 때 가을 소풍을 갔다. 비학산 정상에 오르던 날, 그날은 내 시야가 가장 넓었던 날이다. 비학산 정상에서 내려다본 인간 세상은 평화롭고 넓었다. 멀리 대구 팔공산도 가늠해 보았다. 그 밑으로 넓은 세상에는 얼마나 많은 사람들이 얼마나 오래 살겠다는 간절한 소원을 가지고 살고 있었을까. 비학산 단풍의 진풍경은 비학산 정상 뒤에 있더라. 그림으로만 보던 단풍나무 잎을 처음 보는 게 하도 신기해서 가지를 휘어잡아보던 그때가 그립구나.

비학산이 유난히 높아 보인다. 이 세상 모든 삶이 왔다 가는 소풍이다. 돌아보면 모든 게 즐거웠고 정겨웠고, 볼수록 아름답구나. 꿈같은 삶이었지만 살아서 좋았다. 떠나긴 아쉬워도 살았다는 건 축복이다.

뒤를 돌아보면서 서 있었던 시간이 꽤 지난 것 같다. 가슴에 심한 통증이 조금 가라앉았다. 나는 다시 돌아서서 앞을 바라본다. 시간이 지나면 내 존재는 사라진다. 나는 계곡으로 들어가 자연 속으로 사라지고 싶기도 하다. 살아감과 죽어감의 경계는 어디인가. 나의 삶이 얼마나 남았는지 알 수 없다. 삶은 세상에 하나밖에 없기에, 삶은 고통스럽더라도 마음대로 포기할 수 없기에, 나는 갈 데까지 간다고 한 발자국 한 발자국 재를 올라간다. 병이 좀 가벼워진 것인지 움직임이 조금 나아졌다. 나는 장구재 정상 쪽으로 천천히 올라간다. 경사가 점점 완만해진다. 산자로서 죽음을 경험할 수 있을까. 나는 삶의 끝을 온전하게 느끼면서 죽고 싶다. 여기서 죽을지 저기서 죽을지 모른다. 여기쯤이나 저기쯤이나, 이제나 저제나 영겁의 침묵으로 들어갈 거라는 생각으로 올라간다. 내 처지가 앞이 보이지 않는 짙은 안개 속에서 방향을 모르고 가고 있는 것 같다.

시간이 지나도 피곤하면서 가슴만 저릴 뿐 금방 죽지는 않을 것 같다. 나는 살 수 있다는 생각에 가슴을 쓸어내리기도 전에 생각이 조금씩 바뀌기 시작한다. 아무래도 내 몸이 아픈 게 급성폐렴 증상이 아닌 것 같다. 나는 곧 내가 아픈 게 만성폐렴이나 폐결핵으로 무섭고도 중대한 전염병이라는 불길한 생각에 왈칵 사로잡힌다. 가슴이 철렁하며 앞이 캄캄해진다. 만성폐렴이나 폐결핵은 낫는 질병이 아니다. 나의 삶을 옭아맬 불치의 전염병으로 고통과 불행의 끝을 상상할 수 없는 삶이 머릿속으로 밀고 들어온다. 내 삶이 송두리째 무너지는 것 같다.

이게 하늘이 내린 저주인가. 내가 왜 이런 천형을 받아야 하는가. 받아들이기 싫지만, 하늘이 주면 받아야 하고, 내놓으라면 주어야 하는 인간이 어찌하겠는가. 내가 폐렴 환자를 보고 막연한 두려움과 거부감을 가졌던 생각이 떠올라 서글퍼진다. 세상 모든 사람이 나를 싫어하고 배척할 것이다. 누군들 나와 말을 섞으려 하겠는가. 세상에 나와 함께 있으려는 사람이 어디 있겠는가. 내 가족 누구인들 나를 가까이하려 하겠는가. 삶이 아무리 고통스러워도 그냥 포기할 수 없기에 나는 전염병 환자로 살아야 한다. 나는 이제 죽지도 않는 폐인이 되어서 병보다 아픈 낙인인 세상의 혐오와 멸시, 냉대와 외면 속에서 살아야 한다. 나는 지금부터 주변의 수군거림과 차가운 시선을 받으며 길든 짧든 한평생을 눈물로 견디며 서글프게 살아가야 하는구나.

나는 어느 정도 지적 잠재력이 있다고 믿었는데. 내 몸이 이렇지 않았을 땐 검정고시와 공무원 시험에 합격해서 보통 사람들이 사는 세상으로 들어가 평범한 삶을 살 수 있다고 생각했는데. 평범한 삶이 경이롭고 부럽다. 나는 삶에 대한 의미가 없어지고 허무함만 느껴진다. 서러움이 온몸을 휘감고 아픔이 가슴속으로 파고든다.

내가 시를 쓸 수 있다면 내 심정을 담을 수 있는 시라도 한 수 읊어 보고 싶다. 한하운 시인의 시 몇 구절이 떠올라 차용해서 읊어 본다.

버들피리 불며, 향수와 애수에 젖어, 피-ㄹ 닐리리. 버들피리 불며, 어린 시절 그리워, 피-ㄹ 닐리리. 버들피리 불며, 꿈 많던 지난날 그리워, 피-ㄹ 닐리리. ….

나는 장구재를 터벅터벅 올라간다.

가도 가도 험한 산길, 사람이라곤 나밖에 없더라. 지난날은 아름다워서 슬프고, 앞날은 애달파서 슬프다.

한하운 시인의 심정이 애달프게 전해져 와 내 앞날의 삶과 겹쳐 보인다. 나환자가 되어 비통과 울분, 괴로움 속에서 살고 있는 한하운 시인의 비극으로 얼룩진 삶이 오늘따라 더욱더 서글프게 느껴진다. 나는 한하운이 가족에게 쫓겨나고, 거리에서 돌팔매를 맞고, 풍찬노숙으로 유랑하는 모습이 상상으로 떠오른다.

한하운은 보리피리를 불면서 지금은 자신이 갈 수 없는 어린 시절, 고향에 대한 향수와 세상을 그리워하며 참고 견디는 삶을 시로 녹여냈다. 나는 한하운 시인의 시를 생각나는 대로 마음속으로 웅얼거린다.

"보리피리 불며, 봄 언덕 고향 그리워, 피-ㄹ 닐리리. 보리피리 불며, 꽃 청산 어릴 때 그리워, 피-ㄹ 닐리리. 보리피리 불며, 인간 세상의 거리, 그 생활 그리워, 피-ㄹ 닐리리. …"

한하운은 서울에서 나환자들이 사는 비극의 현장 소록도로 가려고 보통 사람들이 타는 기차를 같이 탔다가 쫓겨난다. 한하운은 어쩔 수 없이 소록도 천리 길을 걸어서 간다.

"가도 가도 붉은 황톳길, 숨 막히는 더위뿐이더라. 낯선 친구 만나면 우리 문둥이끼리 반갑다. …"

나는 마음속에서 한하운의 시를 되뇌며 고독과 서러움에 젖은 몸으로 장구재 마루를 넘는다. 해는 서산으로 넘어가고 어둠이 서서히 내려 저물어가는 저녁이다. 내리막 오솔길은 얼마 되지 않고 샘재를 올라온 고산지역 산등성이의 산복도로와 만난다. 나는 산복도로를 따라 걷는다. 한참을 걸어 샘재를 넘었다. 쑥밭이 보인다. 계곡을 휘돌아가는 도로를 벗어나 지름길인 쑥밭 계곡을 따라 걷는다.

어둠이 짙게 깔렸다. 도롯가에 외판집에 불빛이 보인다. 외할아버지가 계시는 집이다. 문이 열려 있는 외갓집으로 갔다. 나는 탈진한 몸으로 발과 다리를 문지방 밖으로 내놓은 채 머리와 허리만 문턱 안의 방바닥에 대고 뒤로 벌렁 널브러졌다. 나는 지친 몸을 쉬면서 숨을 고르고 시간이 지나서 누운 채로 밥을 달라고 한다. 밥을 먹고 한참 누워 시간이 지나고 나서 기운이 서서히 돌아온다. 윗몸을 일으켜 앉았다. 가슴에 통증이 많이 가라앉은 것 같다. 사람에게 먹는 게 이렇게도 중요한가. 사람 살리는 밥. 나를 살려준 밥이 고맙다. 나를 건강하게 살 수 있게 해준 생명의 신에게 감사한다. 나는 새로 태어난 기분이다.

오늘 밤을 여기서 보내는 건 무의미하고 시간만 낭비하는 거라는 생각이 든다. 밤길을 가야겠다는 생각이 등을 떠민다. 밤이 깊어져 간다. 가야 할 산복도로는 산과 맞닿은 하늘만 보이고 계곡은 깊어 어둡고 물소리조차 들리지 않는다. 십 리가 넘도록 인적도 없다. 적막감이 흐르는 어두운 밤 산속에서 나 혼자 움직이고 있다. 나는 산복도로를 따라 굽이굽이 돌며 걷는다. 산과 계곡은 검게 보이고 하늘에는 별이 빛나는 밤이다. 산속을 벗어나니 멀리 여기저기 동네마다 등잔불이 비친다. 뱁재 지름길을 내려와 도로를 따라 걸어 우리 집에 도착한다.

집에서는 내가 어디에 갔다 왔는지 묻는 사람이 아무도 없다. 나도 아무것도 할 말이 없다. 내가 한 일이 지금 가족에게는 아무런 소용도 없는 헛짓거리니 말이다. 하지만 나의 이번 여정은 지난날 굴곡진 삶의 의미를 깊이 음미해 보았고, 앞날의 의지와 희망도 깨달을 수 있어 무엇과도 바꿀 수 없는 값진 경험이었다. 그건 내가 평범하게 살았다면 알 수 없었을지도 모를 일이다. 나는 삶의 밑바닥까지 가서 세상에서 사라지거나 격리되는 경험을 직접 몸으로 겪으면서 삶의 풍파와 곡절이 온몸에 서렸고, 내 삶에서 고통의 결정체를 곳곳에 뿌려 놓았다.

다음 날 나는 산판 일을 하던 간장리 계곡 농막으로 간다. 아버지는 내가 언제 어떻게 원서를 구해서 제출했는지에 대하여는 아무것도 모르신다. 내가 아버지에게 말씀드려서 한 달 남짓이 남은 시험 날까지 가능하면 시험공부만 집중적으로 하기로 한다.

나는 우선 공식적 인정을 받는 현실적 시험공부를 위해 공부의 전략을 바꾼다. 시험공부는 검정고시든 공무원 시험이든 학문을 위한 공부가 아니라 합격을 위한 공부일 뿐이다. 시험에 없거나 피해 갈 수 있는 과목은 공부를 하지 않기로 한다. 힘이 드는 독일어는 시험에 없고, 어려운 물리와 화학은 생물을 선택해서 비켜간다. 공무원 시험을 위한 행정학 공부도 검정고시를 칠 때까지는 일시 중지한다. 시험과목에 있더라도 극히 어려운 부분은 뛰어넘어가기로 한다. 검정고시는 60점만 넘으면 합격할 수 있다. 굳이 어려운 몇 문제를 붙잡고 매달릴 필요도 없고, 구석구석까지 암기할 필요도 없이 합격할 정도로만 공부한다. 그렇다고 해서 대충대충 하면 절대 붙을 수 없다. 영어는 몇 시간을 공부한다고 해도 시험에 금방 차이가 나지 않는다. 영어공부 시간을 줄여서 다른 과목에 더 집중하기로 한다. 공부할 양이 한결 가벼워진 것 같다. 나는 낮에도 일을 놓고 방에서 공부하는 날이 많다. 깊은 계곡이라 사방이 산으로 둘러싸였고 고요하다.

나는 깊이 있는 공부를 원했다. 언젠가 넓은 경지에 가고 싶었다. 하지만 나는 현실에 쫓기고, 공식적으로 인정받는 자격에 얽매여, 폭넓은 공부를 하지 못하게 된 게 못내 아쉽다. 나는 그저 삶을 살아내기 위한 동정 없는 경쟁 속으로 나를 밀어 넣은 느낌이다. 나는 어쩐지 온전한 삶의 한 부분을 잃어버린 것 같은 허전함이 남아 거치적거리는 것 같다.

어느 날 방에서 공부를 하다가 밖을 내다보니 작년에 국민학교를 졸업한 동생이 혼자서 한여름 햇볕이 내리쬐는 마당에서 퇴비를 뒤집는 일을 하고 있다. 공부에 집중하던 마음이 산만해진다. 흐트러진 정신을 다시 공부에 몰두하려면 생각보다 훨씬 긴 시간이 걸린다. 공부는 시간과 정신 집중으로 하는 것이다. 나는 이 귀중한 시간에 다른 생각에서 빠져나오지 못한다.

나는 왠지 동생이 안쓰러워 보인다. 저렇게 퇴비를 뒤집으면 퇴비가 얼마나 더 좋아져서 훗날 우리 집이나 동생에게 과연 어떤 결과가 돌아올까. 저 퇴비는 내년 농사에나 쓸 수 있는 건데 그때까지 이 깊은 계곡에서 무엇을 하자는 것인가. 척박한 산골 비탈밭 생각도 나고, 아버지의 미숙한 농사 솜씨 생각도 난다. 탐스럽고 소담한 수확을 할 건 별로 없고, 허탈하기만 할 것 같은 생각이 머릿속을 맴돈다.

훗날을 상상해도 보이는 건 없고 답답하기만 하다. 동생의 앞날이 걱정도 되고 애처롭기도 하다. 내가 그냥 있기도 불편하다. 내가 퇴비를 뒤집는 일을 같이한다고 해도 동생이 나아질 것도 없고, 우리 집이 나아질 것도 없다. 오히려 나의 희망마저 잃어버릴 것 같다. 퇴비를 뒤집는 게 누구에게 무슨 이익이 될까. 동생이 퇴비를 뒤집는 이유를 이해할 수 없고, 연민만 느껴진다. 차라리 동생이 괜히 퇴비를 뒤집는 일을 하지 않았으면 싶기도 하다. 동생이 일하는 걸 보니 공부에 집중할 수가 없고, 먼 산을 하염없이 바라보게 된다. 내가 왜 죄책감을 느껴야 하나. 지금 다른 방법이 없다. 나는 책을 들고 숲속으로 간다.

나는 내 손이 꼭 필요하거나 바쁜 일감이 생기면 집으로 다니며 일하고 나머지 시간은 농막에서 온전하게 정신을 모아 시험공부에 집중한다. 단기 목표를 세우고 집중적으로 공부하는 게 장기적인 목표를 향해 무턱대고 책을 많이 읽는 것과는 비교할 수 없을 정도로 목표에 빨리 다가가는 느낌이다. 나는 목표를 두고 이렇게 공부에 몰두한 적도 없었던 것 같다.

오늘이 7월 27일. 시험 날짜가 이틀 앞으로 다가왔다. 상옥에 있는 집으로 가서 하룻밤을 잤다. 시험 날짜가 하루 앞으로 다가왔다. 이번에는 버스를 타고 대구로 간다. 복장은 원서를 사러 갈 때나 지금이나 같다. 상옥에서 청하까지 사십 리 길은 버스가 다니지 않는 길이라 걸어서 간다.

샘재를 지나면서 장구재를 쳐다본다. 응시원서를 받아올 때 내 삶의 고통과 고민이 굽이마다 스며있는 장구재길이 보인다. 오로지 돈이 없다는 이유로, 먹지 못하고 몇백 리나 되는 길을 한눈만 붙이고 걸었다. 이틀째 걷다가 체력이 고갈되고 허기로 탈진한 상태가 되어 가슴에 심한 통증이 왔다. 그 통증을 금방 죽는 병으로 생각해서 삶의 마지막 순간인 줄 알고 극도로 절망하며 죽음을 향해 다가가는 시간을 경험했다. 통증이 길어지면서 금방 죽지 않자 그 통증을 불치의 전염병으로 생각해서 인간사회에서 소외되는 삶을 살아가는 시간을 경험했던 자리들이 보인다.

지금 쳐다보니 그날 걸었던 길에서 고통스럽고 서러웠던 감정이 강물처럼 밀려와 가슴을 때리고, 나도 모르게 눈에 눈물이 고인다. 지친 몸으로 감당할 수 없었던 시간이 슬프고 외로웠다. 그런 불행한 날이 다시 오지 않기를 바란다. 하지만 그날을 잊을 수 없을 것 같고, 아직도 그와 같은 고통이 얼마나 남았을지 모른다. 그래도 그날의 고난이 내게 열정과 끈기를 주어 미래는 더욱 굳세게 변할 것이다. 나는 나를 찾아갈 거야. 언젠가 내가 꿈을 이루어 웃으면서 그날을 이야기할 수 있을 때가 오면, 나 혼자서 저 길을 걸어보고 싶다. 그때 걸으면서 괴롭고 고통스러웠던 지난날을 회상해보고 싶고, 눈물도 나지 않았던 지난날에 서린 한을 실컷 풀어보고 싶다.

샘재를 내려가고 걸어서 청하에서 버스를 타려고 한다. 삼척에서 영덕을 지나온 대구행 버스가 정차한다. 나와 연배로 보이는 청년이 버스에서 잠시 내린다. 산뜻하고 세련된 느낌이 물씬 풍긴다. 나와 겉모습을 비교해 본다. 나는 다른 세상의 사람 같은 생각이 든다. 그는 말쑥한 정장 차림을 한 우아하고 멋진 청년이다. 금방 이발을 하고, 기름을 바른 머리카락을 잘 빗었다. 그는 다시 버스에 오른다. 어디로 가는 걸까. 모르긴 하지만 즐거운 데로 가는 것 같다. 행복이란 무엇일까. 저렇게 사는 게 행복이 아닐까. 나는 그를 유심히 바라본다. 나는 부러움과 자괴감을 느끼며 잃어버린 나의 실체를 보는 것 같다.

나는 버스에 올랐다. 버스가 포항을 지나고 유유히 흐르는 형산강을 끼고 돌았다. 버스가 안강을 지나 한적한 길을 시원스럽게 달린다. 어느새 내가 며칠 전 허기지고 지쳐서 걸어오던 길 위로 버스가 들어간다. 며칠 전 걸어서 지나온 낯익은 길이다. 나는 차창 밖으로 스쳐 가는 풍경을 바라본다. 그때 금방 모내기를 해서 누르스름한 벼 포기를 보던 생각이 떠오르고 그 벼들이 싱싱하게 자라 파란 들판으로 변했다. 내가 여기를 걸어서 온 지 한 달 남짓밖에 되지 않았는데 격세지감이 느껴진다.

버스 왼쪽 차창으로 닥실못이 보인다. 저수지의 물빛도 이렇게 달라 보이는가. 그날 내가 보면서 넓고 멀다고만 생각했던 저수지가 오늘은 비늘 같은 잔잔한 물결이 햇살을 받아 반짝거리며 부드럽게 출렁거린다. 내 눈길은 오른쪽 차창 밖으로 나가 스쳐 가는 논둑을 더듬어본다. 그날 지척거리던 내 모습이 어른거린다. 내가 밀려오는 피로에 젖은 몸을 이끌고 걷다가 못 걸어서 앉아서 쉬고, 다시 걷다가 또 쉬던 논둑이다. 나는 그때 앉았던 자리가 생각나서 지나가는 논둑을 자세히 살펴본다. 내가 아무런 흔적도 남기지 않았으니, 아무리 보아도 내가 앉았던 그 많은 자리 중에 한 자리도 흔적은 없고, 그날의 잔상이 뇌리에 남아 괴로움만 다시 떠오른다. 내 삶이 얼마나 힘들었으면 먹지 않고 저 길을 걷기로 작정했을까. 가슴 뭉클한 감정이 복받쳐 오른다.

버스가 덜컹거리며 빠르게 지나간다. 버스가 산모롱이를 돌아들고 계곡을 돌아 나오면서 시티재를 올라간다. 얼마 전 그날 내가 세상에서 고립되어 외롭게 쩔쩔매던 모습이 머릿속에 떠오른다. 배가 고파 도무지 견딜 수가 없어서, 주린 배를 채워야 하는 절박한 처지에서 밥을 얻어먹으려고 들어갔던 동네가 보인다. 마음속 어디에 이렇게 많은 고독과 서러움이 고여 있었을까. 가슴이 먹먹해지고 콧등이 시큰해진다. 눈물이 주르르 쏟아질 것 같은 감정을 주체하기 어렵다.

얼마나 먹고 싶었으면 그토록 얻어먹으려고 했을까. 나는 비굴하지 않고 떳떳하게 살고 싶었다. 나는 그날 배가 고파 허둥거리며 얻어먹으려고 했다. 서글프고 부끄러운 일이었다. 그때 마지막으로 남은 자존심이 송두리째 무너져 내리는 것 같았다. 다시 겪기도 싫고, 기억하는 것도 불편하지만, 망각 속으로 묻어지지도 않을 것 같다. 잊으려고 하면 할수록 더 생생하게 살아나 되새김질을 할 것 같다.

내가 배가 고파서 헤맬 때, 인간사회에서 괴물 취급을 받아 배고픈 내 손을 잡아줄 사람이 없더라. 내가 가진 것이 없어서 생존을 유지할 수 없을 때, 세상인심은 생각보다 야속하고 매정하더라. 동정 없는 세상에서 나는 비참해지고, 서럽고, 괴로워도 누구에게도 하소연할 데도 없더라. 세상은 기댈 데도 없고, 믿을 것도 못되더라. 세상 어디엔가는 그렇지 않은 데가 있는지 모르지만 내가 겪어본 세상은 그렇더라. 말로 표현할 수 없는 감정이 온몸에 젖어온다. 그날 혹독했던 시련은 내 마음속에 두고두고 남아 앞으로 더 굳세게 살아갈 안내자가 될 것이다.

나를 태운 버스는 무심하게 속도를 내어 달린다. 멀리 동네들이 보인다. 내가 얼마 전 여기를 걷던 날 새벽. 곱삶이 보리쌀을 삶았던 동네들이 하나씩 지나간다. 그날은 가마솥 뚜껑을 여닫던 소리가 왜 그렇게 유난히도 크게 자주 들렸을까. 지금도 그 소리가 귓전에 또렷하게 들리는 듯하다.

영천에서 잠시 멈췄던 버스가 달려서 금호강을 건너고 대구 시내로 들어가 신암주차장에 닿았다. 나는 버스에서 내려 근처에서 찾은 하숙집에 방을 잡아놓고 시험장을 확인했다. 시험은 하루에 세 과목씩 3일 동안 친다. 그래서 나는 오늘 저녁부터 8월 31일 아침까지 3박 4일의 숙박을 하기로 했다. 하숙집에서 손님 대접을 받으며 숙박을 하는 것이 분에 넘치는 호사를 누리는 것 같아 마음 한구석이 불편하다. 집에서는 끼니도 해결하기 어려운 형편에 생계에 아무런 도움도 되지 않는 시험을 치려고 이렇게 숙박을 하고 있으니 가족에게 미안한 생각이 든다. 시험을 치면서 점심이라도 건너뛰어야겠다. 그래도 나는 어렵게 응시원서를 사러 왔던 날의 목표를 달성하고 시험을 치러왔으니 밝은 내일을 준비한다는 생각으로 자부심이 느껴진다.

나는 다음 날 아침 일찍 경북대학교 대강당 시험장으로 갔다. 응시자들이 앉을 책상이 강당에 가득하다. 나는 이번 시험을 잘

치는 것도 중요하지만 이번에 시험문제가 어떤 수준이며 어떤 유형인지 아는 것도 다음 시험을 준비하는 데 매우 중요하다. 나는 시험장에 내 자리를 찾아 앉아서 주변에 있는 응시자들이 어떤 책을 보는지 부지런히 살핀다. 한 시간씩 시험을 치고 나올 때마다 내가 친 시험의 성적을 마음속으로 짐작해본다. 대략 짐작을 해도 음악은 과락을 면하기도 어려울 것 같다. 한 과목이라도 과락이 있으면 60점 이상인 과목만 합격을 인정한다. 나느 쉬는 시간에는 서로 알고 있는 다른 응시자들끼리 하는 이야기를 들으며 내가 친 시험을 생각도 하고, 무슨 책으로 공부를 하는지 알려고 한다. 나는 검정고시에 대해서 아는 게 없고, 다른 사람의 이야기도 들어본 적이 없기 때문이다. 이게 내가 시험정보를 얻는 유일한 길이다. 나는 이렇게 3일간 9개 과목 시험을 치고 집으로 돌아왔다.

합격자 발표일이 지났다. 나는 이미 합격자 명단에 낄 수 없다는 건 예상하고 있었다. 시험 성적을 조회했다. 사회와 과학, 체육과 미술, 실업에 과목합격을 했다. 9개 과목 중 5개 과목에 합격했으니 절반을 넘었다. 오랜만에 느껴보는 감격이다. 합격한 과목 중에서도 과학과 체육, 미술과 실업에 합격한 건 거추장스러운 짐을 많이 벗은 것처럼 홀가분해서 전 과목합격에 거의 다가선 기분이다. 비록 일부의 과목이긴 하지만 그래도 고등학교 졸업수준을 공식적으로 인정받을 수 있다는 게 가슴이 뿌듯하다. 그동안 내가 하는 공부는 현실에도 아무런 이익이 되는 게 없었고 미래의 성과를 믿을 수도 없었으니 아무도 관심을 가지지 않았고 관심을 가질 이유도 없었다. 아버지와 어머니는 적극적으로 만류하지는 않았지만, 표정에서 읽을 수 있는 차가운 시선은 나의 어깨를 무겁게 눌렀다. 이제 나는 아버지와 어머니에게 무엇인가를 조금씩 이루어

가고 있다는 걸 가시적으로 보일 수 있어 작은 관심이라도 끌어낼 수 있을지 기대를 해본다. 이건 내 마음을 스스로 위로할 수 있는 큰 수확이다.

국어와 영어, 수학과 음악 네 과목이 남았다. 국어와 영어, 수학은 합격에는 미치지 못했지만, 성적이 어느 정도 수준에 도달했고, 공무원 시험에도 공통되는 과목이라 검정고시에 합격 여부와 관계없이 공부를 더 해야 하니 문제가 없다. 음악은 검정고시 외에 내가 응시하려는 어느 시험에도 없는 과목이라 합격하지 못한 게 퍽 아쉽다. 아까운 시간을 소비하면서 음악 공부를 한다고 해도 다음에 합격을 확신하기 어렵다. 좋아하지도 않는 과목을 억지로 공부하기 위해 시간을 써야 할 게 너무 아깝게 느껴진다. 음악 시험에 불합격을 예상하고 대구에서 시험을 치고 돌아올 때 책을 사서 오기는 했지만 그걸 공부하더라도 합격을 자신하기 어렵다. 지난 시험에서 출제문제 중에는 가곡 한 곡의 처음 두 소절에 대한 악보를 그려놓고, 곡명과 작사자, 작곡자를 쓰라고 하고, 관련 화음 문제와 이어지는 악보를 찾으라는 것이 있었다. 나는 악보를 보아도 곡명조차 몰라 답을 제대로 쓰지 못했다. 따라서 그 곡과 관련된 문제를 줄줄이 틀렸다. 다른 문제에서 그걸 보충하지 못해서 결국 과락을 면치 못했다. 다음 시험에는 내가 아는 가곡 문제가 나오기를 기대해 본다. 음악만 합격한다면 나머지 과목에서 60점을 넘어가는 거야 별 부담을 느끼지 않는다.

나는 집으로 돌아와서 남의 집으로 일을 다니기도 하고, 집에서 문짝을 제작하거나 가구를 만든다. 저녁에는 주로 공무원 시험 공부를 한다. 공무원 시험은 월간 고시연구에서 기출제문제와 예상문제를 많이 풀어보아서 문제 수준과 경향을 잘 알고 있고, 소개

되는 책도 많이 보아서 나의 합격 여부를 어느 정도 가늠해 볼 수 있다. 고시연구사에서 시험공고도 알려준다. 지난 전반기에 있었던 국가공무원 시험 때는 실력이 부족해서 응시하지 않았다. 가을이 되면서 기출문제를 풀거나 예상문제를 풀어보면 내 실력이 합격선을 항상 넘어간다. 나는 자신감이 생겼고, 시험만 있으면 응시하려고 준비를 하고 있다.

지방공무원 시험이 공고됐다. 반가운 마음에 얼른 공고 내용을 본다. 내가 생각지도 못했던 장애물이 나타났다. 나는 크게 실망한다. 시험응시 연령이 만20세 이상으로 제한되어 있다. 전반기 국가공무원 시험에서 응시 연령이 만18세 이상이었던 게 후반기 지방공무원 시험에서 만20세 이상으로 상향된 거다. 나는 연령 미달로 응시할 수 없다. 전반기에 국가공무원 시험에는 응시할 수 있었던 연령이었는데 반년이 지난 후 지방공무원 시험에는 연령 미달로 응시할 수 없다. 지방공무원은 왜 국가공무원보다 나이가 많아야 하는가. 참으로 이해할 수 없는 일이다.

마음이 심란하다. 나는 이렇게도 운이 없단 말인가. 아니야, 이것으로 내가 앞으로 운이 없다고만 할 수는 없어. 내가 노력하면 극복할 수 있을 거야. 행운이란 게 언제 찾아올지 알 수는 없는 거야. 운은 준비된 사람에게 찾아오는 거야. 운이 오기만 하면 그냥 지나치지 못하게 꽉 붙잡을 수 있는 실력을 항상 갖추고 있어야 해. 전반기에 내가 실력이 부족해서 국가공무원 시험에 응시하지 못해서 결국 이런 일이 생겼다. 그저 운만 좋은 일은 없다. 내가 희망을 가지고 노력하면 좋은 운도 올 거야.

제5부

내가 만난 장애물

내가 만난 장애물

1964년 여름의 막바지에 나는 징병검사 통지를 받지 못한 걸 알게 됐다. 전혀 예상하지 못했던 사실이 드러났다. 내가 일정한 주거도 없이 떠돌아다니다가 병역사항 신고를 해야 하는 걸 몰랐기 때문이다. 나는 이 일을 어떻게 해야 할지 혼자 걱정을 하면서도 가족에게도 알리지 않았다. 알려봤자 문제는 어차피 내가 해결해야 할 일이고, 가족에게는 오히려 걱정거리만 될 것 같아서다. 나는 나름대로 이런 일을 잘 알고 있을 이장을 찾아가서 알아보았다. 그래서 지금이라도 병역사항 신고를 해서 아직 징병검사를 하지 않은 인근에 있는 시나 군에서 징병검사를 할 때 같이 받거나, 내년에 징병검사를 받을 수 있다는 말을 들었다. 그럴듯하게 들리는 말이다. 나는 내가 곧 병역사항 신고를 하면 올해 징병검사를 받거나 늦어도 내년에는 징병검사를 받을 수 있으리라고 생각한다. 그렇더라도 그 절차는 면사무소에서 처리해야 하고, 내가 들은 말이 맞는지 아닌지는 면사무소에 확인을 해보아야 하겠다고 생각한다.

초가을로 접어들었다. 나는 죽장면 사무소로 찾아간다. 버스가 다니지 않는 삼십 리가 훌쩍 넘는 길을 걸어서 가야 한다. 오전에 담당자를 만나서 이야기를 하고 돌아오려고 아침 일찍 나선다. 내가 검정고시 응시원서를 사려고 처음으로 걸어가던 길이다. 산이 푸른 것도 개울이 맑은 것도 검정고시 원서를 사러 갈 때 그때 그대로다. 이제는 낯익은 길이라 남에게 물을 일도 없고, 갈 길이 얼마나 남았는지 알 수도 있다. 들길을 지나고 산모롱이를 돌아서 가사령 굽잇길을 넘어간다. 차가 다니지 않는 울퉁불퉁하고 험한 산길이지만 트럭이 다닐 수는 있는 도로다. 가사령을 넘으면 대구를 휘돌아 낙동강으로 들어가는 금호강의 발원지인 가사천이 계곡 사이로 구불구불 돌아 흐른다. 개울을 건너고, 산자락을 돌아 개울을 건너며 걷는다. 계곡을 굽이굽이 돌아서 죽장면 소재지에 이른다.

면사무소에 가서 나의 사정을 잘 이야기하고 징병검사를 받도록 해 달라고 하면 좋은 결과가 있을 거라는 희망을 가져 본다. 그래도 내게 잘못이 있어 이런 일이 생겼다는 생각이 조금은 마음에 걸린다. 면사무소에 들어가서 병사업무 담당자를 만났다. 담당자는 알맞은 체격에 외모가 수수하게 보이고 깔끔하게 차려입은 중년의 남자다. 나는 담당자에게 정중하게 예의를 갖추어 인사를 한다.

"안녕하십니까. 저는 상옥에 살고 있는 김영철입니다."

"석진원입니다. 무슨 일로 오셨습니까."

"죄송한 말씀을 드리려고 왔습니다. 제가 올해 병역사항 신고를 제 때에 하지 못했습니다. 그래서 징병검사를 받지 못했습니다. 지금 제가 병역사항 신고를 하면, 인근의 다른 시나 군에서 징병검사를 받을 때, 같이 검사를 받을 수 있도록 해주시면 고맙겠습니다. 만약 그것이 어려우시다면 내년에 제가 징병검사를 받도록 좀 해주시기를 부탁드립니다."

"안 됩니다. 병역사항 신고를 하지 않았으면 병역기피자로 처리해야 합니다."

내 말을 듣자마자 진원씨는 나를 병역기피자로 처리해야 한다고 한다. 병역기피자라는 말을 듣는 순간 나는 큰 충격을 받아 어안이 벙벙하다. 병역기피자라면 감옥에 가야 하는 거란 생각이 번쩍 떠오른다. 나는 병역사항을 신고하여 징병검사를 받을 수 있다는 말을 이미 듣고 왔고, 그런 절차를 거쳐 군대에 갈 거로 생각했다. 그렇게 가볍게 생각했던 일이 쉽게 풀리지 않고 기대와는 전혀 다른 방향으로 꼬여간다. 내가 징병검사를 받을 수 있는 건 고사하고, 병역기피자로 감옥에 갈 처지가 됐다.

내가 가지고 있는 유일한 꿈은 공무원이 되는 것이다. 나는 공무원이 되려는 걸 목표로 공부하고 있다. 그런데 내가 병역기피자가 되면 공무원이 될 수 없다. 내가 병역기피자로 형벌을 받으면 나의 꿈은 물거품처럼 허공으로 사라지고, 내가 지금까지 공들여서 해온 공부는 모래성처럼 소리 없이 허물어져 내릴 것 같다. 내가 군대에 갈 수 있느냐, 없느냐에 내 인생의 승부가 걸렸다.

먹고살기 바빠 이리저리 떠돌아다니다가 병역사항 신고를 할 시기를 모르고 넘긴 게 이렇게 죄가 되는구나. 나는 병역기피자란 굴레를 벗어날 고민에 빠진다. 아무리 생각해도 앞이 캄캄할 뿐 머릿속에 무엇이 떠오르지 않고, 병역기피자란 말만 귓전을 맴돈다. 나는 그대로 서서 진원씨의 눈치를 살핀다. 진원씨는 나를 병역기피자로 처리하기만 하면 된다는 듯 더는 내게 말을 하지 않고 자신의 책상 위에 서류를 뒤적거린다. 나는 멀거니 그걸 바라보면서 잠시 뜸을 들인 후 다시 한번 더 간절하게 부탁을 한다.

"죄송합니다. 제 형편을 좀 보아주십시오. 제가 어떻게 해야 군대에 갈 수 있습니까. 제발 제가 군대에 갈 수 있도록 한 번만 조~옴 도와주십시오. 저는 진정으로 군대에 가기를 원합니다."

"안 됩니다."

내가 어떻게 해야 군대에 갈 수 있느냐는 말에는 아무 대답도 없다. 막무가내로 안 된다는 말뿐이다. 진원씨는 허우대는 멀쩡하게 보이는데 속에는 비릿비릿한 시궁 냄새를 품고 있는 것 같고, 행동거지는 얄밉도록 쌀쌀하게 느껴진다. 진원씨는 안 된다는 말 외에는 아무 말도 하지 않고 나를 외면한다. 나는 서운함을 넘어 모멸감이 느껴진다. 그렇다고 병역기피자로 처리하려고 하는데 그대로 돌아갈 수도 없다. 진원씨는 나를 병역기피자로 처리하면 그만이라는 듯 자신의 책상 위에 있는 서류를 계속 뒤적거린다. 나는 그걸 스쳐보면서 온갖 생각을 한다. 잠시 침묵의 시간이 흘렀다. 나는 고민 끝에 다시 진원씨에게 필사적으로 매달리듯 한 발 더 다가서며 보아달라는 말을 되풀이한다.

"제발 한 번만 조~옴 보아주십시오. 한 번만 조~옴 보아주시면 정말 고맙겠습니다."

"안 됩니다."

아무리 빌어봤자 소용이 없다. 앞에서 들었던 대답이 녹음기를 틀어놓은 듯 반복해서 다시 돌아온다. 답답한 시간이 흐른다. 점심시간이 다가온다. 내가 같이 나가서 점심을 사겠다고 하며 분위기를 만들어 볼 주머니 사정도 못 되고, 그럴만한 사교성도 처세술도 없다. 어쩔 수 없이 돌아가야 할 형편이다. 진원씨는 안 된다고만 하고 다른 말은 하지 않았다. 다른 사람은 인근의 다른 시나 군에서 징병검사를 받거나 내년에 징병검사를 받을 수 있다는데 나는 왜 그게 되지 않는가. 그 이유를 왜 내게 말해주지 않는가. 그런 사람들은 무슨 반칙을 했다는 말인가. 내게 무슨 반칙을 하란 말인가. 진원씨가 무슨 여지를 남겨놓고 내게 무리한 선택을 하도록 은근히 강요하고 있을 소지가 다분하다는 생각이 든다. 그대로 돌아가기만 해서는 되지 않을 것 같다. "다음에 오겠다"는 말을 해서 속내를 떠볼 필요가 있다는 생각이 든다.

"안녕히 계십시오. 다음에 찾아뵙겠습니다."

"..."

돌아오는 대답이 없다. 나는 돌아서 면사무소를 나온다. 다음에 찾아오겠다는데도 오라는 말도 오지 말라는 말도 없다. 이건 내가 알아서 다시 오라는 의미라고 생각할 수밖에 없다. 병역기피자로 처리하려면 내가 왜 병역사항 신고를 하지 않았는지를 물어보아야 할 게 아닌가. 내게 할 말이 있으면 지금 하면 될 일이지, 내가 다시 와야 할 이유가 무엇이란 말인가. 나는 안 된다는 말이 곧이곧 대로 믿기지 않는다.

혹시 급행료가 있으면 해결할 방법이 있지 않을까 싶기도 하다. 공직자의 마음속에 존재하는 욕망과 이기심에서 비롯되는 부조리 때문에 내 삶이 더 고단해진다는 생각도 든다. 내가 삶의 바닥으로 떨어졌는데 설상가상으로 부조리한 모순이 내게 덮친 것 같다. 부조리는 부조리로 해결하는 게 가장 쉬울 것 같은 생각도 든다. 하지만, 내가 부조리에 타협할 형편도 못되고, 한 길만 고집하며 우직하게 살아왔기에 이런 일에 선뜻 타협할 방법도 모르겠다.

진원씨는 낡은 관행과 관료조직 문화의 타성에 젖어 온당하지 않은 주장을 하며 나를 기만하고 있는 것 같다. 이게 뭔가. 화가 치밀어 오른다. 어떻게 이럴 수가 있느냐고 항의하고 따져보고 싶었다. 온갖 생각이 꼬리에 꼬리를 물지만 말이 목에 걸려 입이 떨어지지 않았다. 아무리 고약하고 미워도 화를 내는 건 현명한 게 아니다. 결정은 진원씨가 한다. 진원씨가 안된다고 거절하더라도 내가 직접 가서 간절히 부탁하고 또 부탁할 거야. 열흘에 한 번씩, 그것이 어려우면 보름에 한 번씩이나 이십 일에 한 번씩이라도 갈 거야. 내가 최선을 다해서 찾아가고 부탁하면 나도 내년에는 징병 검사를 받을 수 있을 거야.

나는 집으로 돌아오면서 나의 현실을 생각하고 진원씨의 속내를 헤아려본다. 진원씨가 원하는 게 뭔지 정확하게 알 수 없다. 내가 꼬투리를 잡힐 빌미를 제공했다. 내가 돈도 시간도 없어 가난에 쫓기어 떠다니며 우선 배를 채우려고 일하고, 희망을 찾으려고 공부에 신경 쓰며 눈앞의 현실에만 쫓겼다. 그런 와중에 정상적인 사회에 적응하지 못하고 스스로 수렁으로 들어가 허우적거리고 있다. 내가 왜 이 지경이 된 건가. 근원이야 어디에 있던 누구를 탓할 수 없는 일이고, 내가 병역사항 신고를 제 때에 하지 못한 건 내가 감당해야 할 몫이다. 진원씨는 병역기피라는 굴레를 내게 씌워 고삐를 잡고 있으면서 압박을 가하는 것 같다. 나는 생각할수록 억울하고 불안감에 휩싸이고, 병역기피자라는 말이 머릿속에 맴돌면서 무거운 기운이 온몸을 짓누른다.

나는 지금 약자로 강자 앞에 섰다. 약자와 강자가 맞부딪치면 약자가 깨진다. 나는 억울함을 당하면서도 제대로 말하지 못하고, 강자의 눈치를 살피면서 견디고 있다. 진원씨의 속내는 과연 무엇일까. 진원씨의 진심을 알아야 내가 이 상황에서 벗어날 수 있다. 내가 다시 오겠다는데도 오지 말라고 하지 않았다. 이건 나를 병역기피자로 처리하겠다고 명확하게 선을 그은 게 아니다. 진원씨가 무슨 여지를 남겨놓고 있는 것 같다. 그것이 무엇일까. 내가 가지도 않고 가만히 있기만 하면 병역기피자로 처리할 수도 있을 것 같다. 어떤 방법으로 가야 할까.

진원씨의 속내를 정확히 알고 가야 내가 진원씨의 마음을 움직일 수 있을 것이다. 진원씨가 초면인 내게 진심을 털어놓기는 어려웠을 수도 있다. 모르는 사람과 통하려면 아는 사람이 있어야 한다. 진원씨를 아는 사람 중에 내가 연이 닿는 사람이 있으면 될 수 있을 거다. 내가 아는 사람이 직접 진원씨를 모르더라도 면사무소 직원을 아는 사람이 있으면 한 다리 건너 알아볼 수도 있을 거다.

하지만 고향도 연고도 없는 내가 대면해야 할 사람은 모두 생소하다. 좀 아는 사람이 있더라도 죽장면사무소까지 가야 하는 상황에서 맨입으로 부탁하는 건 면목 없는 일이다. 아는 사람이 진원씨를 만나도 내가 병역사항 신고를 하지 않은 일은 덮어주고 나를 군대에 갈 수 있도록 해달라고 말로만 부탁하는 건 염치없는 일일 것 같다. 나는 아는 사람도 없고 돈도 없다. 거기다가 연을 찾아 쫓아다닐 성격도 못 된다. 아무리 생각해도 내 사정을 진원씨에게 말해줄 만한 사람이 없다.

나는 병역기피자라는 짐을 벗어나야 한다. 물러설 데가 없다. 나는 이 일부터 최선을 다해서 분명하게 끝을 보아야 한다. 이 문제를 해결하지 못하면 나는 낭떠러지로 추락하여 일어설 수도 없다.

진원씨는 지금 온당하지 않은 생각으로 나를 자신의 의도대로 끌고 가서 금방 굴복시키려고 하는 것 같다. 빠르지만 거친 그의 결정과 느리지만 정확한 나의 결정이 충돌하고 있다. 그렇다면 나도 혼신의 힘과 지혜를 다해 내가 가려는 길로 가서 온당하지 못한 그의 생각을 꺾어 주리라. 그가 이번에 오지 말라고 하지 않았으니 다음에는 오지 말라고 할 명분이 없어진 것이다. 내가 찾아가는 게 해결책이다. 나는 발품을 팔아서 가고 또 갈 것이다. 안된다고 하더라도 부탁하고 또 부탁할 것이다. 느리고 지루한 싸움이 시작된 거다. 변화에는 시간과 노력이 필요하다. 시간은 내 편이다. 긴 시간이 지나면 결국 어떻게 될 건가. 내가 계속해서 갈수록 오지 말라는 말을 하기는 점점 더 어려워질 것이고, 병역기피자로 처리하는 것도 점점 어려워질 것이다.

병역기피자란 게 뭔가. 그건 군대에 가는 걸 피하려는 사람이 아닌가. 나는 과연 진짜 병역기피자일까. 병역사항 신고를 하지 않은 것만 보면 내가 병역을 기피한 건 사실이다. 하지만 그것만 진실인가. 진실은 또 있다. 군대는 내가 가기 싫은 곳이 아니라, 간절히 가고 싶은 곳이다. 내가 병역사항 신고를 하지 않은 건 군대를 피하려는 게 아니었다. 내가 지금도 군대를 피하고 있는 게 아니고, 군대에 가려고 하고 있다. 병역기피자란 말이 내겐 어울리지 않는다.

나는 강자로부터 굴욕과 능멸을 당하고 있다. 강자는 자기에게 유리한 사실만 무리하게 주장하고, 불리한 걸 모른척하면 그만이다. 하지만 약자는 정의와 순리가 통하지 않는 모순 앞에 절망한다. 병역사항 신고를 몰라서 몇 개월 늦었다고, 그것도 지금 병역사항 신고를 하고 군대에 가려고 그렇게 부탁하는데 군대에 가도록 해주어야지. 처벌만 하고 군대에 가려는 걸 못 가게 하는 건 순리에 어긋난다.

가사령을 올라온다. 비슷비슷한 잡목이 우거져 바람에 일렁거리고, 큰 소나무들이 섞여 있다. 내가 병역기피자들과 같이 도벌 산판에서 일하던 때가 생각난다. 나는 그때 병역기피자들을 보면서 남자라면 모두가 가야 할 군대를 왜 가지 않았는가라는 의구심도 가졌고, 마음속에서 곱지 않은 시선으로 병역기피자들을 보기도 했다. 사실은 나도 그때부터 병역기피자였는데 말이다. 세상일이란 본래 그런 것인가. 내가 병역기피자가 될 줄이야 누가 알았겠는가. 누구나 살아가는 데 여러가지 고통이 있을 수 있다. 이제 와서 생각하니 그때 도벌 산판에서 일하던 사람들도 나와 같은 처지에서 떠돌아다니고 있었다는 걸 내가 깨닫지 못했구나. 도벌 산판에서 일하던 사람들도 남에게 말 못할 어떤 불행과 고통이 있었고, 하루 벌어 하루 먹기 위해서 일자리를 찾아 이리저리 떠돌아다니다가 본의 아니게 병역기피자가 되었을 수도 있었다는 생각이 든다. 나는 삶과 눈물이 밴 막장같은 현장에서 나의 불행에만 눈을 떴고, 다른 사람의 불행에는 연민을 갖지 못했다는 생각이 든다.

면사무소에 갔다 온 지 벌써 열흘이 지났다. 아침 일찍 서둘러 나는 다시 진원씨를 만나려고 면사무소로 간다. 오늘은 점심시간이 되도록 오래 기다릴 것 없이 몇 번 부탁하고 돌아올 것이다. 그래도 왕복 칠팔십 리 길을 발품을 팔아서 갔다 오려면 하루가 걸린다. 처음 갔던 날보다 오늘은 시간만 며칠이 지났을 뿐 나는 아무것도 변한 게 없다. 나는 오늘 빈손으로 가서 새로운 말을 할 것도 없고, 보아달라고만 할 것이다. 그러니 진원씨도 안 된다는 말만 되풀이할 게 뻔하다. 그럼 나는 오늘 왜 가는가. 시간이 흐르는데 변하지 않는 게 있는가. 오늘 하루의 변화는 보이지 않더라도 그게 모이면 큰 변화가 된다. 느리지만 시간이 지나면서 변화가 조금씩 오고 새로운 길이 열릴 것이다.

시간은 누구에게나 같은 속도로 흐르고, 다 같이 중요하다. 내게도 시간은 삶 자체와 같이 중요하다. 내게 자산이라곤 시간과 몸뿐이다. 내 시간과 몸은 내가 원하는 데 쓰고 싶다. 나는 소중한 시간에 해야 할 일이 많다. 오늘의 생존을 위한 먹을 것을 구하려면 일할 시간이 있어야 하고, 내일의 생존을 위한 일자리를 만들려면 공부할 시간이 있어야 한다. 나는 시간을 먹고 보통 사람들이 사는 정상적인 삶의 세계로 들어가려고 한다. 내게 금쪽같은 시간을 이렇게 허비하게 하는 걸 생각하면 진원씨가 너무 야속하다는 생각이 든다.

나를 병역기피자로 처리해야 할 일이라면 처리해야 하고, 그렇지 않고 다른 방법이 있으면 그렇게 하면 될 것이다. 그런데 진원씨는 이것도 아니고 저것도 아니면서 무슨 꿍꿍이속을 가지고 있는가. 도대체 군대에 가는 절차를 잘 모르는 사람을 가르쳐줘야 할 사람은 누구인가. 내가 병역사항 신고를 해서 인근 시나 군에서 징병검사를 할 때 나도 같이 징병검사를 받는 건 왜 되지 않을까. 진원씨가 그런 일을 하려면 귀찮고 번거로워서 자기가 편하기 위한 무사안일하고 무책임한 짓이 아닐까. 내가 병역사항 신고를 해서 내년에 징병검사를 받을 수 있다는 건 왜 모르는 척하고 이렇게 시간을 끌고 있을까.

나는 진원씨가 뻔뻔스럽고 구질구질하게 느껴지기도 한다. 진원씨가 혹시 연줄을 통해서 공무원이 된 사람은 아닌가. 그래서 친분이 있는 사람을 통해서 일을 처리하려는 게 아닌가. 진원씨는 최소한의 양심마저 팔아버린 무책임한 공무원은 아닌가. 공무원은 품위가 있고, 정직해야 한다. 국가에서 보수를 받고 사는 공무원이

봉사해야 할 자리에서 무얼 더 누리려고 하는가. 돈을 벌려면 장사를 해야지, 왜 공무원을 하고 있는가. 국가의 일을 하는 공직자가 자신의 욕망에 사로잡혀 국민의 이익보다 자신의 이익을 우선하는 자가 많았을 때 사회는 병들었고, 국민의 이익을 중요하게 생각하는 자가 많았을 때 국가는 번성했다. 공무원이라면 맺고 끊는 게 분명해야지. 이게 뭐야. 나는 진원씨가 구차하고 비루하다는 느낌이 든다. 이런 걸 따끔하게 질책하고 바로잡을 사람은 없을까.

공무원은 사회적 책임과 노력을 다하여 사회의 병을 고쳐서 건강한 사회를 만드는 의사다. 나는 공무원이 되고 싶은 열망이 가슴속에서 소용돌이친다. 내가 언젠가 공무원 공개경쟁 채용시험에 합격해서 공무원이 되는 날이 올 거야. 그때 나는 어떤 사람이 무슨 일을 되는 거로 알고, 자꾸 찾아와서 사정하도록 하지는 않을 거야. 안 되는 건 안 되는 이유를 분명하게 알려서 처리하고, 잘못이 있어도 그걸 바로잡을 수 있는 일이라면 바로잡도록 도와줄 거야. 그렇게 하면 나는 마음이 편안해지면서 내가 잘했다는 보람을 느낄 수 있고 가슴이 뿌듯한 성취감도 느낄 수 있을 거야.

진원씨는 내게 무슨 미련이 있어 병역사항을 신고하라고 하지 않고 이렇게 시간을 끌며 결정을 미루고 있는 걸까. 진원씨에게 정신이 번쩍 들게 할 방법은 없을까. 하지만 어쩔 수 없다. 나는 침묵할 때다. 나는 병역기피자란 굴레를 벗어나는 것만 생각할 때다. 법은 거미줄과 같아서 약한 놈은 걸리고 강한 놈은 빠져나간다고 하더라. 자칫하면 내가 걸린 고삐만 조여올 수도 있다. 나는 약자다. 내가 돈이 있나, 연이 있나. 내가 돈이 없을 때 세상에서 가진 것이라곤 몸밖에 없더라. 몸으로만 견디고, 몸으로만 하려면 보통 사람보다 몇 배로 몸을 써야 한다. 나는 지금 내 몸으로 먼 거리를 가고 있다. 오늘은 실패해도 또 가리라. 보이지 않는 변화는 조금씩 오고 있을 거니까.

면사무소에 들어가서 진원씨를 만난다. 나는 반가운 듯이 쾌활한 목소리로 말한다.

"안녕하셨습니까. 죄송합니다. 제가 군대에 갈 수 있도록 좀 도와주십시오. 저의 사정을 한 번만 조~옴 보아주십시오."

"안 됩니다."

내가 똑같은 부탁을 했으니 똑같은 대답이 돌아온다. 무슨 변화가 있을 걸 기대하지도 않았지만, 몹시 언짢다. 그래도 그냥 돌아갈 수는 없다. 나는 내키지는 않지만 아직은 상대방에 대한 체면을 생각해서 멍하니 서 있다가 다시 한번 더 똑같은 부탁을 한다.

"죄송합니다. 저는 군대에 가기를 원합니다. 제발 잘 조~옴 보아주십시오."

"안 됩니다."

역시 메아리처럼 반복되는 대답이 돌아온다. 나는 안 된다는 말을 들으며 가슴속에 품고 있던 생각이 머리를 스친다.

"열흘 후에 또는 보름 후에 또다시 와야 한다. 나는 그때도 똑같은 말을 해야 한다. 오늘은 더 이상 같은 말로 부탁해봤자 같은 대답이 돌아올 게 뻔하다. 시간을 더 끌 필요가 없다."

다음에 오겠다는 말까지 굳이 할 필요조차 없을 것 같다. 내가 말해봤자 응답도 없을 것이고, 나는 멋쩍기만 할 것 같다. 그리고 내가 다시 오겠다는 말을 하지 않으면 진원씨가 오히려 나의 행동이 궁금할 수도 있을 것이다.

"안녕히 계십시오."

"…"

돌아오는 대답이 없다. 진원씨의 태도가 무척 거슬리고 역겹게 느껴진다. 아무 말이 없는 건 무슨 의미일까. 내게 무슨 변화를 기대했는데 맨입으로 와서 말만 하려면, 가든지 오든지 상관하지 않겠다는 뜻인가. 진원씨가 인간에 대한 예의도 없이 나를 철저히 무시하여 투명인간 취급을 하려는 건가. 이래도 되는가. 모멸감이 느껴지고, 화가 치밀어 올라 소리 지르고 싶지만, 말이 나오지 않는다. 화를 내면 이성을 잃는다. 이성을 잃으면 큰 걸 놓치거나 또 다른 잘못을 저지를 수 있다.

내 몸의 주인은 내 영혼이다. 내 영혼은 내 마음에 위로와 부탁의 말을 한다.

"진원씨가 무슨 변화를 바라고 미루며 불확실한 상태가 계속되더라도 너는 다른 방법이 없으니까 변할 게 없다. 진원씨가 무슨 말을 하더라도 모욕과 수치로 생각하지 마라. 모욕과 수치를 심하게 느끼다가 자칫하면 자신의 잘못을 잊을 수 있다. 지금 잘하고 있다. 지금 한 일이 내일에 영향을 미친다. 멈추지 말고, 두려워하지도 말고, 상심하지도 마라. 지금처럼 계속하라. 현재는 불안하더라도 운명은 불가사의하다. 진원씨가 너의 의도대로 조금씩 끌려오고 있다. 앞으로도 시간도 쓰고 몸도 부려 최선을 다해라. 좌절하지 않고 몰입해서 변화하려고 하면 변화는 온다."

진원씨가 내게 대꾸도 하지 않는 건 내 겉모습이 초라하고 남루하다고 나를 허접하고 눈치 없는 얼간이로 보려는 건가. 나를 단순하고 무식해서 세상 물정을 모른다고 무지렁이로 취급하려는 건가. 나도 세상과 동떨어진 삶을 살고 있는 건 알지만, 내가 지금 사회에 바로 들어가고 싶지 않은 게 아니다. 이렇게 된 건 내가 세상에 정면으로 맞설 힘이 없기 때문이다. 내가 지금의 형편에서 세상 물정 속으로 바로 진입하였다가는 적응하지도 못하고 튕겨 나와서 아무것도 하지 못할 것 같다. 진원씨가 나를 인간관계를 잘하지 못해서 어수룩하게 본다고 해도 상관하지 않으리라. 나는 같은 시대에 함께 사는 사람들 세상으로 들어가고 싶지만, 가난이 나를 소외시켰다.

나는 솔직한 나의 내면을 들여다본다. 나는 생각 없이 사는 사람은 아니다. 나도 알 건 알고 있다. 사람의 외양은 그 사람을 돋보이게 할 뿐이요, 그 안에 누가 있는지가 중요하다. 나는 내면부터 채우려고 한다. 나의 내면에서는 겉모습과는 다르게 예쁜 꽃을 피우고 알차게 여물어가는 알맹이가 있다. 내 안에 있는 알맹이가 알알이 여물면 내 겉을 둘러싼 거친 껍질을 벗어 던지고 탐스럽고 아름다운 모습으로 나와 사회에 필요한 사람이 되리라.

진원씨는 내면이 음흉하여 이해득실에 따라 움직이면서 나를 너무 호락호락한 상대로 보는 것 같다. 순리를 따라가려는 나를 억지로 꺾지는 못하리라. 진실은 세상 끝까지 남지만, 거짓은 죄악을 남기고 사라진다. 나는 비록 고단하고 힘들더라도 순리에 따른다는 자부심이 있다. 나는 내성적이고 소심하여 호락호락하게도 보이지만, 내가 반드시 해야 한다고 생각하는 결정적 순간에는 억세고 무서운 사람이 되어 반격하기도 한다.

나는 집으로 돌아오면서 오늘의 결과와 다음 일을 생각한다. 지난번과 달라진 건 없지만, 오늘은 내가 처음부터 더 이상 기대한 게 없었으니까 내가 바라는 대로 가고 있다고 생각한다. 다음에 또 가리라. 나는 내 영혼이 시키는 대로 하리라. 마음 상하지 않으리라. 좋은 결과를 위해서라면 갔다 오고 또 갔다 오리라. 내가 병역기피자라는 굴레를 벗을 때 나의 꿈은 이루어지리라.

면사무소에 가야 할 날은 잘도 돌아온다. 면사무소에 가는 날은 점심을 거르는 걸 밥 먹듯이 하는 날이다. 나는 먼길을 몇 번을 갔지만 아무런 변화도 없이 같은 대답만 듣고 왔다. 나는 오늘도 면사무소에 가려고 가사령을 넘어간다. 나무가 우거진 숲에서 새 소리와 바람 소리만 들린다. 사람이라곤 나밖에 없다. 마음이 쓸쓸하다. 가사령아, 날 넘겨주오. 내가 가려는 길로 날 넘겨주오. 나는 또 넘어가고 또 넘어올 거야. 가려거든 넘겨주고, 오려거든 넘겨주오.

나는 면사무소에 들어가서 진원씨를 만난다.

"안녕하셨습니까. 또 부탁드리려고 왔습니다. 잘 좀 보아주십시오. 제가 군대에 갈 수 있도록 한 번만 좀 도와주십시오."

"안 됩니다."

내가 애타게 기다리는 대답은 돌아오지 않는다. 안된다는 대답을 알면서 들으려고 왔기는 하지만, 나 자신의 무기력함이 느껴지고, 내 처지가 안타깝게 느껴지기도 한다. 마음이 썩 내키지는 않았지만 그래도 바로 돌아오는 건 예의가 되지 않을 것 같다. 멍하니 조금 기다렸다가 다시 한번 부탁을 한다.

"제가 군대에 갈 수 있도록 한 번만 좀 도와주십시오."

"안 됩니다."

나는 진원씨가 야비하고 역겹게 느껴진다. 나는 안 된다는 말만 자꾸 들으니 가슴에서 분노가 부글부글 끓어 목까지 밀려 올라온다.

"안 된다고 하면 병역기피는 언제 어떻게 처리합니까. 내가 군대에 가는 건 어떻게 되는지 왜 말해주지 않습니까."

생각은 이렇게 했지만, 말은 하지 못하고, 내 머릿속에서 다른 생각이 떠오른다.

"그건 해서는 안 될 말이다. 나도 잘못이 있다. 그건 순리가 아니다. 아직은 때가 아니다. 좀 더 그릇된 방향으로 가서 순리가 완전히 짓밟힐 때 할 말을 해야 한다. 화를 내고 소리친다고 좋아질 게 없다. 극단은 극단을 부른다. 진원씨도 옳다고 같이 화를 내면 상스러운 말다툼으로 서로의 심기만 불편하게 될 것이다"

나는 목까지 차올랐던 말을 삼키고 돌아오는 인사를 한다.

"안녕히 계십시오. 다음에 찾아뵙겠습니다."

"…"

돌아오는 대답이 없다. 이제 와서 새삼스럽게 오지 말라고 말하기도 어려웠을 것이다. 나는 돌아오면서 생각한다. 진원씨가 어쩌면 내가 가려는 길로 자신이 끌려오고 있는 걸 어렴풋이 느낄지도 모른다. 면사무소 사무실에서도 병사업무를 보면서 나와 같이 병역사항 신고가 늦어진 사람의 업무를 처리한 사람이 있을 것이고, 내 이야기도 나왔을 것도 같다. 무슨 말이 오갔을까. 궁금증이 한 아름이다.

사무실에 있는 사람들이 진원씨에게 "저 사람이 누군데. 저 사람이 어디에 있는데. 저 사람이 왜 저렇게 자주 찾아오느냐. 무슨 일이 그렇게 오래 걸리느냐 …"고 말하는 사람이 있었을 것 같다. 사무실에 있는 사람들 중에도 "그렇게 자주 오면 이제 해결해주지"라고 말하고 싶은 사람도 있었을 것 같다. 하지만 그런 사람도 관행적 분위기에 눌려 눈을 감고 입을 닫거나 혹은 자기들끼리 감싸주고 편들면서 진원씨를 부추기는 사람도 있지 않았을까. 그렇다고 하더라도 진원씨는 일이 뜻대로 되지 않고 있으니 나를 이해하지 못할 사람으로 생각하면서 자신의 행동을 어떻게 해야 할지 고심하면서 마음이 편치 않았을 것이다.

진원씨도 이제는 자신이 생각했던 만큼 내가 호락호락한 상대가 아니라는 걸 느꼈을 것이고, 자신이 의도했던 대로 일이 되지 않고 점점 꼬여가고 있다는 걸 깨닫기 시작했을 것이다. 진원씨는 자신이 선택할 방법이 점점 좁아져 가고 있다는 것도 알 것이다. 나는 내 일이 느리지만 내가 가려는 방향으로 가고 있다는 생각이 든다.

가을도 막바지에 접어들었다. 나는 가사령을 넘어간다. 푸르던 숲이 누렇게 물들고 있다. 지루함이 느껴진다. 늦가을 바람에 낙엽들이 바스락거리며 어지럽게 나뒹군다. 바람과 낙엽이 내 마음속을 흐트려놓는다. 나는 바람에 날리는 낙엽처럼 불확실한 삶을 살고 있는가. 내가 세파를 헤쳐나가려면 얼마나 굳세어야 할까. 내가 너무 유약한 건 아닐까. 나도 할 말은 있다. 이제는 하고 싶은 말을 하고 싶다.

나는 병역기피자로 벌을 받아야 한다면 받을 것이고, 군대에 갈 수 있으면 가려고 한다. 나는 이미 노력과 시간을 많이 빼앗겼다. 한 달쯤만 지나면 해가 바뀐다. 내가 얼마나 노력했나. 이 정도면 나도 할 만큼 했다. 나는 외로움과 고단함이 차곡차곡 쌓여 짜증이 슬슬 밀려온다. 오늘은 진원씨가 변화가 없으면 내가 변해볼까. 내가 용기를 내서 면장을 찾아가서 내 사정을 하소연이라도 해볼까. 그것도 안 되면 연고가 있는 신광면 사무소에 찾아가서 진원씨가 왜 아무런 조치도 하지 않고 무엇을 하려고 이렇게 일을 미적거리고 있는지 알아볼까. 미루어야 할 이유가 없거나 그 이유를 알려주지도 않고 이렇게 일을 질질 끌고만 있다면 진원씨에게 대놓고 한번 따져보고 항의라도 해볼까. 오늘은 내 마음속에 품고 있던 결심을 실천에 옮겨볼까. 이제는 그럴 때도 됐다.

나는 면사무소에 들어갔다. 진원씨가 자리에 보이지 않는다. 나는 진원씨의 자리 가까이 앉아 있는 직원에게 묻는다.

"석진원씨는 어디에 있습니까."

"두마에 출장을 갔습니다.

나는 궁지에 몰렸던 내게 마침내 기회가 왔다고 생각하고, 직접 찾아가서 결판을 내겠다고 생각한다. 나는 두마의 위치는 모르지만, 오지의 상징으로 '하늘 아래 첫 동네, 별을 만지는 산중 마을'로 소문난 건 알고 있다. 진원씨가 돌아올 때까지 내가 기다릴 게 아니다. 내가 찾아가야 한다.

내가 두마까지 간다면 사무실에서 만나는 것과는 상황이 아주 달라진다. 내가 멀리까지 따라붙으면 진원씨가 압박감을 느낄 것이고, 이 일이 어느 방향으로 번져갈지 짐작하기 어려울 것이다. 면사무소 직원들이 없는 사무실 밖에서 내가 진원씨를 만나면 불합리한 그의 주장에 동조할 사람이 없어진다. 동네 사람들이 지켜보는 데서 내가 진원씨에게 따지고 항의하면 그를 보는 사람들의 눈살을 찌푸리게 해서 잘잘못에 대한 따가운 시선을 받을 것이다.

면사무소 직원이 어느 마을에든 출장을 가면 그 마을에서 유지라는 사람들이 모인다. 병사업무로 출장을 갔다면 혹시 두마에서도 나와 유사한 경우를 아는 사람이 있을지도 모를 일이다. 그렇다면 진원씨가 여러 사람 앞에서 나에 관한 일을 얼마나 떳떳하게 이야기할 수 있을까. 나는 진원씨를 만나서 하고 싶은 말이 번득번득 뇌리를 스친다. 나는 진원씨를 만나면 나를 보아달라고 하거나 도와달라고 애원하듯 말하지 않을 것이다. 이제는 내가 어떻게 해야 하느냐고 적극적으로 물어보겠다. 만약 또 안 된다고 한다면 나는 여러 사람들 앞에서 따져볼 것이다. 지금까지 오랜 시간 동안 무슨 일을 어떻게 처리를 했느냐고, 나를 오지 말라고 말하지 않아서 내가 몇 번이나 왔느냐고 말이다. 모든 조건이 내게 유리하다고 생각된다. 오늘은 아주 단순하고 끈질긴 요구의 끝을 볼 것 같다. 나는 다시 옆에 있는 사람에게 묻는다.

"여기서 두마까지 거리가 얼마나 됩니까."

"왕복 삼십 리쯤 됩니다."

나는 그 정도면 두마에 갔다가 날이 저물더라도 집까지 돌아갈 수 있는 거리라고 생각한다. 내가 가는 동안 진원씨가 두마를 떠나버린다면, 내가 다시 뒤따라야 할 수도 있다. 확인을 할 필요가 있다.

"석진원씨는 언제쯤 돌아옵니까."

"오늘은 돌아오지 않을 겁니다."

"고맙습니다. 안녕히 계십시오."

나는 면사무소에서는 두마에 간다는 이야기를 하지 않았다. 혹시 무슨 연락이라도 하면 내게 좋을 게 없을 것 같아서다. 두마는 이름이 나 있는 곳이라 누구에게 물어도 알 거라는 생각으로 면사무소를 나온다. 나는 면사무소 앞 삼거리에서 길을 잘 알 듯한 나이 지긋한 어른을 만나 길을 묻는다.

"말씀 좀 묻겠습니다. 여기서 두마로 가려면 어느 방향으로 어떻게 가야 합니까."

"여기서 저 북쪽으로 보이는 도로를 따라 계속해서 가면 왼쪽으로 큰 계곡이 나옵니다. 왼쪽 계곡을 따라 또 한참 들어가면 계곡이 북서쪽과 남서쪽으로 두 갈래로 갈라집니다. 거기서 남서쪽 큰 계곡으로 계속 올라가면 두마가 있습니다."

어른은 나름으로 자세하고 친절하게 말해주지만, 나는 길이 멀고 복잡한 것 같아서 다시 물어본다.

"거기까지 가는 도중에 길을 더 물어볼 동네들이 있습니까."

"예, 중간에 동네가 여러 곳에 있습니다. 가면서 물어서 가시오."

"고맙습니다."

나는 북쪽 도로를 따라 걸으면서 왼쪽에 큰 계곡이 있는지 살핀다. 높은 산들과 계곡들이 많다. 처음으로 가는 길이라 얼마나 가야 하는지, 계곡이 얼마나 커야 내게 말해준 만큼 큰 계곡인지 가늠할 수 없다. 자칫하면 작은 계곡으로 들어갈 수도 있고, 큰 계곡을 지나칠 수도 있다. 도로를 따라 한참 걸었다. 왼쪽으로 산이 높고 골이 깊은 큰 계곡이 보인다. 도롯가에 마을이 있다. 마을 앞에 있는 사람에게 길을 물었다. 왼쪽으로 보이는 계곡으로 들어가면 두마로 갈 수 있다고 한다. 나는 왼쪽 계곡으로 들어가면서 남서쪽으로 계곡이 있는지 살핀다. 갈림길이 있을 때마다 두마를 묻고 물어서 깊은 계곡을 돌며 오르고 돌아 두마를 찾아간다.

나는 두마에 들어섰다. 하늘 아래 첫 동네라는 두마는 산 좋고, 물 좋고, 들이 있는 평화로운 마을로 보인다. 생각보다는 들이 넓고 동네도 크게 보인다. 주변의 큰 산봉우리가 웅장하고 높아서 하늘에 맞닿을 듯하다. 별빛이 쏟아지는 밤이면 아이들에게 산마루에 올라가면 하늘의 별을 만져볼 수 있다고 말을 해도 그럴 법하게 들릴 것 같다. 나는 이장 집을 물어서 찾아간다. 이장 집에 문이 열려 있는 방 안에 진원씨와 동네 사람들이 앉아 있다. 방 안에 있던 사람들이 모두 고개를 돌려 나를 바라본다. 진원씨도 방 안쪽에서 목을 길게 빼서 나를 본다. 나는 방 앞쪽으로 다가가서 방 안에 있는 사람들을 둘러보면서 양해를 구한다.

"대단히 죄송합니다. 저는 상옥에서 온 김영철입니다. 석진원씨와 할 이야기가 있어서 왔습니다. 실례입니다만, 좀 들어가도 되겠습니까."

"…"

방 안에 있는 사람들의 이목이 내게 쏠린다. 그들은 진원씨를 내보낼 수도 없으니 내게 들어오지 말라고 말하는 사람도 없다. 나는 진원씨를 보면서 방으로 들어가서 자리가 비어있는 방 가운데 앉았다. 나는 정색하여 진원씨의 얼굴을 똑바로 쏘아보며 잘잘못을 따져볼 태세다. 엄숙한 어조로 인사말을 한다. 뼈가 있는 인사말에 이어서 진원씨가 대답해야 할 요점을 간단하게 요구한다.

"오늘도, 안녕하십니까. 멀리 오시느라고 수고하셨습니다. 오늘은 다른 이야기는 하지 말고 제가 할 것만 이야기해주십시오."

"내년 1월에 병역사항 신고를 하시오. 그러면 징병검사를 받을 수 있도록 해주겠습니다."

"그렇게 하겠습니다. 안녕히 계십시오."

나는 수차례 방문 끝에 드디어 내가 바라던 대답을 받아냈다. 나는 병역기피라는 무거운 짐을 벗었다. 오늘은 지루한 고통이 사라지고 홀가분하고 살맛이 나는 세상을 만난 날이다. 나는 바라던 소원이 이루어지는 순간 반가우면서도 어이가 없어 속으로 피식 헛웃음이 나온다. 지금까지 무슨 사정이 있어서 이제 와서 그렇게 말하느냐고 그에게 따지고 싶은 생각이 머리를 스쳤다. 하지만 나는 여러 사람들 앞에서 그런 박절한 말을 할 수가 없어 차마 입이 떨어지지 않았다. 그래서 얼른 인사만 하고 돌아서 나왔다. 결과는 내가 처음 생각했던 것과 조금도 다를 게 없다. 질질 끌며 쉽게 끝나지 않을 것 같았던 일이 순리에 대한 의지와 꾸준한 노력, 긴 기다림으로 끝이 났다. 어떻든 내 앞을 가로막고 있던 장애물을 하나 넘었으니 일단은 마음이 한결 가볍고 개운하다.

처음에는 반가움과 개운함이 더 컸으나 곧 억울함과 서운함이 커지면서 씁쓸한 뒷맛만 남는다. 머릿속에 짓눌렸던 억울한 생각들이 하나씩 꼬리를 치켜든다. 진원씨는 이렇게 간단한 일을 왜 그렇게 긴 시간을 끌면서 안 된다고만 하다가 무엇 때문에 오늘에 와서야 군말 없이 병역사항 신고를 하라고 선뜻 대답했을까. 지난 날을 되돌아보니 어이없고 기가 막힌다.

군대에 가려는 나를 붙잡아놓고 병역기피자로 처리해야 한다고 하면서 다른 건 안 된다고 하던 바로 그 당사자가 진원씨다. 그러던 사람이 몇 달 동안이나 내게 찾아오도록 해놓고 오늘에야 자기 마음이 내키는 대로 병역사항 신고를 하라고 하고 징병검사를 받게 해준다고 말한 거다. 미안하다는 말이 없으니 이 말은 잘못은 내게만 있고 자신에게는 아무런 잘못이 없이 내게 무슨 선심이라도 쓴 것 같은 말이다. 진원씨 자신이 벌여놓은 일에 책임지지 않고 상황을 모면한다. 진원씨가 하는 짓이 과연 옳은가. 내게만 잘못이 있는가.

내가 군대에 가도록 해 달라고 할 때마다 막무가내로 안 된다고만 하고, 병역기피자로 처리해야 한다고 한 말은 무엇 때문이었는가. 내가 자꾸 와서 따질 태세를 취하면 된다는 말이었는가. 왜 처음부터 병역사항 신고를 하고 징병검사를 받으라고 하지 않았을까. 내가 여러 사람이 있는 이장 집 방에서 이건 공무원이 해야 할 일을 하지 않아서 내가 피해를 본게 아니냐고 따지고 들었다면 진원씨는 무엇이라고 대답했을까. 나도 잘못이 있다. 진원씨와 나는 서로 네 탓이라고 하며 천박하게 다투었을까. 순리를 두고 한번 다투어 보았으면 속이라고 시원했을 것 같기도 하다. 하지만 나는 돌이킬 수 없는 일을 놓고 서로 시비를 가린다고 다투는 건 부질없는 짓이고, 마음 상하고, 시간 낭비하는 게 싫어서 시비를 걸지 않았다.

나는 군대에 갈 수 있는 게 일 년 늦어졌다. 내가 군대에 가는 시기와 나의 미래의 계획은 얽히고설켜 있다. 일 년 늦게 군대에 가는 건 나의 모든 계획을 헝클어 놓았다. 내가 공무원이 될 수 있는 날이 얼마나 늦어지는 걸까. 일 년이 아니라 사 년이 넘을 수도 있을 것 같다. 내가 올해 징병검사를 받아서 내년 연말에 입대할 것으로 날짜가 정해졌다면 내년 전반기에 공무원 시험을 칠수 있다. 하지만 나는 내년에 징병검사를 언제 받아서 언제 입대를 할지 불확실하다. 이런 상황에서는 내가 내년에 시험을 쳐서 군대에 가기 전에 발령을 받을 수 있을지는 불확실하다.

나는 집으로 돌아와 어수선하고 혼란했던 마음을 가다듬고 일상으로 돌아가 낮에는 일하고 밤에는 공부한다. 나는 월간 고시연구에 나오는 기출제 문제와 예상문제를 분석하며 공부한다. 각 과목마다 어느 부분이 시험에 자주 출제되는지도 파악하고 있다.

시험을 목표로 하는 공부는 개념을 이해해야 하는 건 필수고, 전체적 흐름을 파악하고 배경에 관한 이해를 해야 한다. 시험공부는 깊게 파고드는 것보다 넓게 보고 모두 풀어내되 오랜 기간 하는 것보다 일정 시기에 집중적으로 하는 게 절대 필요하다. 나는 집중적으로 공부하면서 실력이 쑥쑥 자라는 것 같은 기분이다. 공부가 재미있는 때가 이런 때가 아닐까. 공부를 할 때나 시험을 칠때나 극히 어려운 문제는 뛰어넘는다. 특히 공무원 시험에서는 제한된 시간에 많은 문제를 풀어야 하므로 사고와 논리 추론의 여유가 없다. 반복적인 연습으로 빨리 답을 찾아야 한다. 영어의 독해력은 긴 문장을 단번에 읽으면서 동시통역을 하듯 이해해야 한다. 두 번 읽으려면 시간이 부족해지고 그때부터 불안해진다. 영어의 성적은 어휘의 구사 능력이 바탕이다. 평소에 기초 어휘 능력을 갖추어 두는 게 중요하다.

기다려지던 1965년이 됐다. 혹시 내가 올해 공무원 시험을 쳐서 군대에 가기 전에 발령을 받을 가능성도 있다는 마음에 가슴이 설레는 새해다. 나는 작년 가을부터 5급 공무원 시험에 합격할 실력이 됐다고 생각했다. 지난해 가을에 있었던 지방공무원 시험은 연령 미달로 응시할 수 없어 아쉬웠다. 올해부터는 국가공무원 시험이든 지방공무원 시험이든 공고가 되기만 하면 연령 제한을 받지 않고 응시해서 합격할 거라고 믿고 있다. 검정고시도 나머지 과목을 합격할 것이라고 믿는다.

봄이 오면서 국가공무원 시험이 공고됐다. 내가 기다리던 반가운 소식이라 얼른 읽어 본다. 그런데 내용을 읽어 내려가다가 뜻밖의 사실과 마주친다. 반가움은 사라지고 금방 기대를 배반하는 불편한 소식다. 모든 게 그대로인데 단 하나가 바뀌었기 때문이다. 지금까지는 공무원 시험에 합격해서 발령을 받으면 6개월간 조건부 공무원 근무를 마치면 정규의 공무원이 됐다. 그런데 올해부터는 조건부 공무원 기간 중에 군대에 입대하면 면직하게 됐다.

인생이란 마음 먹은 대로 흘러가지 않기 마련인가. 내가 올해 공무원 시험에 합격한다고 하더라도 발령이 나기까지 6개월 이상 걸릴 수 있고, 거기서 또 6개월이 지나야 조건부 기간을 마치게 된다. 그런데 나는 올해 전반기에 시험을 쳐서 몇 달 후에 발령이 날 수 있을지도 모른다. 그다음에 발령이 난다고 하더라도 조건부 기간을 마치기 전에 군대에 가야 한다. 그러니 내가 올해 공무원 시험을 친다는 건 아무런 의미가 없고 군대에서 3년을 지나고 제대한 후 시험을 다시 쳐야 한다. 그렇게 되면 결국 나는 군 복무가 잃어버린 3년이 아니라 4년이 되는 거다.

이게 무슨 짓궂은 운명의 장난인가. 작년 후반기에 지방공무원 시험에 응시 연령 제한이 18세에서 20세로 상향되면서 나는 연령 미달로 응시하지 못했다. 그때 나는 올해 공무원이 될 수 있다고 생각했다. 그런데 올해에는 공무원으로 임용되어도 조건부 공무원 기간에 입대하면 당연히 면직시키는 제도가 새로 생겼다. 임용된 공무원이 군대에 간다는 건 해당 공무원의 직무상의 잘못이 아니라 국가에 의무를 수행하기 위한 것이다. 이건 국가가 오히려 혜택을 주어야 할 일이지, 아무리 조건부 공무원이라고 하더라도 군대에 입대하는 게 왜 면직 사유가 되어야 한다는 말인가. 이런 제도가 생겨야 할 이유를 모르겠다.

공무원임용제도가 정착되기 전이라 제도가 수시로 변경되면서 이상한 제도를 새로 만들어낸다. 내가 하나의 장벽을 겨우 넘어 공무원이 되려고 하면, 생각지도 못했던 또 다른 새로운 장벽을 만들어 내가 공무원이 되는 길을 자꾸 가로막는다. 내가 군대에 가는 게 일 년 늦어진 잘못은 내게서 비롯됐다. 하지만 공무원 시험의 응시 연령을 20세로 상향한 것이나 조건부 공무원이 입대하는 걸 면직시키는 제도는 국가가 만든 제도다. 국가의 제도가 의도적으로 나를 찾는다고 하더라도 이렇게 정확하게 맞추기는 어려울 것 같다. 이런 이상한 제도는 아주 소수에게만 적용되는데 하필이면 그때마다 내가 그 대상이 되는가. 이걸 우연이라고 해도 소름이 끼칠 정도의 우연이고, 아주 귀신같이 나를 찾아내는 것 같다. 나는 아무리 생각해도 내게 무슨 잘못도 없고, 새로 생긴 이상한 제도가 원망스러울 뿐이다.

나는 20대가 됐다. 이 얼마나 인생에서 아름다운 시기인가. 나는 최단기간에 나의 목표를 달성하는 데 정신이 팔렸다. 나는 현실을 어서 벗어나서 나름의 평범한 청년의 삶을 살고 싶었다. 낮에는 일하고 밤에는 시간을 내서 공부하며 남들과 같이 사는 그런 삶 말이다. 나는 그런 삶을 20대 초반부터 가능할 걸로 생각했다. 그런데 내가 공무원이 되는 게 4년 이상 늦어지면서 나의 기대는 모두 헝클어졌다. 공무원 시험의 응시 연령을 상향하고, 이어서 군대 입대를 조건부 공무원 면직요건으로 추가하였기 때문이다. 시간은 누구에게나 똑같이 흐른다고 하지만 나는 그 시간이 내게 가장 중요한 시기로 생각되고, 너무 길고 지루하게 느껴진다. 나는 가야 할 길이 너무 아득하게 보이고, 허전함과 조급함이 느껴진다.

운명이란 알 수 없는 것이라고 하지 않는가. 나는 내가 들어가려는 세상에 아직 얼마나 많은 장애물이 운명처럼 나를 가로막고 있는지 모르겠다. 암흑 같은 운명의 그림자가 나 자신의 그림자처럼 내가 가는 곳마다 따라다니는 것 같다. 이런 게 나의 운명인가, 시련인가. 이것이 운명이라면 받아들이겠지만, 그 속에서 더 강해지리라, 이것이 시련이라면 내 마음을 괴롭게 하고, 몸을 고통스럽게 하여 노력하게 하고, 인내심을 길러주려는 것이겠지.

운명이 나의 모든 것을 앗아가려고 하더라도 결코 나는 포기하지 않을 것이다. 운명은 개척하라고 있는 것이라고 하였던가. 그렇다. 나도 지금까지 어떤 운명에도 시련에도 굴하지 않았다. 운명이 무지막지하게 나를 몰아쳤지만 나는 미래를 향해 앞만 보고 운명을 개척해왔다. 앞으로도 나를 가로막고 있을지 모르는 짓궂은 운명의 장난이 나를 아무리 괴롭힌다고 할지라도 나는 내 운명을 짊어지고 가리라. 나는 내게 어떤 고난이 닥치고, 넘어지더라도 일어서리라. 나는 보다 나은 존재가 되겠다는 목표가 뚜렷하다. 늦어지더라도 내 기준에 따라 선택한 길로 가리라.

나는 올해 초의 목표에서 어쩔 수 없이 한 걸음 물러서서 삶의 의미를 깊이 생각한다. 그리고 내면의 목소리에 귀를 기울여 마음의 속삭임을 듣는다.

"참다운 목표는 단번에 달성할 수 있는 게 아니다. 꾸준한 노력과 시간이 필요하다. 삶의 다양한 경험을 거치고 인생의 깊은 고민을 통과할 때 삶은 성숙한다. 자신의 한계를 알고 여유를 두고 자신을 깊이 들여다보고 살아야 성숙할 수 있다. 기대와 욕망이 너무 커서 성급하게 서두르면 삶이 편협하고 거칠어진다. 조급하면 자기중심으로 편향되어 생각이 좁아지기 쉽다. 지금은 4년을 모두 잃은 게 아니다. 목표 달성의 기대를 접은 것도 아니다. 늦추어졌을 뿐이다. 4년이란 건 길게 보면 삶의 한 귀퉁이에 불과할 수 있다. 4년에 흔들리지 마라. 또 다른 4년을 얻은 것이다.

아무리 힘든 시간이라도 인간은 시간을 통해 더 자라고 더 강해진다. 시간의 소중함을 알고 소중하게 사용할 때 인간은 무한한 가능성을 실현할 수 있다. 부지런해도 조급하지 않고, 완급이 적절해야 상황에 맞을 수 있다. 때론 머물러야 자신을 더 깊이 돌아볼 수 있고, 속도를 늦추면 세계가 잘 보인다. 쉬어야 다시 날아오를 수 있다. 불안할 것도 조급할 것도 없다. 조급하면 큰 것도, 미세한 것도 보지 못한다.

마음의 고요를 찾아라. 마음을 비우고 여유를 가져라. 시간이 중요하지만, 시간에 얽매이지 마라. 늦어지는 시간은 삶의 깊이를 더해줄 수 있다. 시간마다 맛이 있다. 그 맛을 보아라. 느림과 기다림을 받아들이는 시간을 살아라. 느리게 살면 자신을 돌보고 성찰과 사유로 삶이 더 원숙해진다. 조금씩, 천천히 느린 걸음으로 앞으로 나가라. 본래 큰 것은 느리다. 멀리 목표를 정해 놓고, 하루

하루 흘러가는 시간을 꼭 붙잡아라. 지금이 유일한 시간이라고 생각하고 몰두하라. 현실의 평범한 시간을 즐겨라. 사소한 걸 사소하게 보지 마라. 작은 것이 아름답다. 사소한 것도 그 속에 삶의 의미가 있고, 그것이 행복의 씨앗이다. 인생은 누구에나 힘들다. 몇 가지 고민은 다 가지고 있는 것이 인생이다. 원래 사는 게 다 그런 거다. 인생은 투쟁이요, 모험이다."

나는 공부의 목표를 수정한다. 올해 검정고시에서 나머지 과목을 합격한다는 목표는 그대로다. 검정고시에서 남은 과목 중 음악 과목의 합격을 자신할 수 없다. 출제되는 문제 중에서 다른 문제에서는 육 할 이상 맞출 수 있지만, 가곡 첫 두 소절 악보를 보고 곡명을 알 수 있을지 의문이다. 두 소절의 악보를 보고 곡명이 머리에 떠올라주어야 그 가곡의 작곡자와 작사자, 화음과 다음 소절의 악보도 알 수 있다. 악보를 보고 곡명을 아느냐의 여부가 나의 합격을 좌우할 수 있다. 내가 아는 가곡이 나오는 운이 나를 찾아와 주길 기대해 본다.

사법및행정요원예비시험 공부를 한다. 예비시험 과목은 지난해 이미 몇 회독을 해서 어느 정도 기본은 알고 있다. 월간 고시연구에서 기출제 문제도 보아왔다. 시험문제가 횟수를 거듭하면서 점점 어려워지는 것 같지만 그 정도는 내가 할 수 있고, 공부에 집중할 시간만 있으면 합격까지 그리 긴 시간이 걸릴 것 같지 않다. 예비시험 과목은 국어국문학, 영어, 국사, 법학개론, 정치학, 행정학, 경제원론, 문화사, 철학개론과 자연과학개론으로 열 과목이다. 예비시험을 공부하면 대학 과정의 공부라는 긍지도 느껴지고, 대학 졸업자가 치르는 최고의 시험에 응시할 수 있는 자격을 얻을 수 있다는 자부심도 느껴진다. 과목의 내용이 개론이나 원론이 있기는 해도 공부를 할수록 지적 호기심이 커지고, 더 넓고 깊이 있게 읽고 새로운 걸 깨달을 때 가슴이 뿌듯한 행복감을 느낀다.

그런데 자연과학개론은 과락만 면하려고 해도 공부하기 부담스러운 과목이다. 자연과학은 내가 고등학교 과정을 공부하면서도 큰 부담을 느꼈던 과목인데 검정고시에서는 생물을 선택해서 통과했다. 예비시험에서는 선택의 여지도 없이 물리학과 화학, 생물학과 지학을 모두 묶어 자연과학개론으로 하고 있다. 일부라도 피해서 갈 길이 없다. 과락을 면하는 전략을 세운다. 생물학에서 육 할 이상을 맞추고 나머지에서 절반을 맞추면 과락을 안전하게 넘어간다. 그래도 좋아하지도 않는 자연과학개론에 투자할 시간이 아깝다. 내가 응시하려는 다른 시험에는 자연과학이란 과목은 없기 때문이다.

5급 공무원 시험은 응시하지 않는다. 합격을 한다고 하더라도 군대에 갔다 온 후 시험을 다시 쳐야 하기 때문이다. 5급 공무원 시험은 응시하지 않기로 하지만 공부는 덤으로 된다. 예비시험에서 영어와 국사는 공무원 시험에도 있는 과목의 연장 선상에 있다. 국어국문학과 법학개론, 행정학과 경제원론의 내용은 공무원시험보다 더 넓고 깊이가 있다. 수학은 검정고시에서 합격해야 할 과목이라 계속 공부한다.

나는 지난날 내가 공부를 한 생각을 한다. 내가 주경야독을 해오고 있는 건 어쩌면 일에 몰두한 것도 공부에 몰두한 것도 아니었다. 내가 공부를 해왔지만, 아버지나 어머니로부터 직접 만류한 적도, 관심을 가진 적도 없었다. 나는 외롭고 답답할 때 마음을 달랠 수 없어 무턱대고 공부에 덤벼들었다. 공부를 하면서 내가 공무원이 되는 길이 열린 걸 우연히 알았고, 공무원을 선망하게 됐다. 나는 공무원을 목표로 정한 후 나만의 목표에 의지해 하루하루를 살아왔다. 공무원이 목표였지만 그건 내 마음속의 목표였을 뿐, 속마음을 내놓을 수 없었다. 나의 학력으로 보나 공부할 환경으로 보나 공무원이 되는 게 목표라는 걸 누구에게 말하더라도 믿음을 얻을 수가 없었기 때문이었다. 공부란 게 얼마나 정신을 집중해서 많은 시간을 집중해야 하는가. 나는 그걸 아버지 어머니에게 설득할 수 없었다. 그래서 나는 가정에서도 사회에서도 내 편은 단 한 사람도 없이 소외된 느낌이었다. 나는 계속해서 고독이 밀려오고 시간이 부족해서 내 목표를 향해 휘청거리며 오고 있다.

내 공부가 공무원 시험에 합격 수준에 이르렀을 때도 남에게 객관적으로 내보일 게 없었다. 내가 무슨 말을 하더라도 듣는 사람에게 믿음을 주기는커녕 오히려 웃음거리가 되어 말을 안 한 것보다 못할 것 같았다. 나의 이런 사정을 가족에게 말하는 건 오히려 더 어려웠다. 아버지와 어머니는 끼니도 잇기 어려운 형편에 내가 밤에라도 할 일을 찾아서 더 일하기를 바라는 게 속마음일 테니까 말이다. 더구나 가정 형편을 생각하면 돈을 들여 책 한 권을 산다는 것도 몹시 부담스러웠다.

이런 형편에 공무원 시험공부를 한다는 게 가족에게 어떤 믿음을 가질 수 있도록 할 수 없을 거로 생각했다. 오히려 내가 엉뚱한 데 시간과 돈만 낭비하는 거로 보일 것이고 마음만 불편하게 할 뿐이라고 생각했다. 나는 가족에게도 공무원 시험을 공부한다는 걸 말하면서 내가 공무원 시험에 합격할 수 있다는 말을 겨우

했다. 하지만 그 말만으로는 믿음을 얻거나 마음의 응원을 받을 수는 없어 가족의 지지는 고사하고 오히려 외면당했다. 나와 함께 있는 가족들이 나를 이해하지 못하는 게 나를 힘들게 한다. 나는 공부를 하면서 가족의 무관심 속에서 때때로 답답함과 고독함이 느껴지고, 가족이 마음을 함께하는 작은 위로와 격려가 아쉽다.

마침내 아버지와 어머니의 속마음에 대한 간접적 전갈이 왔다. 같은 동네에 사는 윗대 외갓집에 나보다 나이가 좀 많은 아저씨가 있다. 아저씨는 배움도 있고, 지역사회에서 상당한 신임을 받으며 공적·사적인 활동을 활발하게 하고 있다. 어느 날 저녁, 아저씨가 내게 와서 충고하는 이야기를 한다.

"네가 농사를 지을 생각을 해봐라. 농사를 짓는 게 좋다. 네가 공무원이 되더라도 보수가 적어서 생활이 어렵다. 공무원은 상당한 상위 직급이라도 보수가 웬만큼 농사를 짓는 사람보다 못하다. 시험을 쳐서 공무원이 되는 건 어렵다. 공무원 시험에 합격한다고 하더라도 뒤에서 도와주는 사람이 있어야 발령이 난다. 도와줄 사람이 없으면 발령이 나지 않는다."

나는 아저씨의 이야기를 귀 기울여 들었다. 내가 듣기에 반갑지 않은 말이면서 나를 고독 속으로 더 밀어 넣는 것 같다. 아저씨의 이야기와 내가 생각하는 미래는 너무 차이가 크다. 그래도 나는 사회적 경험이 많은 아저씨의 속 깊은 말을 어느 정도 들어볼 부분이 있다고 생각한다. 또 아저씨의 말 중에는 아버지와 어머니의 뜻이 들어있다고 생각한다. 나는 아버지와 어머니의 마음을 헤아려본다.

먹고 살기도 어려운 형편에 배운 것도 없는 내가 밤에 틈을 내서 공부한다고 하더라도 부모의 입장에서는 무슨 희망을 기대하기는 어려웠을 것이다. 거기다가 내가 검정고시 원서를 사기 위해 이틀 동안 걸어서 대구를 갔다 왔을 때는 내가 무슨 까닭으로 어디로 사라졌다 나타났는지 모르셨다. 작년 가을 몇 달 동안은 병역 문제 때문에 열흘 혹은 보름마다 하루씩 면사무소에 갔다 왔을 때는 내가 무슨 일로 어디를 갔다 왔는지 모르신다. 아버지와 어머니는 내가 어디를 갔다 오는지 정확한 이유는 모르시지만, 공부와 무슨 관계가 있었을 것으로 추측했을 수도 있고, 공부를 만류하고 싶었을 수도 있다. 하지만 직접 만류하시지 않고 아저씨에게 심정을 이야기했을 것 같다. 아저씨가 나름대로 자신의 이야기와 아버지와 어머니의 이야기들을 버무려 내게 말한 거로 생각된다.

아저씨는 내게 농사를 지으라고 한다. 농사를 지으려면 농토가 있어야 한다. 아버지와 내가 목공 일을 해도 우선 먹고 살기도 바쁜데 어느 세월에 농사를 지을 밑천을 마련하겠는가. 만약 우리 집이 농사를 지을만한 농토를 마련하거나 축산을 할 가축을 가지게 된다고 하더라도 채권자들이 금방 찾아와서 빚을 갚으라고 독촉하거나 가축을 내놓으라고 할 것이다. 아버지가 빚을 지고 있는 사람들은 인척 관계로 이어진 사람들이다. 인척 관계가 있는 사람들에게 빌린 사채는 파산절차에 따라 청산된 게 아니라서 남은 빚은 소멸하지 않고 그대로 있기 때문이다. 이런 빚은 실질적으로 소멸시효도 없고, 대물림되어 내가 빚을 떠안을 수도 있다. 내가 아버지와 같이 마련한 농토나 가축으로 농사를 짓거나 축산을 한다면 나는 미래의 자산과 노동의 결과까지 저당 잡혀 무슨 수난과 수모를 또 당하게 될지 모를 일이다. 내가 아버지와 같이 농사로 수익을 낼 만큼 농토를 가진다는 건 내가 스스로 저당 잡힐 농토를 끌어안고 가는 꼴이 되어 나를 지켜줄 수 없다.

내가 이런 고난을 면하려면 아버지의 도움 없이 내 혼자의 힘으로 이룩한 자산을 바탕으로 살아갈 수 있어야 한다. 막다른 골목에 몰린 나는 혼자의 힘으로 발판을 만들어 딛고 사회의 보통 사람으로 살아갈 길을 찾아 고민했다. 이것저것 재어 봐도 모두 두렵고, 불가능하게 보였다. 어쩔 수 없이 쫓기면서 가능성이 보인 곳이 공무원이다. 나는 공무원이 되는 길을 정했지만 내가 배운 것이 부족해서 남에게 내놓고 말할 엄두를 내지 못했다. 그래서 나만 알고 있었고, 혹독한 시련이 밀려와도 고난을 무릅쓰고, 목표를 향해 몸부림치며 버티어 오고 있다.

내가 농사를 지을 수 없는 건 농토가 없기 때문만이 아니다. 중요한 게 또 있다. 내 몸으로 농사일을 하기 어렵기 때문이다. 나는 끼니를 잇기 어려운 가난한 집에서 장남으로 태어나 일찍부터 철이 들었다. 그래서 무엇이든 부모가 시키는 대로 하면서 길가의 잡초처럼 밟히면서 성장해 왔다. 나는 부모에게 의지하지도 도움을 받지도 못해서 온전한 나는 없었다.

나는 늦은 나이까지 학교에도 가지 못하고 가족의 생계를 위해 부모의 도구처럼 일하며 혹사당했다. 그렇게 해서 내게 남은 것은 몸과 마음의 흉터와 상처다. 나는 만 여덟 살도 되기 전부터 농사일에 내몰렸고 땔나무를 도맡아 했다. 어린 나이에 낫질이 서툴러 손가락의 속살이 보이도록 수도 없이 베이고 피를 흘렸다. 그날의 상처들은 어린 내가 감당하기에는 너무 어려운 고통이었다. 몸의 상처는 아물면서 겹겹이 흉터로 남았다. 마음의 상처는 더 고통스러웠는지 세월이 지나도 아물 줄 모르고 시린 아픔으로 남아 있다. 어린 시절 받았던 상처에 대한 과민반응인지, 외상후스트레스 장애인지 몰라도 지금도 나는 내 손에서 피가 나는 걸 볼 수 없다. 나는 내 손에 피가 흐르는 걸 보기만 하면 쇼크를 일으켜 까무러쳤다가 깨어나곤 한다. 그러니 내가 낫을 들고 농사일을 하다가는 자칫하면 농사의 소모품이 될 수도 있다.

아저씨는 공무원은 보수가 적어서 생활이 어렵다고 한다. 나는 공무원의 보수가 충분하지 않을 것이라고 짐작하고 있다. 월간 고시연구를 보면서 공무원의 보수가 적다는 이야기에 관심이 쏠리면서도 한편으로는 부러웠다. 3급 을류 공무원 시험에 합격해서 고향에서 출세했다는 소리를 들으며 공무원으로 근무하는 사람의 수기를 읽어 보면서 공무원의 보수가 생각보다 적다는 걸 짐작할 수 있었다. 3급 을류 공무원이라도 고향에서 아는 사람이 찾아오면 주머니 사정이 좋지 않아서 점심 식사 한 번 대접할 일이 걱정이라고 했다. 3급 을류 공무원이 그렇게 어려운데 하물며 5급 을류 공무원이 어떨지는 짐작하고도 남는다.

나는 그래도 공무원이 우리 집처럼 최하위의 극빈층은 아니라고 생각한다. 국가가 먹여 주리라고 믿고 국가의 일을 하는 직업공무원을 국가가 굶어 죽도록 내버려 두지는 않을 거로 생각한다. 재작년에 내가 공무원시험에 응시했을 때 엄청나게 많은 응시자들이 구름처럼 모여들었다. 그들은 학교도 다닐 만큼 다녔고, 가정 형편도 그걸 뒷받침할 수 있는 사람들이었을 것이다. 배울 만큼 배웠고 가정이 번듯한 내로라하는 사람들도 공무원을 선망하는데, 나 같은 사람에게야 공무원은 더할 나위 없이 동경하는 직업이고, 공무원이 될 수 있는 꿈이 있는 게 위안이다.

아저씨는 공무원 시험에 합격하더라도 뒤를 보아주는 사람이 없으면 발령이 나지 않는다고 한다. 나는 아저씨의 말을 믿고 싶지 않지만, 완전히 틀린 말이라고 할 수도 없다. 지난날에야 아저씨의 말이 맞는 말이었다고 할 수 있지만, 지금은 공개경쟁시험이라 그런 일이 있다고 믿기 어렵다. 그렇다고 공무원이 국민의 믿음을 배신하는 일이 전혀 없을 것이라고 믿기는 어렵다. 공무원이 세파에 흔들리지 않고 올바른 마음을 가지고 깨끗하고 꿋꿋하게 살아가려는 사람이라도 부당한 압력이 눌러올 때 혼탁해질 수 있을 것이라는 걸 부정할 수 없다.

그러나 고시연구에서 소개되는 공무원 시험의 채점과정과 임용후보자명부의 작성과정을 생각해 보면 부정이 개입할 여지는 거의 없다. 답안지에는 시험 시에 감독자가 날인을 해 두기 때문에 답안지를 바꿀 수 없다. 시험을 채점할 때는 답안지에 응시자의 성명은 봉인되어 있고 어떤 표시도 할 수 없기 때문에 누구의 답안지인지 모른다. 답을 고쳐 쓸 수도 없다. 채점은 수성 사인펜으로 쓴 답안지를 기계적으로 한다. 합격자는 점수의 순위에 따라 결정한다. 다음에 시험성적순으로 임용후보자명부를 작성한다. 발령은 성적순이다. 이 과정에 어떤 부정이 있더라도 그 흔적은 남게 된다. 하지만 흔적이 남더라도 발령 순위가 반드시 임용후보자명부 등재순위대로 잘 지켜질지는 알 수 없다. 그렇더라도 명부에서 선순위의 자가 발령이 나지 않을 수는 없을 것이다. 임용후보자명부는 유효기간이 보통 1년인데 그 기간에 대부분 발령이 나고, 일부 후 순위의 자는 발령이 나지 않아 무효가 되는 경우도 있다.

만약 공무원 임용과정에 작은 부정이 있더라도 내가 그걸 막을 방법은 없다. 하지만 나는 임용과정에 어떤 부정도 전혀 두려워하지 않는다. 나는 인맥이 없이도 발령이 나는 비법이 있다. 그게 뭐냐고 묻지 마라. 말해도 어차피 믿지 않을 테니까. 다른 사람에게 말하지 않겠다고 알려달라고 하지도 마라. 다른 사람이 알아도 마음대로 따라 하지 못한다. 나는 나의 소망인 수석합격을 마음속으로 자신을 한다. 희망을 가지면 이루어진다. 나는 수석합격을 할 것이라는 상상에 빠져 있다.

내가 수석합격을 하면 합격자로 발표되고, 임용후보자명부에 1순위로 등재된다. 그러면 내가 1순위로 발령이 나는 게 순리다. 만약 이 경우에 어떤 부정이 있다고 하더라도 시간의 차이가 조금 있을 뿐, 내가 발령을 받을 수 있는 건 확실하다. 나는 월간 고시연구에 기출문제와 예상문제를 풀어보면서 그런 정도의 문제라면 수석의 가능성이 아주 크다는 자신감을 가지게 됐다. 기회는 만드는 사람에게 온다. 세상의 모든 행운에는 대가가 따른다. 그저 좋기만 한 일은 없다. 내가 간절히 바라는 걸 위해서 다른 건 다 내던진다. 남이 나를 어떻게 보든지 상관없다. 마음이 편하길 바라지도 않는다. 나는 다른 사람에게 말은 못 하지만, 수석합격을 목표로 자신감을 가지고, 흔들리지 않고, 꾸준히 노력할 것이다.

제6부

에필로그

에필로그

나는 전작에서 열 살 전후의 아동기에 있었던 쑥스러운 개인사와 특별한 시대상이 교차하는 이야기를 썼다. 나의 성장 과정에서 비롯된 고민과 고통은 내 삶을 관통하면서 삶 전체를 포괄하고 있다. 이번에는 어린 시절에서 비롯해서 계속 이어지는 후속작으로 스무 살 전후까지의 젊은 시절의 삶을 되돌아보았다. 그 시절의 고통은 흔히 볼 수 있는 이야기라고 치부할지 몰라도 내게 절대적 박탈감이 너무나 컸기에 글로 쓰고 싶었다. 내가 겪은 아픔을 내가 다시 떠올린다는 건 가슴 쓰린 고통이기도 하지만 한편으로는 치유이기도 하다.

나는 감당하기 어려운 삶의 짐을 지고 지척거리고 좌충우돌하면서 청춘의 여정을 건너왔다. 청춘으로 다시 돌아갈 수도 없지만, 돌아갈 수 있다고 하더라도 그 시절로 돌아가고 싶지 않다. 젊은 시절의 버겁고 두려웠던 기억들은 아무런 미련 없이 잊어야 하겠지만 그래도 그 시절의 영화 같은 현실의 잔상이 머릿속에서 떠나질 않고, 가슴은 그걸 잊지 않고 품고 있다. 나는 청소년 시절을 방황하면서 나의 인간적 뿌리를 튼튼히 키우지는 못했지만 내가 어떤 직업을 가지고 어떻게 살아갈 것인지의 큰 방향과 바탕은 그때 잡았다.

오래된 시절, 빛바랜 편지를 꺼내 다시 읽었다. 시련과 고뇌의 시절. 나 자신을 내밀하게 기록했던 잃어버린 일기장에서 기억을 더듬었다. 머릿속에서 지워버리고 싶은 기억들의 큰 줄기는 가슴이 울컥해지면서 오히려 머릿속에 선명하게 남아 있었다. 지워지고 남은 기억의 조각을 건져 올리려고 망각 속에 희미하게 남아 있는 기억을 깨우고, 추억의 뒤안길에서 가물거리는 기억의 단상을 불러왔다. 추억은 기억 저편으로 사라진 과거를 되살려 주었다. 하지만 기억은 경험한 진실뿐만 아니라 자신을 평가하고 앞으로 다루어갈 것까지 포함하는 아주 복잡한 것이라고 하지지 않는가. 그래서 기억을 더듬어서 쓴 부분은 윤색되어 본질까지 변질이 됐을까 봐 이 글을 세상에 내놓기 두렵다.

내가 진퇴양난의 압박을 받으며, 정신없고 힘들었던 청소년 시절을 돌아보니 가슴속이 뭉클하다. 그 시절 나는 보통 사람들의 세상으로 들어가려는 뜨거운 열정과 집념 어린 도전으로 살아왔다. 청년기에 좀 넓어진 나의 세상살이는 생존의 위협을 받으면서도 내 인생의 중요한 시기라고 생각하며 보다 나은 새로운 삶을 향해 끊임없이 노력했다. 나는 거칠게 몰려오는 세파에 밀리면서도 시련을 껴안고 꿈을 위해 씨름하면서 희망을 이어왔다.

나는 삶을 위한 씨름을 하는 중에 상상하지 못했던 삶의 현실을 경험했다. 나는 먹지 않고 이틀째 계속 걸었다. 첩첩산중 잿마루에서 탈진해서 가슴에 심한 통증이 왔을 때, 나는 금방 죽는 심각한 병으로 생각해서 죽음과 마주치는 시간을 맞은 줄 알았다. 삶과 죽음의 경계 선상에 서야 하는 시간은 누구나 한번은 겪는 일이다. 그때 겪을 수 있는 경험을 다른 사람에게 온전히 듣기 어렵다. 나는 그때 짧지 않은 시간 동안 현실에 발을 딛고 서서 나 자신을 삶과 죽음의 경계에 갖다 놓고 나의 삶을 응시했다. 죽음을 알아야 삶이 깊어진다는 말이 떠오른다. 유체이탈을 겪고 살아나면 사람이 달라지고, 삶의 방식이 바뀐다는데, 나는 행동과 생각이 얼마나 달라졌을까. 그리고 바로 죽지 않자 불치의 전염병으로 생각해서 인간사회로부터 격리되어야 하는 상황을 맞았다. 그때의 시간은 상상으로는 알 수 없는 일을 직접 겪어보는 희귀한 경험이었다.

그건 이미 지나간 삶이었으니 바꿀 수는 없지만, 불편함을 넘어 가슴 아픈 진실이었다. 지금도 그곳을 지나가면 머릿속에서 그날들의 기억이 생생하게 떠올라 콧등이 시큰해지고 감정을 주체하기 어렵다. 그날의 고통스러웠던 기억들이 온몸에 짙게 스며들고 가슴에 응어리져 있어 글로 옮겼다. 돌아보면 나는 무너져가는 삶을 바로 세우려고 역경에 맞서 온 조금은 보기 드문 삶을 살았다.

나는 지난날을 생각하면서 나의 내면을 반추해보고 진지한 마음의 소리를 들으며 자화상을 그렸다. 내가 올바른 인간이 되려고 얼마나 용기를 드러내고 살았는지, 나 자신의 신념과 가치를 따르며 살았는지에 대한 성찰을 해도 용기와 신념의 부족함이 느껴진다. 나의 태생적 한계와 환경에 관한 아쉬움이 되살아난다. 그것이 운명이었다고 할지라도 내 주변에는 나를 조금이라도 이해하고 안내해 줄 사람이 왜 그렇게도 없었던가. 나는 왜 그렇게도 큰 상처를 받으며 세상의 삶을 경험으로 배워야 했고, 그렇게 오래도록 열등감과 소외감을 느끼며 외로움과 고독 속에 갇혀 있어야 했던가. 내가 선택할 수 있는 건 아니지만, 그런 운명이라면 다시 돌아가고 싶지도 않다. 돌아보면 부족함이 많았으니 성공한 삶이라고 할 수는 없지만 나름의 노력을 생각하면 결코 완전히 실패한 삶도 아니었다고 하고 싶다. 어쩌면 자신이 좋아하는 일을 찾아가며 살았던 게 행복이었고 값진 삶이었다고 할 수 있을지 모르겠다.

누구나 살다 보면 고비마다 크고 작은 삶의 굴곡이 왜 없겠는가. 그걸 안고 극복하고, 이기려고 노력하는 세월이 삶이 아니겠는가. 나는 내 삶의 주인은 나라고 생각하고 나 스스로 노력해서 정상적인 사회에 평범한 사람들이 사는 사회의 주류 속으로 들어가고 싶었다. 당장은 되지 않더라도 미래에는 그렇게 살려고 하루하루에 충실하려고 하면서 우직하게 노력했던 게 나의 청년기 시절이었다.

아스라한 기억 속 내 모습을 일깨워주고, 추억의 여러 자락을 건져 올려준 두란에게 감사한다. 멀리서 오랜만에 그것도 아주 오랜만에 전화까지 걸어 잃어가던 기억을 되찾아준 상익도 고맙다. 앞 권을 읽고 난 후 과찬하면서 후편을 쓰라고 용기를 준 상용에게 진심으로 감사한다. 4급 을류 공무원 시험에 두 번이나 합격 동기로 근무하며 항상 나를 격려하고 글을 쓰게 도와준 안평국 위원에게 감사한다. 졸작을 출판해주신 정우문화사 정엽래 사장님께 깊은 감사를 드립니다.

이 글을 멀고 먼 미국에 계시는 이계조 선생님께 드리고 싶었다. 선생님께 표현하지 못했던 사연을 담아 편지로 보내고 싶었다. 그런데 탈고하고 보니 편지를 보낼 데가 없어졌다. 그렇게 보고 싶던 선생님에게 마음을 전달할 수 없으니 애달프고, 허탈감과 자괴감이 밀려와 온몸을 휘감는다. 나는 이미 써 둔 편지를 하늘나라로 부칠 수도 없고, 가슴속에 묻어둘 수도 없어서 여기에 붙인다.

선생님 안녕하십니까.

선생님을 생각하면 부끄럽고 쑥스럽습니다. 그래도 마음을 풀어

놓고 싶습니다. 선생님은 진정한 스승이었고 제가 선생님을 만난 것 자체가 크나큰 행운이었습니다. 선생님의 가르침은 단순히 암기하고 이해하는 데 그치는 게 아니라 숭고하고 가치 있는 삶의 의미였습니다. 정말 많이 배웠습니다. 저는 선생님으로부터 받은 가르침을 다 열거할 수도 없고, 선생님의 가르침을 다 받아들이고 싶었지만, 마음에 들도록 받아들이지 못했습니다. 그래도 선생님은 저에게 살아가야 할 방향을 찾을 수 있도록 가르침을 주셔서 제가 논리와 지성으로 무장하려고 노력할 수 있었고, 평생의 격려가 되어 제가 정신적으로 성장하는 데 큰 힘이 됐습니다. 저의 중학교 시절 선생님께서 다른 학교에 계시면서까지 보내주신 격려와 도움이 없었다면 저는 중학교 학업마저 마칠 수 없었을지 모릅니다. 선생님의 손길이 뻗치던 그 날들은 아름다웠습니다. 그 후에도 저는 힘들고 어려울 때마다 선생님의 훌륭한 가르침을 생각하며 어떠한 역경 속에서도 제가 원하는 걸 이뤄낼 수 있다는 믿음을 가질 수 있었습니다.

선생님을 생각하면 무슨 말로도 표현하기 어렵습니다. 어디에도 될성부른 데가 없는 저를 좋게 보아주시고, 물심양면으로 도와주신 선생님을 가슴으로 기억하면서 살아갑니다. 선생님을 존경합니다. 세상에 선생님과 같은 스승이 또 어디 있겠습니까. 저는 늘 선생님께 감사드리면서 살고 있습니다. 감사하다는 말만으로는 너무 부족합니다. 저는 선생님에게 무엇으로도 계산할 수 없는 엄청난 죄책감 속에서 살고 있습니다. 어떻게 해야 할지 정말 막막합니다. 저는 이 책을 쓰는 동안 선생님을 많이 떠올렸습니다. 글을 쓰면서 선생님을 생각할 때마다 고마운 감정이 가슴속에서 뭉클하면서 밀고 올라와 눈시울이 붉어지면서 몇 번이나 멈췄다가 썼는지 모릅니다.

선생님에 대한 죄책감이 제 가슴에 깊이 새겨져서 한시도 떨어낼 수 없습니다. 저를 충고하시고 위로하시고 격려하시던 선생님에게 아쉬운 석별의 인사를 하고 헤어진 후 저의 삶은 생각과는 전혀 다른 파란만장한 길로 굽이쳐 왔습니다. 사람 되기가 참 힘들더군요. 저는 제가 맞은 세상에서 굴곡진 삶을 살다 보니 정상적인 세상에 제대로 적응할 수 없었고, 평범하고 원만한 인간이 되지 못해서 부족한 점이 많습니다. 아무리 부족한 인간이지만 제가 선생님의 속을 왜 그렇게 썩였는지 차마 글로 옮기기도 민망합니다. 생각할수록 부끄러운 일들뿐입니다. 직접 뵈올 기회가 있으면 부끄럽더라도 조금은 말씀드릴 수 있을지 모르겠습니다.

몇 해 전 선생님이 귀국하셨다가 출국하실 때 조선호텔에서 머무신다고 하셨지요. 그때 저는 수화기 너머로 기억 속에 남아 있는 선생님의 옛 목소리를 들으며 얼마나 놀랐는지 모릅니다. 그것이 놀라움이었는지, 반가움이었는지, 머리가 핑 돌았는지 저 자신도 잘 모르겠습니다. 그때 제 목소리에 왜 그렇게 아무런 감정도 담겨 있지 않았는지, 한때는 자주 가보기도 했던 조선호텔이 그때는 왜 그렇게 갑자기 까맣게 생각나지 않았는지 저 자신도 잘 모르겠습니다. 머릿속이 하얘지기라도 했는지 할 말이 없습니다. 그때 저가 왜 선생님을 만나 뵙지 못했는지 생각할수록 가슴이 답답합니다. 선생님이 그 전화를 하시고 얼마나 큰 배신감과 허탈감을 느끼셨겠습니까. 정말 안타깝고 죄송합니다. 저는 무슨 변명을 하더라도 군색할 수밖에 없고, 장황해질 것 같아서 글로 다 쓸 수 없습니다. 선생님이 국내에 계신다면 지금이라도 찾아가서 선생님 앞에서 직접 용서를 빌고 싶습니다. 오랜 세월 짊어지고 온 너무나 큰 마음의 짐을 조금이라도 내려놓고 싶습니다. 이 짐을 내려

줄 수 있는 사람은 선생님밖에 없습니다. 선생님, 꼭 저의 짐을 조금이라도 내릴 수 있는 기회를 주십시오.

선생님께서 언제라도 귀국하시면 꼭 연락해 주시기 바랍니다. 선생님이 사무치게 그립습니다. 선생님의 모습도 많이 보고 싶고, 목소리도 말씀도 너무너무 듣고 싶습니다. 그리고 인천 공항에서 출국하시는 선생님을 배웅해드리고 싶습니다. 선생님이 탑승하신 미국행 여객기가 하늘 높이 오르면서 멀리멀리 멋있게 날아가는 모습을 바라보며 제 모든 잘못을 빌고 싶습니다.

만나 뵈올 날을 기다리겠습니다. 건강하시고 보람된 날이 가득하시길 바랍니다.

안녕히 계십시오.

2019. 2. 10

김영철 드림

영혼을 돌보는 삶 II

2020년 5월 15일 초판 1쇄 발행
지은이 김영철
펴낸곳 정우문화사(02-2266-3434)

ISBN 978-89-87484-30-3